Campioness of Sanctuary
신역의 캄피오네스
volume 3
요모츠히라사카
JOE TAKEDUKI & BUNBUN
타케즈키 조 지음
BUNBUN 일러스트

"전에도 말한 적 있지만…
특별히 네 마음대로
해도 되는 기회를 줄게."

지금까지 인형과 같았던 스텔라의 체구가
난데없이 거대해진 것이다.
앳된 얼굴과 매치가 되지 않을 정도로
스텔라의 가슴은 풍만했고,
잘록한 허리에서부터 아래로 이어지는
엉덩이 라인에도 탱탱함과 볼륨이 있었다.

"어, 언니, 왔어…?
그, 그 사람들은
손님…?"

어깨까지 오는 흑발의 15세 소녀.
중학교 교복을 입고 있다.
방에 들어오지 않고
어중간하게 열린 문 뒤에 숨어
이쪽을 살피고 있었다.
극도의 낯가림.
다시 말하면 다른 사람과
대화를 제대로 하지
못하는 타입이다.

Fumika
토바 후미카

일본 신화의 좀비로 득실거리는

케이한 로드를 질주하라!!

호호호호.

나의 자식들이여, 늘어나거라.

가득 채우거라.

VS. 여신 이자나미 &

일 본 을 흔 드 는
신화급 배틀이

이 나라를

지옥에서 온 자들로

메우기 위해.

Orochi
야마타노오로치

야마타노오로치…

막을 연다!!

Contents

Campioness of Sanctuary

신역의 캄피오네스

—•→ 요모츠히라사카 ←•— volume 3

JOE TAKEDUKI & BUNBUN

타케즈키 조 지음
BUNBUN 일러스트

eXtreme novel

─◆·── 나라를 낳은 부부 ──·◆─

'아직 나라가 젊고 어렸을 때, 그것은 마치 물 위의
기름처럼 둥둥 떠다니고 있었다.'
일본에서 가장 오래된 문헌이자, 신화와 전설이 기록된
『고사기(古事記)』의 한 구절이다.
일본 신화에서는 이자나기와 이자나미 부부신이 물에 떠 있는
그것을 휘저어 일본 열도의 형태를 만들었다고 전해진다.
이자나기, 이자나미는 우선 '오노고로지마'라는 섬을 만들었고,
이어서 아와지시마, 시코쿠, 오키 제도, 큐슈, 이키, 쓰시마와 크고
작은 섬들을 창조해 나갔다. 또한 나라를 낳은 이 부부가 처음으로
낳은 아이를 《히루코》라고 한다.
하지만 어떠한 이유로 인해 바다에 떠내려가고 만다.

─◆·── 요모츠히라사카 ──·◆─

이승과 저승의 경계.
나라를 낳은 창조의 여신 이자나미는 불의 신 《히노카구츠치》를
낳다가 뜻밖의 죽음을 맞는다.
남편인 이자나기는 죽은 아내를 되찾고자 저승 《요미노쿠니》로
향한다.
그때 통과한 비탈길이 《요모츠히라사카(黃泉比良坂)》.
그러나 죽은 아내와 재회한 이자나기는 전혀 생각지 못한 형태로
이 비탈길에 다시 돌아오는데…

"Yomotsuhirasaka"

❖───❖─ 명계 하강 ─❖───❖

죽은 자를 부활시키고자 신과 영웅이 명계, 지옥으로 내려간다.
이런 부류의 신화는 적지 않다.
일본의 이자나기노미코토 외에도 세계 각국에 비슷한
에피소드가 존재한다.
예를 들면 고대 수메르의 여신 이슈타르.
남편이자 아들이기도 한 탐무즈를 명계에서 구출했다.
북유럽 신화에서는 빛의 신 발데르를 쫓아 동생인 헤르모드가
명계로 내려갔다.
그리스 신화에서는 시인 오르페우스.
그리고 영웅 헤라클레스도 실은 명계 하강을 경험한 자 중
한 명이다.

❖───❖─ 야마토는 나라 중에 제일이니 ─❖───❖

'야마토는 멋진 나라.
겹겹이 쌓인 푸른 울타리처럼 산에 둘러싸인 아름다운 야마토.'
이 역시 고사기의 한 구절이다.
싸움에서 부상을 입은 영웅 야마토타케루가 이세(伊勢)의
산속에서 죽음을 맞이했을 때 고향을 떠올리며 노래했다고 한다.

서 장 prologue

　교토, 아라시야마(嵐山).

　가을이 되면 단풍을 보기 위해 관광객이 몰려드는 명소이다. 나무가 붉게 물든 풍경을 즐기면서 풍광명미한 고도(古都)의 교외를 걷는다. 그런 장소였다.

　그리고 지금, 계절은 그야말로 가을.

　하지만 단풍이 절정을 맞이하기까지는 아직 보름 정도 남았다.

　꽤나 미묘한 시기였다. 그래도 관광지인 이상, 오늘도 엄청난 수의 외지 사람들로 아라시야마는 북적이고 있었다.

　그러나.

　이곳 일본 신기원(神祇院)의 본부는 달랐다.

소란스러운 외부인은 한 명도 없고, 몹시 고요했다.

아름다운 일본 정원을 거느린 사원. 세계유산으로 지정된 곳이라 매너 없는 관광객으로 들끓어도 전혀 이상하지 않은 곳이다. 그럼에도 불구하고.

주술로 일본을 수호하는 조직.

그것이 바로 신기원.

당연히 주술 결계를 치는 것쯤이야 어린아이의 장난이나 다름없다. 신기원의 존재를 모르는 자의 무의식을 지배해 그들의 발걸음을 다른 곳으로 향하게 만드는 주술쯤은….

그리고 이 고요한 고찰(古刹)의 한구석에선.

노인들이 밀담을 나누고 있었다.

"토바 종가의 젊은 수장… 리오나라고 했던가?"

"반년 가까이 해외를 놀러 다니다가 겨우 귀국했다고 하더군."

"괘씸한 것! 일본을 수호하는 신기관(神祇官)이 자각이 없어도 정도가 있지! 역시 그것도 결국 놀기 좋아하는 여자이군!"

"허나 그 계집이 역시 이 나라에서 제일가는 실력자란 말이지."

"그것도 다른 이들은 절대 범접하지 못할 정도로 말이지. 그렇게 된 이상, 다소 제멋대로 행동한다 하더라도 너그러이 봐줄 수밖에 없네. 부아가 치밀지만 말이야…."

"기회를 봐서 그 건방진 계집의 콧대를 꽉 꺾어 두고 싶군요."

"이사 여러분."

노령, 혹은 초로의 목소리만 들리던 와중 아직 젊은 청년의 목소리가 호소했다.

"확실히 토바 리오나는 《야타가라스》의 신력을 **어느 정도** 사용하는 자입니다. 하지만 '주인'이 허락하지 않는 한, 힘을 자유자재로 사용할 수 없는 불완전한 인간이죠. 그 점을 파고들면 얼마든지 '벌'을 줄 수 있을 것입니다."

"그건 어렵지 않네, **쿠마노**(熊野) 수장."

"허나 말이지, 공간왜곡을 시작으로 괴이한 일들이 이 나라에도 벌어지고 있네. 일본을 수호하기 위해서 《야타가라스》라는 존재는 앞으로도 필요할 것일세. 그렇다면 그 계집의 기분을 쓸데없이 상하게 하는 상황 또한 피하는 것이 상책…."

"물론 자네가 그 계집을 대신하는 《야타가라스》가 될 수 있다면 얘기는 달라지지만 말이야."

"그래. 자네들 쿠마노의 까마귀 일족도 《야타가라스》의 계보를 잇는 정통 계승자니까."

"하하하. 그만들 하시지요. 젊은 수장이 곤란해 하고 있지 않습니까."

신기원의 나이든 중진들은 일제히 소리 내어 웃기 시작했다.

마치 센스 있는 농담이라도 들었다는 듯이. 야타가라스의 영이(靈異)한 힘을 사용하고 싶어도 사용할 수 없는 '쿠마노의 수장'을 비웃듯이.

일종의 괴롭힘을 당한 청년은 말문이 턱 막혔다.

20대 후반. 이 자리에 있는 자들 중 유일한 젊은이였다. 그는 신관의 복장인 하얀 옷에 하카마*를 입고 있었다. 어찌 됐든 일단은 사찰인 신기원 본부와는 조금 어울리지 않는 차림이었다.

그는 주먹을 꽉 쥐고 굴욕을 견디면서 최선을 다해 억지 미소를 지었다.

"저희 쿠마노의 까마귀 일족에게 야타가라스는 없지만, **이것**이 있습니다."

그가 다다미 바닥에 작은 보라색 비단 보따리를 쓱 꺼냈다.

그리고 그것을 열어 안에 든 것을 보여 주었다. 그것은 석회암처럼 생긴 하얀 돌멩이였다.

그러나 신기원 본부에 모인 노인들은 역시나 한 명도 빠짐없이 곧바로 감지했다. 그 돌멩이가 내뿜기 시작한 주력의 강렬한 파동을.

"호오…."

"굉장히 유서 깊은 물건처럼 보이는군…."

"평범한 영석(靈石), 주구(呪具)가 아니군. 혹시 어딘가의 신과 관련된 물건인가…?"

"예. 저희 쿠마노 까마귀 일족이 오랫동안 감춰 왔던 신성한

※하카마 : 일본의 전통 바지. 겉으로 보기엔 주름을 잡은 치마처럼 보인다.

보물 《천인암(千引巖)》입니다. 이것도 기이한 인연인지 최근 들어 신력이 부쩍 커져선, 지금은 토바 리오나에게도 뒤지지 않을 정도입니다."

"하지만 사용하지 못하면 아무런 의미가 없네."

노인들 중 한 명이 묻자, 아스카이 타케루(飛鳥井猛)는 씨익 웃었다.

아스카이 가문의 맏아들. 쿠마노 까마귀 일족을 이끄는 젊은 수장. 영조 《야타가라스》의 환생인 토바 리오나에게 어두운 감정을 품고 있는 자….

"안심하십시오. 저희 쿠마노의 주술사가 총력을 기울여 이 신보(神寶)를 다루는 방법을 찾았습니다."

고도 교토의 한곳에서 모략의 조짐이 꿈틀거리고 있었다.

신역의 캄피오네스

도쿄 RAVENS

1

"렌 님! 저, 이렇게 하늘 높은 곳까지 올라와 본 건 처음이에 요!"

트로이의 아름다운 여인, 카산드라가 잔뜩 흥분하여 눈을 반 짝였다.

"이렇게까지 높은 탑을 사람의 손으로 만들 수 있다니…. 도대체 어떤 마법을 사용한 걸까요?!"

"마법은 쓰지 않았어."

지상 634미터를 자랑하는 도쿄 스카이트리의 전망대.

그 창가에서 렌은 말했다. 이곳의 높이는 불과 350미터지만, 일본의 수도 도쿄의 마천루를 훤히 내려다보기엔 충분했다.

신화 세계의 다양한 경이에도 굴하지 않는 절경이었다.

"목수가 집을 짓는 것처럼 다 같이 힘을 합쳐 세운 거야."

"어머나!!"

렌의 대략적인 설명을 들은 카산드라는 크게 감탄했다.

"그럼 소문으로 들은 이집트국의 왕릉과 똑같군요!"

"…왕릉? 아, 피라미드 말이구나? 듣고 보니 둘 다 많은 사람을 모아 공동 작업을 통해 세운 거네."

"저, 살면서 이런 경치는 상상해 본 적조차 없었어요!"

트로이도, 북유럽 신화도 아닌, 21세기 도쿄의 가을이었다.

카산드라의 복장도 '현대풍'이었다.

밝은 노란색 니트 원피스에 검은색 레깅스. 머리에는 와인레드의 니트 모자를 쓰고 있었다. 그리스 신화의 왕족이라 미묘하게 끝이 뾰족한 양쪽 귀를 가리기 위해서이다.

북유럽 신화 세계에서는 일주일 전에 귀환했다.

그때 실수로 그리스 신화의 주민인 카산드라까지 데려오고 말았다. 그리고 트로이 왕국의 미녀는 이렇게 말했다.

'저, 렌 님과 리오나 님의 세계를 한번 보고 싶어요!'

애초에 카산드라, 북유럽의 신역에는 어떠한 아이템의 힘으로 왔다.

신구(伸具) 《헤르메스의 깃털》. 여행자의 신 헤르메스의 보물로, 그것을 소유한 자는 한 달에 딱 한 번 좋아하는 나라나 세계로 전이가 가능하다.

이것을 또다시 사용하기 위해서는 앞으로 보름 가까이 기다려야 한다….

그리하여 로쿠하라 렌은 이세계의 미녀를 받아들이기로 했다. 우선 결사 캄피오네스의 본거지 발렌시아에서 며칠을 보냈다.

'렌 님, 말도 없는데 마차가 달리고 있어요!'

'어머! 혼자서 열리는 문이라니, 어쩜 이렇게 편리할 수 있을까!'

'사, 상자 안에 작은 사람이 들어가 있어요!'

현대문명의 산물을 앞에 두고 카산드라는 쉴 새 없이 분주하게 놀라고 감탄했다.

생크추어리 트로이에서의 결전을 앞두고 하룻밤 지구에 왔던 적도 있지만, 그때는 체류 시간이 짧았다. 뭐가 어떻게 생긴 곳인지 제대로 보지도 못한 채 귀환했다.

그리고 이번 장기 체류.

며칠이나 스페인의 고도 발렌시아에서 시간을 보낸 후, 긴급 귀국하게 된 로쿠하라 렌에게 달라붙어 비행기까지 타고 유럽에서 일본에 왔다.

카산드라는 이제 웬만한 걸로는 놀라지 않게 됐지만.

그래도 일본 관광의 첫 일정으로 렌이 데려온 도쿄 스카이트리 전망대에서 도심을 내려다보고는 경탄을 금치 못했다.

"그런데 리오나 님은 어디 가셨나요?"

"지인에게 얼굴을 비치고 나서 합류한다고 했어."

카산드라와 함께 강가를 걸으며 렌은 말했다.

"리오나와 리오나의 조직과의 트러블을 해결하기 위해 이번에 귀국한 건데… '본부'라는 게 있는 간사이로 돌아가기 전에 정보 교환을 하고 오겠다고 하더군."

"간사이(關西)… 우리가 지금 있는 이곳은 아마 간토(關東), 였죠?"

"응, 맞아. 내가 태어난 곳. 이따가 우리 본가 쪽도 한번 보러 가자."

"렌 님이 태어나 자란 집을 말씀하시는 건가요?"

"응. 뭐, 가 봤자 가족이 기다리고 있는 건 아니지만."

아사쿠사, 카미나리몬과 센소지, 나카미세 상점가.

오늘 두 사람은 관광객의 필수 코스를 순조롭게 돌아다녔다.

지금은 스미다가와 강 주변을 걸어 강가에 있는 공원에 와 있었다. 오다가 산 젤라토는 이곳에 오자마자 왕녀의 마음을 사로잡은 지구의 맛이었다.

참고로 렌은 녹차맛, 카산드라는 고구마맛을 골랐다.

"렌 님. 저쪽에 빈 자리가 있어요."

"그럼 잠깐 쉴까? 스텔라도 나와."

"…렌."

천천히 소프트 아이스크림을 맛보고자 공원 벤치에 앉자.

몹시 언짢은 듯한 스텔라의 목소리**만**이 되돌아왔다.

"이런 길바닥에서 나의 왕림을 바라다니, 지금 나랑 장난하자는 거야? 천박한 하층민들이 드나드는 곳에 모습을 드러냈다가 무슨 소동이라도 일어나면 어떡해!"

"괜찮아, 괜찮아. 아무도 우리한테 관심 없으니까."

"그렇게 말해 놓곤 남의 눈에 띈 적이 있잖아!"

"하하하. 그땐 운이 나빴을 뿐이야."

"스텔라 님. 저의 얼음과자를 꼭 한번 맛봐 주시면 안 될까요? 지금이라면 이곳을 지나다니는 사람도 얼마 없는 것 같으니…."

무책임하게 웃는 렌의 옆에서 카산드라가 말을 거들었다.

공손한 왕녀의 말을 듣고는 기분이 좋아졌는지, 스텔라가 벤치 위에 '팟!' 하고 나타났다. 키가 30센티미터 정도 되는 인형 사이즈다.

아담한 그녀는 미와 사랑의 소녀신이자 로쿠하라 렌의 가련한 분신이었다.

"…흐음. 서민의 맛치고는 나쁘지 않네."

렌과 카산드라가 손에 든 소프트 아이스크림을 한입씩 핥아

맛본 스텔라는 거만하게 맛을 평가했다.

"근데 이 거리는 어쩜 이렇게 최악인지. 불편해서 도저히 못 있겠어."

"의외인걸? 스텔라는 도시를 좋아하는 줄 알았어."

"저도요. 숲과 황야뿐인 미트가르트에선 많이 불편하게 지내셔서, 활기가 넘치는 거리를 그리워하셨잖아요."

"이곳과 비교하면 미트가르트 그 시골 깡촌이 훨씬 나아."

스텔라는 놀라는 렌과 카산드라를 앞에 두고 단언했다.

"아까 갔던 그 소름 끼치는 탑, 불손에도 정도가 있지! 신이 아닌 인간 따위의 몸뚱이로 하늘에 접근하려 하다니, 거만하기 짝이 없군! 더구나 이 도시는 어디를 봐도 추하고 까만 돌⋯ 그 것도 인간이 만든 돌로 대지를 덮다니, 정말 최악이야. 공기는 탁하고 하늘도 흐리고, 강도 바다도 더럽고, 소름 끼칠 만큼 인간으로 넘쳐 나기까지⋯ 숨이 턱턱 막힐 것 같아."

그야말로 도도한 스텔라다운 주장이었다.

그러나 렌은 어떠한 사실을 깨달았다.

"하지만 스텔라. 발렌시아는 그렇게까지 싫어하지 않았잖아?"

"이러니저러니 해도 그곳에는 옛 시대의 유산을 지키고자 하는 기개가 있기 때문이야."

웬일로 스텔라는 여왕다운 위엄과 함께 말했다.

"뭐, 충분하지는 않지만 말이지. 하지만 렌의 고향이라고 하는

이곳은 글렀어. 바다와 대지와의 관계도 전혀 고려하지 않고 욕망과 즉흥적인 생각만으로 비대해진 도시. 얼핏 보면 더할 나위 없는 영화를 누리고 있는 것 같지만, 인간들의 추악함을 구현했을 뿐인 퇴폐하기 짝이 없는 도시…."

"그야 그러네."

렌 일행의 결사 캄피오네스의 본거지 발렌시아.

스페인에서는 제3의 도시지만, 마천루가 즐비한 대도시 도쿄와 비교하면 꽤나 아담한 규모의 도시였다.

그리고 무엇보다… 렌은 사랑의 여신의 프로필을 떠올렸다.

"스텔라는 아마 바다에서 태어난 여신님이었지."

"그래. 난 미와 사랑을 관장하는 존재이자 바다의 자식. 대지의 딸이기도 하지. 그런 여왕에게 이곳은 몹시 용서하기 힘든 도시야. …뭐, 그 **폭력녀**와 달리 '그러니까 멸망해 버려'라고는 생각하지 않지만."

"폭력녀라니, 어떤 분을 말씀하시는 건가요?"

스텔라는 고개를 갸우뚱하며 묻는 카산드라에게 내뱉듯이 말했다.

"너도 아는 여자, 지혜의 여신이라고 으스대던 아테나 말이야."

"그러고 보니 확실히 그 비슷한 말을 했었지!"

"맞아. 아테나 또한 대지의 딸이니까. 이런 꼴로 변한 대지와 세계를 좋게 생각할 리가 없어. 뭐, 나도 렌의 권능으로 이 도시가 궤멸된다 하더라도 아마 그렇게 아쉬워하진 않겠지만."

"흉흉한 소리 하지 마. 하지만 아무리 내 힘이라도."

렌은 스텔라의 신랄한 비판을 들으며 쓴웃음을 지었다.

"도쿄 궤멸은 힘들 것 같지만. 고질라도 아니고."

"바보 같긴. 그 정도는 식은 죽 먹기일걸? 단언할 수 있어."

미와 사랑의 소녀신은 엄숙한 말투로 딱 잘라 말했다.

"렌, 너는 신화의 영역에서만 싸워서 자신의 권능이 어느 정도의 파괴를 초래하는지 모르는구나. 기회가 있으면 잔뜩 모아 놓은 인과응보를 이 도시에 한 방 먹여 봐. 아니면 새 아가씨의 불꽃을 천공에서 뿌려 보든가. 네가 생각하는 것 이상의 **성과**가 있을걸?"

2

"교토 쪽… 신기원 본부에선 네 평판이 바닥을 치는 중이야."

가게 주인이 카운터석에 앉은 리오나에게 말을 걸었다.

"임무를 구실 삼아 유럽에 가서 여기저기 놀러 다닌다느니, 거만이 하늘을 찌른다느니…."

"그러든 말든 상관없어요. 거기 노인들에겐 옛날부터 평판이 좋지 않았으니까요."

리오나는 어깨를 움츠리며 퉁명스럽게 대답했다.

옅은 회색 체스터 코트에 소매가 긴 스트라이프 티셔츠, 거기에 블랙진을 매치한 사복 차림의 리오나는 코트를 벗어 옆자리에 걸어 두었다.

이 차림으로 리오나가 찾아온 곳은 분쿄 구 유시마에 있는 레트로한 카페였다.

카운터 건너편에는 덩치 큰 가게 주인이 있었다. 풍풍한 체격의 '♂'지만 긴 머리에, 낙낙한 드레스는 도대체 왜 입고 있는지 따져 볼 만한 모습이었다.

하지만 리오나는 신경조차 쓰지 않고 그가 내려 준 블루 마운틴을 입에 가져갔다.

"뭐, 스페인에서 놀았던 것도 절반은 사실인걸요. 그 사람들이 저에 대해 무슨 말을 하든 신경 안 써요."

"절반은?"

"네. 그쪽에서도 일단은 세계의 위기에 맞섰거든요."

"역시 일본 최고의 음양사는 하는 말도 남다르네…. **동업자**인 나도 기껏 자랑해 봤자 '수도 도쿄의 치안을 지키고 있다' 정도의 말밖에 못 하는데 말이야."

도쿄 유시마에서 레트로 카페 'M'을 경영하는 여장 남자.

그 정체는 천재 토바 리오나의 동업자이자 음양도 마츠미카도(末御門) 가문의 우두머리라는 엄청난 인물이었다.

그리고 업계에는 결코 많지 않은 리오나의 '맹우'이기도 하다.

그런 편안한 상대이기에 리오나는 속내를 말한다.

"저에게는 스스로 자부할 수 있는 실력과 도량까지 있으니까요. 아, 그리고 일본 최고가 아니라 세계 최고예요."

"하지만 귀여움과 겸손함은 전혀 없지…."

"쓸데없는 소리네요."

지금 이 어둑어둑한 가게 안에 손님은 리오나 한 명뿐이다.

가게에 들어오자마자 가게 주인이 입구에 '오늘은 대절되었습니다'라는 팻말을 걸었기 때문에 비밀스런 업계 토크도 마음껏 할 수 있었다. 주술 및 기계적 수단에 의한 도청, 훔쳐보는 행위로부터도 주술의 결계로 보호받고 있는 것이다.

"자기의 그 건방진 점을 난 제법 좋아하지만."

마츠미카도 점주는 나지막이 말했다.

"조심해. 신기원의 늙은이들, '건방진 토바 리오나를 징계해도 된다'고 아스카이 가문의 도련님이 뭘 하든 묵인하기로 한 것 같아."

"아스카이 가문의… 도련님?"

리오나는 고개를 갸웃거리며 생각에 잠겼다.

"아마 쿠마노 쪽의 가문이었죠? 까마귀 일족인지 뭔지 하는 주술 일족인…."

"너랑 같아. 그 '야타가라스의 마지막 후예'가 캐치프레이즈인 점 말이야."

"아~ 맞다, 맞다. 생각났어요."

일본 신화의 한 에피소드.

초대 천황인 진무(神武), 카무야마토이와레비코. 사나운 신들이 북적이는 동쪽 나라를 정벌하러 간 것까진 좋았지만, 강적을 상대로 몹시 고전한다.

그런 그를 이끌고 동쪽 나라 정벌을 성취시킨 것이 바로 영조 《야타가라스》.

진무 천황과 야타가라스가 만난 땅, 그곳이 쿠마노였다.

그것을 근거 삼아 마츠미카도 점주는 말했다.

"근데 와카야마 현의 쿠마노야말로 야타가라스의 '본고장' 아냐?"

"무슨 말도 안 되는 소리. 야타가라스의 본고장은 옛날로 말하면 야마토. 다시 말해, 나라(奈良) 현이에요."

출신지도 거주지도 나라 현인 토바 리오나.

가게 주인의 의견을 진지한 얼굴로 곧바로 부정했다.

"확실히 진무 천황이 있는 곳으로 야타가라스가 파견된 지역은 쿠마노예요. 하지만 그 후에 그들은 북상했고, 실제 싸움터가 된 곳은 야마토라고요."

"뭐, '여러 가지 설이 있습니다. 개인의 감상입니다' 같은 거네~"

"그리고 애초에 아스카이 가문의 도련님이란 건 누구예요?"

"노쇠해져 세상을 떠난 전 당주의 뒤를 그 집 손자가 이어받았어. 서른을 바라보지만, 그래도 아직 20대인 젊은 녀석이."

"아, 그렇구나. 제가 유럽에 가 있는 동안에 대가 바뀌었군요."

"벌써 3년 됐거든…?"

"전혀 기억이 안 나요. 다시 말해, 굉장히 존재감이 희박한 녀석이란 얘기네요."

"아무리 그렇게 생각해도 보통 생각만 하는데, 그렇게 딱 잘라 말하니 그 녀석이 불쌍하게 느껴지네. 그러고 보니 네가 유럽에서 맞닥뜨린 세계의 위기 말인데, 그 공간왜곡 현상 맞지?"

"네."

리오나는 거구의 여장 남자, 마츠미카도의 질문에 곧바로 대답했다.

"공간왜곡의 건너편에 있는 신화 세계의 붕괴를 막지 않으면 우리가 사는 현실 세계에도 악영향이 미치니까요."

"신화 세계가 멸망하면 이쪽 세계도 서서히 멸망한다는 설 말이야, 그거 진짜야?"

"진짜예요. 예전에는 그런 상황도 있을 수 있겠다는 정도로만 생각했었는데, 지금은 완전히 사실이라고 확신하고 있어요."

"어휴, 세상에."

마츠미카도 점주는 그렇게 중얼거리고는 말했다.

"맞다. 이제 와서 이런 말을 하는 것도 웃기지만, 도쿄에서 이렇게 노닥거리고 있어도 돼? 하네다나 나리타가 아니라 간사이 공항으로 귀국해서 그대로 집에 가지 그랬어."

"어쩔 수 없었어요."

리오나는 카운터 위에서 턱을 괴었다.

"제 약혼자님이 본가에 잠깐 들렀다 가겠다고 하는 바람에."

"약혼자?!"

"아, 말하는 걸 깜박했는데, 얼마 전에 약혼했어요."

동업자이자 맹우는 너무 놀란 나머지 입을 떡 벌리고 있었다.

"자, 그럼…."

레트로 카페 'M'에서 나온 리오나는 유시마의 거리를 걷고 있었다.

우에노와도 가까운 번화가인 이곳은 치요다선 지하철역이 가장 가깝다. 그러나 아사쿠사에 있는 '주인님' 일행과 합류하려면….

도쿄의 복잡 기괴한 노선표를 확인하기 위해 스마트폰을 꺼내려고 했다.

하지만 리오나는 결국 스마트폰을 꺼내지 않았다. 그 대신 재빨리 걷기 시작했다.

간사이 & 나라 현에 거주하는 토바 리오나는 이 주변의 지리를 잘 모른다. 그러나 유시마 텐진 신사의 위치 정도라면 어떻게든….

그리하여 도쿄 내에서도 손꼽히는 대신사를 찾았다.

신사 부지에는 하얗고 굵은 자갈이 빈틈없이 깔려 있었다. 그 위에 신발 끝으로 '암검살(暗劍殺)'이라는 세 글자를 썼다. 그 후, 적당히 신사 안을 어슬렁거리면서 기다리기를 몇 분….

주변에 있던 참배객이 잇따라 신사를 떠났다.

새로이 신사 안으로 들어오는 사람도 없었다.

원래 이곳을 지켜야 할 신사 관계자도 어딘가로 사라져 버리고 없었다. 리오나가 주술을 걸어 사람들을 전부 내쫓았기 때문이다. 일정 수준을 넘는 주력의 소유자가 아닌 이상, 더는 이곳에 들어올 수 없다….

예상대로 한 사람이 리오나를 향해 걸어왔다.

"나를 이런 식으로 부르다니, 세게 나오는군."

"제가 기가 세고 의욕 넘치고 씩씩한 점은 부정하지 않겠습니다. 하지만 이번에는 단순히 '스토커가 얼씬거리는 게 소름 끼쳐서' 얼른 처리하고자 했을 뿐입니다."

"…뭐라고?"

리오나의 앞에 모습을 보인 청년은 마른 몸에, 예민해 보이는 인상이었다.

감색 재킷에 와이셔츠라는 복장도 시시하기 짝이 없었다. 리액션도 개성이라는 것을 찾아볼 수 없다. 친구의 가게를 나온 이후로 갑작스럽게 나타난 미행자. 그가 틀림없을 듯했다.

리오나는 한숨을 쉬며 말했다.

"아무리 잔챙이라도 그렇지, 이 상황에서 재치 있는 대답 하나 하지 못하다니. 어디 사는 누구신지는 모르지만, 요새 같은 시대에 여자의 뒤를 쫓아다니면 변태라고 오해받을 정도의 리스크는 예상을 하고 다니셔야만….."

"…아스카이 타케루다."

"네?"

"해마다 신기원 총회에서 얼굴을 보잖아. 아스카이 가문… 쿠마노 까마귀 일족의 수장이다."

"어… 저희, 만난 적이 있나요…?"

그러고 보니 조금 전에 들은 이름이기도 했지만.

그 이름과 '스토커'의 얼굴이 전혀 이어지지 않았다. 정작 그렇게 말한 리오나도 머쓱해진 나머지 헛기침을 했다.

"맞다, 맞다. 기억났어요. 잠깐 깜박했을 뿐이에요."

"잠깐이라도 잊다니, 제정신이 아니군. 우리는 너와 마찬가지로 영조《야타가라스》의 신력을 이어받은 일족이라고."

"그건 아니죠."

방금 전까지 억지스러운 변명을 하던 리오나는 그의 말에 냉소를 지었다.

"저는 카모 가의 시조, 카모타케츠누미의 환생이자《야타가라스》그 자체. 그에 반해 당신들은… 스스로를 영조의 피와 가호를 이어받았다고 일컫는 것치곤 이 토바 리오나가 가진 야타가라스의 힘의 1퍼센트도 사용하지 못하는 미숙한 자들이 모인 집단."

리오나는 자신의 늘씬한 가슴에 손을 얹고는, 여왕의 기세 저리 가라 할 정도로 위풍당당하게 말했다.

"얘기 들었어요. 당신, 참 발칙하게도 본부 노인들에게 온갖 아첨을 부려 저에게 개인적으로 갖고 있는 원한을 풀어도 된다는 허락을 받았다면서요? 나 원… 싸움을 거는 것도 윗사람 눈치를 봐야 하다니… 아무리 겁쟁이라고 해도 참."

상대의 비겁함과 나약함에 코웃음을 치며, 리오나는 그렇게 큰소리쳤다.

"앞으로도 얼간이가 끈덕지게 따라다닐 것을 생각하면 성가실 뿐이니 여기서 승부를 내죠."

"제길. 여자 주제에 잘난 체하긴!"

아스카이 아무개는 오른손을 번쩍 들어 올렸다.

검지와 중지 사이에 영부(靈符)가 끼워져 있었다. 주구(呪句)와 주문(呪紋)을 적은 종잇조각. 그 부적이 순식간에 여덟 마리의 까마귀로 변하더니….

리오나를 향해 날아와 습격하려 했다!

…뭐, 평범한 수준의 주술전이라면 분명히 도움이 되는 주술일 것이다. 한 치의 양보도 없는 맹렬한 주술전을 벌이며 어느

쪽의 험력*이 더 위인지 경쟁하듯이.

그러나 신들과 신살자를 상대로 대항해 싸운 경험이 있는 리오나에게는….

"어머나, 고작 이런 거군요."

보자마자 역량을 간파한 리오나는 숨을 '후우' 내뱉었다.

이 한숨이 바람이 되어 영부에서 태어난 까마귀들을 아스카이 아무개라는 주술자가 있는 곳까지 가볍게 날려 버렸다!

"크헉?!"

신경질적인 청년 주술사가 몸을 '〈' 모양으로 꺾었다.

그러더니 그대로 굵은 자갈 위에 쓰러져 실룩실룩 경련하기 시작했다. 기절한 것이다. 게다가 입에 거품까지 물고 있었다.

"효과가 완벽해서 다행이네요."

리오나는 어느새 아스카이 아무개에게 눈길조차 주지 않고 재빨리 신사를 빠져나갔다.

리오나가 사용한 주술은 별것 아니었다. 타인에게 '생명의 숨결'과 함께 활력을 불어넣는, 원래는 치료 목적의 주술이다.

하지만 불어넣은 활력이 과할 경우에는 성인 남성조차 그 자리에서 기절하고 만다.

뭐, '주인님이자 신살자' 로쿠하라 렌이라면 숨결을 간지럽게

※험력(驗力) : 엄격한 수련을 거쳐 쌓은 공덕으로 얻게 되는 힘으로, 중생을 구제하는 힘이라 불린다.

느꼈을 것이다. 그 정도로 보잘것없는 것이었다….

"로쿠하라 씨와 카산드라는 지금 카츠시카에 계시는군요."

리오나는 스마트폰 통신 앱으로 메시지를 확인한 후, 그렇게 중얼거렸다.

십여 분 후, 유시마 텐진 신사 부지 안에서.

아스카이 타케루는 기침을 하면서 겨우 몸을 일으켰다.

"커헉, 커헉! 제길, 그 여자, 그 주력은 대체 뭐지…? 몇 달 전에 봤을 때와는 비교가 되지 않을 만큼 강해졌잖아…?!"

그 또한 주술을 사용하는 일가의 주술사이다.

그만큼 자신과 대적한 자가 얼마나 큰 힘을 내포하고 있는지 막연하게 헤아릴 정도의 눈치는 있었다.

주술사로서 가진 영감이 공포를 호소하고 있었다.

그건 인간 따위가 맞설 수 있는 상대가 아니라고….

그러나.

그 괴물이 엄청난 양의 정기를 불어넣었음에도 불구하고, 그것을 이용하여 아스카이 타케루의 몸을 가까스로 회복시킨 비장의 카드가 있다.

아스카이 타케루는 재킷 안쪽 주머니에서 돌을 꺼냈다.

석회암과 비슷하게 생긴 하얀 돌멩이.

"이 《천인암》을 자유자재로 구사하게 되면, 다음엔 반드시…."

자부심 높은 청년의 중얼거림에는 원망과 한탄이 담겨 있었다.

3

에도가와 강을 끼고 치바 현과 인접한 도쿄 도 카츠시카 구.

그리고 이 카츠시카 구의 카메아리라는 지역이 로쿠하라 렌의 '고향'이었다.

"몇 달 만에 와 보니 꽤 반가운걸?"

"이곳이 렌 님의 고국이군요?"

"응. 뭐, 도쿄에선 흔히 볼 수 있는 서민적인 동네라서 관광지로서의 매력은 조금 부족한 곳이지만."

렌은 카산드라를 데리고 역 앞을 걸으면서 말했다.

카메아리 역 부근은 대형 쇼핑몰 등을 거느린 번화가. 맨션, 아파트, 단독주택 등이 다닥다닥 붙어 있는 주택가이기도 하다. 그런 이상, 다른 지역에서 오는 관광객들이 보고 돌아다닐 만한 관광지는 거의 없다.

"아, 저기가 우리 본가**였던** 곳이야."

"어머나. 무척 큰 성이네요!"

"하하하. 아냐, 아냐. 저 안에 있는 방을 하나 빌려서 살았을 뿐이야. 스페인에 가기 전에 그 방도 정리하고 나와서 저기엔 이제 아무것도 없어."

지은 지 30년 된 낡은 5층짜리 맨션.

그 앞을 지나치면서 눈을 휘둥그렇게 뜬 카산드라에게 설명했다.

사실 로쿠하라 가는 굉장히 유서 깊은 가계였다고 한다. 에도시대*에는 어떤 번*의 장군을 모시던 전의(典醫) 일족이었다는 이야기가 있다. 그 가문에 시집온 할머니는 명문 여학교에서 교편을 잡았던 교사 출신. 가족에게도, 자기 자신에게도 엄격한 사람이었다.

부모님은 어렸을 적에 교통사고로 돌아가셔서 할머니가 부모님 대신 렌을 키웠다.

그런 할머니도 고등학교 때 세상을 떠나시는 바람에 의지할 수 있는 가족을 모두 잃었다. 로쿠하라 렌은 아르바이트를 하여 그날그날 쓸 돈을 벌면서 간신히 졸업일을 맞이했다.

"학비를 절약할 생각으로 스포츠 특기생이 될 수 있는 학교를 골라 놨지. 그땐 얼마나 감사했는지 몰라."

렌은 바빴던 고등학교 시절을 떠올리고는 고개를 끄덕였다.

"복싱부에서도 남들이 하는 걸 눈동냥으로 보고 익히다 보니 제법 실력이 늘었고 말이지. 어렸을 때부터 차나탑 스승님의 체

※에도 시대 : 일본 역사의 시대 구분 가운데 하나로, 1603~1867년.
※번(藩) : 에도 시대 영주의 영지 혹은 그 통치 기구 등의 총칭.

육관에서 놀았던 덕분일지도."

"차, 차나… 그건 누군가요?"

"내 친구이자 이웃이었던 사람. 오늘은 있을지 모르겠네."

마침 '체육관' 앞까지 왔기에 렌은 안을 들여다보았다.

상가 1층에 있는 체육관의 플로어 중앙에는 네모난 링이 자리 잡고 있었다.

그리고 천장에 매달린 샌드백, 트레이닝 기구 등. 보기만 해도 꽤나 스산하고 땀내 나는 공간이었다. 연습생은 아무도 없었다.

하지만 티셔츠에 반바지 차림의 태국인 남성이 렌을 알아보고는 씨익 웃으며 다가왔다.

"돌아왔구나, 렌!"

"하하하. 일시 귀국했을 뿐이지만!"

카메아리 역 앞에 있는 술집.

"어머나! 이것이 이 세계의 무술이군요!"

"일본이 아니라 태국이라는 나라의 격투기야. 차나팁 스승님은 옛날에 무아이타이 선수였대. 무아이타이 말고 복싱도 했는데, 프로로 활동하고 성적도 꽤 좋았나 봐. 최근에는 취미로 종합격투기에도 손을 뻗기 시작했다고 했어."

"다시 말해, 달인이시라는 말이죠?"

"응. 20년 정도 전에 일본에 와서 체육관과 이 가게를 차렸지."

기마술과 활 등, 무예에 소양이 있는 카산드라는 술집 안의 특설 링에서 펼쳐지는 킥복싱 시합을 의외일 정도로 열성적으로 관전하고 있었다.

　이곳은 '무아이타이 술집 마이펜라이'.

　본격 태국 요리를 맛볼 수 있을 뿐만 아니라 킥복싱 시합까지 관전이 가능하다. 게다가 일본의 프로 선수부터 본고장 태국에서 온 무아이타이 경험자까지 시합에 참전한다.

　지금도 링 위에선 갈색 피부의 두 태국인 선수가 시합 중이었다.

　상대를 공격하는 유연한 발차기는 마치 가죽 채찍 같았다.

　약간 거리를 두고 킥을 주고받던 두 선수는 어느새 밀착 상태가 되어 단단히 맞붙은 채….

　격렬하게 벌어지는 시합을 지켜보던 카산드라가 잔뜩 흥분해서 말했다.

　"저런 격투 무술, 돌아가신 헥토르 오라버니도 참 능숙하게 구사하셨어요!"

　"그리스 신화의 사람이니 레슬링 같은 격투기였으려나?"

　물론 로쿠하라 렌은 리오나만큼 박식하지 않다.

　하지만 일단은 격투기 경험자. 고대 그리스의 종합격투기 판크라티온에서 오늘날의 레슬링과 복싱이 태어났다는 정도의 지식은 있었다.

두 사람의 테이블에는 태국 요리가 담긴 접시가 가득했다.

새우에 향신료와 소스를 넣고 끓인 똠얌꿍, 파란 파파야 샐러드, 스프링 롤, 바질 소고기볶음, 그린카레에 태국식 볶음국수인 팟타이, 치킨라이스에 삶은 닭고기 다리살을 얹은 카오만까이 등.

이국적인 매운맛을 입에 가져가면서 렌은 말했다.

"난 말이야, 사람이 몸을 움직이고 있는 걸 보면 흉내 내고 싶은 아이였어. 아까 그 체육관에서 발차기와 펀치 연습을 하고 있는 사람이나, 길에서 스케이트보드를 타거나 춤추고 있는 사람을 종종 흉내 내곤 했지. 그랬더니 많은 사람들이 재미있게 여기곤 가르쳐 주게 됐지 뭐야."

"그만큼 어린 렌 님의 움직임이 날렵했기 때문이겠죠."

카산드라가 고개를 깊이 끄덕였다.

"그 모습이 눈앞에 어른거리는 것 같아요. 저도 늘 생각했어요. 렌 님의 체술은 웬만한 트로이 전사를 능가할 만큼 훌륭하다고…."

"하하하. 진짜 진검승부가 무엇인지 아는 사람이 그렇게 말해 주니 부끄러운걸?"

영웅 헥토르나 아킬레우스 같은 이들을 가까이서 봐 온 카산드라 왕녀.

상당히 '눈이 높을' 터인 그녀가 칭찬을 하자, 렌은 간질간질한 기분이 들었다. 그리고 바로 그때, 새로이 가게로 들어온 소녀가 옆에서 끼어들며 말을 걸었다.

"그런 겸손, 로쿠하라 씨답지 않네요."

"리오나 님!"

낮에는 따로따로 행동했던 토바 리오나였다.

렌은 옆에 앉은 '약혼자'에게 생긋 웃음을 지어 보였고, 카산드라 또한 그녀에게 미소를 지었다.

"겸손이라니, 그런 거 아니야. 난 격투기나 복싱 동작이 좋다고 칭찬을 받아도 감이 잘 안 오거든. 잘 하냐 못 하냐가 아니라 '이기는가 지는가'가 그런 세계에선 훨씬 중요한 것 같아서."

"많은 뜻이 함축된 말씀이에요. 그야말로 전사의 마음가짐이네요!"

"호오…. 그렇군요."

자신의 생각을 솔직하게 말했더니 어째선지 카산드라가 그 말에 크게 감격했다.

한편, 리오나는 웬일로 감탄한 표정을 지었다.

"춤추듯이 분주히 움직이는 게 특기지만, 춤과 싸움은 다르다는 걸 피부로 정확하게 알고 있으시군요. 어쩌면 그런 점이 '신을 죽일 수 있는 짐승의 자질'일지도 모르겠네요…."

"왜 그래, 리오나? 갑자기 이상한 소리를 하고."

"아뇨. 방금 전에 '남자의 자존심' 비슷한 걸 필요 이상으로 갖고 있는 것 같은데, 그 필요 이상의 자존심과는 달리 꽤나 나약한 남성을 만나서 왠지 모르게."

"?"

"……라고, 신기원 관계자가 생트집을 잡더군요."

태국 요리를 얼추 하나씩 맛보면서 리오나는 낮에 있었던 일에 대해 이야기했다.

"역시 본부에 쳐들어가서 본때를 보여 줄 필요가 있을 것 같아요."

"그럼 줄리오의 계획대로 움직이면 되겠네?"

리오나는 씨익 웃는 '약혼자' 로쿠하라 렌에게 고개를 끄덕여 보였다.

"네. 로쿠하라 씨가 막판에 나서기 전까지 저와 줄리오가 신기원의 노인들을 휘두를 테니, 최후의 일격을 부탁드릴게요."

"시원하게 본때를 보여 주자고!"

리오나는 쿡 하고 흐뭇한 듯이 웃었고, 로쿠하라 청년은 히죽거리며 고개를 끄덕였다.

약혼자들 사이의 달달한 분위기는 전혀 찾아볼 수 없었다. 하지만 이걸로 충분하다. 자신들은 이해타산과 공통의 이익으로 맺어진 '계약관계'이기 때문이다.

전우, 공범, 동료, 파트너.

그런 말이 훨씬 더 잘 어울리는 관계였다.

"그런데 왕녀님은 어디 있나요?"

"방금 전까지 링사이드에 착 달라붙어 시합을 보고 있었는데?"

킥복싱 시합은 이미 끝나 있었다.

그리고 가게 안에 카산드라의 모습은 없었다. 밖에 나갔나? 하고 리오나가 수상쩍게 여긴 바로 그 직후, 스마트폰 착신음이 울렸다. 메시지가 있었다.

…함께 온 사진을 열어 보았다.

"그 자식의 소행이군요."

리오나는 욕을 내뱉었다.

메시지에는 만날 장소와 아스카이 아무개의 이름이 있었다.

그리고 함께 온 사진은… 현대의 의복을 몸에 두른 카산드라 왕녀의 사진이었다.

어리둥절한 얼굴에서 겁을 먹은 기색은 찾아볼 수 없었다. 몸을 묶인 것도 아니다. 하지만 상황을 감안해 보면, 유괴를 당한 것이 틀림없었다.

4

도쿄 서민 거리의 대명사라 할 수 있는 카츠시카 구.

작은 단독 주택이 빼곡하게 들어서 있는 한편, 의외일 정도로 공터가 많다. 카츠시카 구 안을 흐르는 에도가와 강과 나카가와 강 부근은 사이타마, 치바와도 인접한 '도쿄의 끄트머리'. 토지에 여유가 있어서 그런지 이곳저곳에 휑뎅그렁한 공원이 드문드문 보였다.

이 공원도 그중 하나.

동네가 하나 통째로 들어갈 만한 규모로, 걸어서는 전체를 쉽게 돌아볼 수 없었다.

몇 군데나 있는 광장과 바비큐장. 낙우송과인 메타세쿼이아가 울창한 숲에 흡사 호수와 같은 저수지까지 있었다.

낮이라면 산책, 조깅에 적합한 장소일 것이다.

그러나 밤에는 인기척이 거의 없는 한산한 공간이었다.

이 공원 내에 있는 어떤 광장.

"여러분. 저는 언제까지 이렇게 있어야 할까요?"

왕녀 카산드라가 온화한 목소리로 물었다.

바로 옆에 남자 여덟 명이 있었다. 양복, 점퍼, 트레이닝복 등, 차림새는 저마다 달랐다. 그러나 그곳에 있는 모두가 한 명도 빠짐없이 곤혹스러운 표정을 짓고 있었다.

우아하고 고상한 카산드라를 어떻게 대해야 좋을지 모르겠다는 듯이.

결국 리더 격으로 보이는 청년이 대답했다.

"토바 리오나가 올 때까지 조금만 더 얌전히 있어… 주십시오."

"알겠습니다♪"

카산드라는 감색 재킷에 하얀 셔츠 차림의 그에게 웃는 얼굴
로 대답했다.

낮에 리오나에게 KO당한 아스카이 타케루였다.

거만한 말투로 이야기하려다가 말투를 다시 고친 데에는 이유
가 있다.

…한 시간 전. 손에 땀을 쥐고 관전하던 킥복싱이 끝나자, 카
산드라는 흥분으로 달아오른 몸을 밤바람을 쐬며 식히고자 술집
밖으로 나갔다.

그 술집은 조립식 간이 점포로, 여러 술집이 모인 떠들썩한 거
리 일각에 있었다.

그러나 외진 곳이기도 했기 때문에 어두컴컴하고 인기척도 없
다. 그곳에 남자들이 다가왔고, 그중 한 사람이 말했다.

"얌전히 따라오면 험한 꼴은…."

운이 없게도 카산드라는 몸을 움직이고 싶어 근질근질하던 참
이었다.

무인 가문에서 태어나 궁마와 무술에 능한 왕녀. 자신에게 접
근한 남자들로부터 왠지 모르게 험악한 기운을 감지한 순간, 몸
이 머리보다 먼저 반응했다.

"에잇! 야압!"

오른쪽 다리를 채찍처럼 내리치며 미들킥 2연타.

방금 전의 시합에서 몇 번이나 본 기술. 카산드라는 '쿵푸 영화를 본 직후, 펀치와 발차기를 흉내 내는 아이' 상태가 되어 있었던 것이다.

그리고 트로이 왕녀는 북유럽 신화의 거인도 활로 쏘아 죽이는 명수….

"흐압!" "타앗!"

"죄, 죄송해요! 갑자기 다가오셔서 그만!"

미들킥 2연타로 남자 두 사람을 녹다운시킨 카산드라는 당황해 하며 말했다.

아스팔트 바닥에 쓰러진 채 괴로움에 몸부림치는 그들을 걱정하며 내려다보았다. 그만큼 그녀의 미들킥은 강렬했다.

잠깐 보기만 했을 뿐인 기술을 재현해 능숙하게 구사한다.

신들린 격투 센스, 경이로운 신체 능력이 이룬 업적이었다. 그도 당연하다. 트로이 왕가는 원래 신의 피를 이어받은 영웅 일족이기 때문이다.

예상치 못한 전개에 나머지 남자들은 모두 그 자리에 멍하니 서 있었기에.

머쓱해진 카산드라가 조심스럽게 입을 뗐다.

"저, 괜찮으시다면 제가 뭘 하면 될지 알려 주시겠어요? 가능한 한 따르겠습니다…."

그리하여.

토바 리오나가 올 때까지 함께 있어 달라. 그렇게 부탁받은 카산드라는 아스카이 타케루와 그의 부하 일곱 명과 동행했다.

"아, 렌 님과 리오나 님이 오셨어요!"

제일 먼저 카산드라가 알아채고는 소리쳤다.

하지만 주위에 있던 남자 여덟 명은 고개를 갸웃거리고 있었다. 공원의 넓이와 어둠 때문에 그들의 시력으로는 이쪽으로 다가오는 사람의 모습을 눈으로 확인할 수 없었던 것이다.

아스카이 타케루가 이끄는 쿠마노 까마귀 일족… 그들은 모두 주술 일족에 태어난 남자들이다.

카산드라는 그런 그들을 무술로도, 날카로운 오감으로도 능가했다. 그렇다. 설령 주술사라 하더라도 신화의 왕족에 비하면 '평범하기 짝이 없는 보통 인간'인 것이다….

그리고 마침내 로쿠하라 렌과 그 약혼자가 가까이 다가왔다.

"기다리고 있었어요, 렌 님, 리오나 님!"

"어라? 카산드라, 완전 괜찮아 보이네?"

"어떤 의미로는 납득이 되네요. 카산드라 왕녀님도 역시 신화의 여걸이니까요. 쿠마노의 도련님 따위가 감당할 수 있는 사람이 아니죠."

"그럼 아마 카산드라는 선의나 친절 같은 걸 베풀어…."

"저 인간들과 어울려 주고 있는 거겠죠…."

리오나는 주인님과 마주 보며 고개를 끄덕였다.

여덟 명의 남자들에게 에워싸인 카산드라 왕녀는 묶이지도 않고 자유로운 몸으로 활짝 웃으며 리오나와 렌에게 손을 흔들고 있었다.

로쿠하라 렌은 씨익 웃었다.

"그렇다고 이대로 얌전히 넘어갈 순 없지."

"동감이에요. 장난을 친 값은 톡톡히 치르게 해 주자고요."

서로를 향해 짓궂은 미소를 씨익 건네는 약혼 관계인 두 사람.

맑고 순수한 애정은 없어도 로쿠하라 토바 콤비에게는 '척하면 척인 찰떡호흡'이 이미 갖춰지기 시작하고 있었다.

한편, 아스카이 아무개가 조급한 얼굴로 소리쳤다.

"다들 사전에 얘기했던 대로 공격을 시작해라!"

"예!"

"신화청명!"

"감히 입에 담기도 황송한 나의 황신 앞에 아뢰옵니다…!"

수장의 호령에 맞춰 쿠마노 까마귀 일족이 언령을 외우기 시작했다.

그 주언(呪言)이 그들의 머리 위에 황금 봉황을 구현시켰다. 날개 길이가 7, 8미터는 되고, 다리가 세 개 달린 영조 《야타가라스》였다.

하늘에 나타난 금색 새는 온몸이 불꽃에 휩싸여 있었다.

"호오! 리오나가 변신한 모습과 똑같잖아?!"

"겉보기만 그럴 뿐이에요. 불의 정령을 불러 야타가라스의 흉내를 내게 한 거라고요. 제가 저것보다 수십만 배는 강해요. 그야말로 성냥의 불과 진짜 태양 정도만큼 차이가 있죠."

"그러게, 확실히 그럴지도."

"여러분, 그만하세요! 그런 시시한 마술로 렌 님과 리오나 님에게 맞서는 건 무모하기 짝이 없는 행동이에요. 이 카산드라가 수습해 드릴게요! 당장 무릎 꿇고 자비를 구하세요!"

무려 여덟 명의 쿠마노 까마귀 일족이 달려들어 구현한 《야타가라스》를 앞에 두고….

렌은 가볍게 웃었고, 리오나는 어깨를 움츠렸으며, 카산드라는 진심을 담아 큰 목소리로 충고했다.

그 온도차를 굴욕적으로 느꼈는지, 아스카이 아무개와 까마귀일족 남자들은 얼굴을 새빨갛게 물들이곤 다 함께 마지막 주구를 영창했다.

"이곳에 도사리고 있는 온갖 재앙이여, 불의 힘으로 정화되거라!"

"왔구나."

불꽃을 휘감은 야타가라스가 날갯짓을 하더니 렌과 리오나를 향해 직진했다.

그에 대해 로쿠하라 렌은 리오나가 처음 보는 반응을 취했다.

왕자(王者)의 여유. 그렇게 형용하고 싶게 만드는 우아함으로 피식 웃으며 미소를 지은 후….

야타가라스를 쳐다보았다.

그것만으로도 온몸에 불꽃을 휘감은 영조는 비상을 멈추었다.

앞으로 1미터면 렌 일행과 부딪히게 되는 거리까지 날아왔음에도 불구하고 야타가라스는 두 날개를 크게 폈다. 공중에서 급정지를 한 것이다.

그리고 렌이 하늘을 향해 검지를 드높이 치켜들었다.

그러자 불꽃을 휘감은 야타가라스는 또다시 '스윽' 날아 렌의 손끝에서 멈추었다.

"복수의 여신 네메시스는 신벌을 내리노라. 정의의 심판이 있기를!"

여신 네메시스의 권능 《인과응보》. 로쿠하라 렌은 그 언령을 조용히 영창하곤 까마귀 일족의 《불새》를 자신의 것으로 만들었다. 적의 공격을 받아칠 것도 없이 빼앗아 자신의 것으로 만들었다. 이것을 도로 받아치면 인과응보가 성립된다.

"저… 저 주술은 뭐지?!"

아스카이 아무개가 신살자의 묘기에 아연실색했다.

당사자인 로쿠하라 렌은 쿨한 표정으로.

"리오나. 이대로 내가 되갚아 줘도 돼."

"별 볼 일 없는 상대이니 그렇게 해 주시는 게 저도 편할 것 같네요.”

“우리를 너무 우습게 보는군! 쿠마노의 동포들이여, 이제 그걸 사용할 수밖에 없다! 단단히 각오하거라!”

또다시 아스카이 아무개가 지령을 내리고는 영창하기 시작했다.

“감히 입에 담기도 황송한 위대한 이자나미 님께 아뢰옵니다…!”

“““이 하늘과 땅에 계신 고귀한 분이시여.”””

“““지금 기도를 드리는 저희가 있는 곳으로 나타나 주소서.”””

여덟 명이 동시에 주문을 외우자, 그것을 들은 리오나가 화들짝 놀랐다.

“그것은… 이자나미노미코토의 언령!”

“그렇다! 우리 쿠마노 까마귀 일족에게는 타케하야스사노오노미코토, 야타가라스와 함께 깊은 인연이 있는 여신님이시지. 이자나미 님이시여, 그 영검으로 거룩한 진리를 보여 주소서!”

아스카이 아무개가 어느샌가 하얀 돌멩이를 손에 들고 있었다.

석회암처럼 생긴 그것은 강렬한 주력을 내뿜기 시작했다. 그리고 그 힘은 수상쩍은 부정으로 충만했다.

그렇다, 부정. 예로부터 신도*에서는 가장 꺼리는 개념.

※신도(神道) : 일본의 고유한 신앙으로, 선조나 자연을 숭배하는 토착 신앙. 신사는 바로 이 신도의 사당이다.

"리오나, 땅이!"

"저 도련님, 자기 분수도 모르고 명계의 문을 비집어 연 것 같아요!"

대지에서 '장기(瘴氣)'가 피어올랐다.

어렴풋이 하얀 그것은 마치 연기와 같았다.

썩은 고기처럼 달콤한 악취를 내뿜으며 리오나 일행의 살갗을 미끌미끌, 소름 끼치게 어루만지는 불길하고 오싹한 것이었다.

그런 기체가 넓은 공원 전체를 가득 채워 나갔다.

그러자 연기에 삼켜진 나무들이 순식간에 메말라 갔다.

"어머나!!"

말문이 막힌 카산드라가 짧게 소리쳤다.

침엽수와 활엽수 상관없이 모든 나무의 잎사귀가 땅에 뚝뚝 떨어졌고, 나무줄기가 급격하게 홀쭉해졌다. 나무껍질 표면에서 수분이 사라지고, 나뭇가지가 빠각빠각 소리를 내며 떨어진다….

발밑의 풀도 불과 수십 초 만에 말라 비틀어져 먼지가 되었다.

나뭇가지 위에서 자고 있던 새들은 죽어 하나둘씩 대지에 추락했다. 가을밤을 떠들썩하게 해 주던 벌레의 울음소리도 느닷없이 뚝 끊겼다. 벌레들도 아마 사멸했을 것이다.

눈에 보이는 곳은 목숨이 있는 이들은 모두 사라진 황야.

그리고 아스카이 아무개와 함께 대주술(大呪術)을 완수한 남자들 또한….

풀썩, 풀썩, 풀썩. 연달아 쓰러졌다. 하지만.

"봤느냐, 토바 리오나! 우리 까마귀 일족도 이만한 힘을 발휘할 수 있다! 신력의 일부분을 구사할 수 있는 건 너에게만 주어진 특권이 아니란 말이다!"

"…리오나."

"…네, 얼른 처리하죠."

로쿠하라 렌을 향해 호기롭게 대답한 후, 리오나는 언령을 읊었다.

"타오르는 불과 나의 저주로 퇴치하고 정화하거라!"

리오나의 온몸에서 황금빛이 전방위로 뿜어져 나왔다.

그것은 불의 정령인 《야타가라스》의 본질, 태양의 빛이었다.

세상에 죽음을 초래하는 독한 기운, 그 재액을 정화하고 날려버리는 기적. 어둠을 구축하는 광휘 그 자체였다.

리오나에게서 뿜어져 나오는 빛은 마치 작은 태양처럼 주위를 밝게 비추었다.

나무가 말라 죽은 숲도, 황야 같던 빈터도 따뜻한 빛으로 가득차기 시작했다.

"불과 태양의 비사(秘詞)여, 모든 추악한 죄를 씻어 내고 퇴치하거라!"

리오나는 마지막 언령을 근엄하게 영창했다.

무시무시한 명계의 기운이 조금 전까지 일면에 자욱했지만, 이미 그 작은 흔적조차 누구도 느낄 수 없었다.

그 몇 안 되는 예외인 아스카이 아무개는 소리쳤다.

"큭… 이렇게 된 이상, 나의 목숨을 걸고서라도 널…."

"적당히 하세요!"

그런 그를 큰 소리로 꾸짖은 사람은 다름 아닌 카산드라였다.

게다가 하이킥까지 크게 한 방 먹이며. 오른쪽 발등에 온몸의 힘과 체중을 실어 아스카이 아무개의 숨골을 완벽하게 걷어찼다.

풀썩! 청년은 의식을 잃고 앞으로 고꾸라졌다.

"자신의 명예를 지키기 전에 신하를 지키는 것이야말로 기사와 왕족의 마음가짐. 그조차 지키지 못하는 주제에 어디서 '목숨을 건다'는 말을 입에 담으시는 거죠? 웃기지도 않네요! 쓸데없이 큰일을 이야기하기 전에 작은 일을 먼저 이루는 것이 명예임을 명심하세요!"

무아이타이 전사처럼 돌려차기＋설교.

속세와는 무관한 왕녀에게는 조금 어울리지 않는 조합이었다.

제 2 장　　*chapter* 2　　**날아라, 나라 현**

1

"세상에, 이렇게 빠를 수가…."

신칸센 창가에 앉은 카산드라는 눈을 반짝반짝 빛내며 열심히 '밖'을 주시하고 있었다.

일본에 올 때 이미 비행기도 한차례 경험한 트로이 왕녀. 자동차, 전철도 벌써 수없이 탔다. 하지만 그 무엇보다 감동이 큰 것 같았다.

아마 엄청난 속도로 풍경이 수평이동하고 있기 때문일 것이다.

카산드라는 바로 옆, 통로 쪽 자리에 앉은 렌에게 말했다.

"렌 님. 이 탈것도 사람 손으로 조종하고 있는 거죠?"

"응. 제일 선두에 운전석이 있어."

"그렇군요…. 그런데 이 일본에선 저희 트로이 왕가의 위광은 어느 정도 통할까요…?"

"응?"

머뭇거리며 그렇게 질문한 카산드라는 부끄러운 듯이 눈을 내리깔고 있었다.

렌이 뭐라고 대답해야 할지 곤란해 하자 왕녀는 말을 덧붙였다.

"아뇨. 이곳이 고국이 아닌 것도, 저희 일족의 판도(版圖)가 아닌 것도 충분히 잘 알고 있어요. 그래도 꼭 부탁드리고 싶은 소원이 한 가지 생겨서…."

왕가의 공주는 고개를 들더니 반짝이는 눈으로 선두 차량 쪽을 쳐다보았다.

그러자 렌의 바로 정면, 뒤쪽으로 돌린 2인석 중 한 자리에 앉아 있던 리오나가 "설마." 하고 입을 떼었다.

"카산드라 왕녀님, 신칸센 운전석에 들어가 보고 싶으신가요?"

"네, 말씀하신 대로예요. 그리고 가능하다면 모쪼록 저의 손으로… 이 번개처럼 달리는 탈것을 몰아 보고 싶어요!"

"와, 왕녀님이 직접 운전을 하신다고요?"

"네! 이 세계는 말과도, 전차와도 다른 멋진 탈것이 이곳저곳에 있어서 도저히 보고만 있지 못하겠어요!"

마침내 카산드라는 속내를 뜨겁게 토로했다.

"어떤 탈것도 제 손으로 직접 다루는 것이 저에겐 최대의 즐거움이랍니다!"

"하하하. 그렇게 나왔군."

그러고 보니 카산드라는 승마의 달인이기도 했다.

왕녀의 마음을 알게 된 렌은 소리 내어 웃었다.

"그럼 조만간 오토바이와 자동차부터 도전해 보자. 그리고 나서 그다음엔 전철과 비행기로 넘어가자고!"

"로쿠하라 씨. 도전해 보자니, 그게 무슨 말씀이죠?"

렌의 긍정적인 발언에 의문을 느낀 리오나가 질문했다.

"왕녀님의 여권을 변통했을 때 했던 식으로 교습소에 다니게 하실 생각인가요?"

카산드라는 물론 '이세계인(異世界人)'이다.

지구상에서 신분을 증명할 만한 수단은 아무것도 없다. 그러나 렌 일행은 일단 남유럽에서도 전통 있는 마술 결사 캄피오네스. 그 영향력으로 '그냥저냥' 해결해 버렸다.

그리고 이번에도 렌은 태평하게 말했다.

"괜찮아. 그렇게까지 하지 않아도 아무것도 없는 넓은 땅의 주인과 친해져 운전 연습 좀 하게 해 달라고 부탁한다든가 하면 될 테니까."

"어머! 기대되네요!"

"여전히 남의 힘을 빌려 어떻게든 해결하려고 하시네요. 역시 우리 주인님."

비꼬듯이 말한 리오나는 통로 쪽 자리에서 차창을 바라보았다.

도쿄에서 서쪽으로 향하는 토카이도(東海道) 신칸센. 지금은 카나가와 지역을 통과 중이었다. 이제 곧 오다와라, 아타미에 접어든다.

"뭐, 카산드라 왕녀님이 일본의 이런저런 부분을 마음에 들어 해 주시는 건 좋은 일이죠. 개인적으로 이 신칸센은 도저히 좋아할 수 없지만…."

"무슨 이유가 있으신가요?"

"혹시 리오나, 기차 타면 멀미해?"

"아뇨. 싫어하는 건 토카이도 라인뿐이에요. 신칸센 자체는 좋아하지도 싫어하지도 않아요."

""?""

하고자 하는 말을 이해하지 못한 렌과 카산드라는 멀뚱멀뚱 쳐다보기만 했다.

그러나 그때, 호탕하게 웃음을 터뜨린 인물이 있었다. 사실 이 좌석에는 '네 번째 인물'도 앉아 있었던 것이다.

"아하하하. 리오나는 그 일을 아직도 마음에 담고 있구나."

"시끄러워요, **마키** 씨. 저와 나라 현의 사람들에게는 아주 중대한 문제라고요."

리오나는 오만상을 지으며 옆을 노려보았다.

렌, 카산드라 쪽 자리와 마주 보는 형태로 돌린 두 자리 중 창가에 20대 중반의 여성이 앉아 있었다.

오늘 아침, 도쿄 역에서 렌 일행 앞에 불현듯 나타난 리오나의 지인….

세이슈인 마키(清秋院眞希)라고 자신을 소개한 그녀는 베이지색 코트에 흰색 셔츠, 카키색 와이드 팬츠라는 캐주얼한 복장. 고지식한 직장에서 월급쟁이 노릇을 하고 있는 것처럼 보이진 않았다. 자유로운 영혼의 소유자 같은 분위기에 생글생글 웃는 모습만 봐선 오히려 로쿠하라 렌과 가까운 인종 같기도 했다.

손질 따윈 전혀 하는 것 같지 않은 쇼트 헤어. 빨간 테 안경을 쓰고 있다.

그리고 세이슈인 마키는 렌 일행에게 이렇게 인사했다.

'여러분, 안녕~ 리오나도 오랜만. 신기원에서 온 세이슈인이에요. 리오나의 상사이자 감독 역이라는 직책이니 사이좋게 지내 주세요.'

'신기원 본부 소속 감사관을 맡고 있는 사람이에요.'

'아니, 그게~ 리오나를 슬슬 본부로 끌고 오라는 지시를 받아서 말이죠.'

'거기에 추가로 어젯밤에 있었던 말썽의 뒤처리를 하러, 그리

고 사과도 드릴 겸 이렇게 왔답니다. 쿠마노 그것들이 소란을 피우는 바람에 폐를 끼쳐 죄송했어요.'

이리하여 지금 '신기원에서 온 사자' 세이슈인 마키는 깔깔 웃고 있었다.

"리오나는 말이야. 토카이도 신칸센이 나라 현에 정차하지 않는 것 때문에 옛날부터 잔뜩 토라져 있지 뭐야. 나라와 얼마 떨어지지 않은 교토나 오사카에서는 정차하는데 왜 나라에선 정차하지 않냐고 말이지."

"웃을 일이 아니에요. 당연히 화낼 만한 일이라고요!"

리오나는 뜨겁게 호소했다.

"교토도, 오사카도 나라도 '옛날에 일본 최대의 도시이자 국가의 중심이었다'는 점에선 똑같은데, 나라만 이유 없는 차별을 받고 있단 말이에요!"

의외로 느껴질 만큼 고향에 대한 애정을 보이는 토바 리오나.

그러고 보니 예전에도 그녀는 말했다. '일본과 인연이 끊기면 자신은 영적으로 약해질지도 모른다'고.

그렇다면 태어나 자란 고향과의 유대는 그보다 더더욱 강할지도 모른다.

"아, 맞다."

렌은 무언가를 떠올리곤 세이슈인 마키를 쳐다보았다.

"그러고 보니 줄리오가 얘기한 적 있어. 일본에도 지인이 있다고. 이름이 아마 세이슈인 씨였던 것 같은데."

"맞아, 로쿠하라. 내 얘기였을 거야."

리오나의 상사는 무엇을 물어보든 솔직하게 대답했다.

"줄리오의 집안과 우리 세이슈인 가문은 메이지 시대* 때부터
교류가 있었거든. 그 녀석 집안과 마찬가지로 세이슈인도 주술
을 다루는 아주 오래된 가문이지."

"확실히 줄리오가 신기할 정도로 일본에 대해 잘 알긴 하지."

"그러니까 말이야. 그 녀석은 옛날부터 머리 좋은 괴짜였거든.
…참고로 여기 있는 리오나와도 어렸을 때부터 알고 지내는 사
이. 사촌지간이야."

"어머나! 세이슈인 님과 리오나 님은 친척지간이셨군요."

카산드라가 화들짝 놀라고 나선 고개를 끄덕였다.

"듣고 보니 얼굴 생김새가 많이 닮으셨네요."

"우리 아버지의 남동생이 세이슈인 가문을 나와 카츠라기에
있는 토바 가문에 데릴사위로 들어갔어. 우리 가문도, 토바 가
문도 주술 쪽에선 유서 깊은 집안이지만, 설마 거기서 리오나 정
도의 인재가 나타날 줄은 아무도 생각 못 했지. 부모님들도 모두
깜짝 놀라셨던 것 같아."

그러더니 세이슈인 마키는 쓴웃음을 지었다.

※메이지 시대 : 일본 역사의 시대 구분 가운데 하나로, 1867~1912년.

"그런데 로쿠하라 씨. 어제 줄리오와 통화하다가 묘한 얘기를 들었는데."

"어떤 얘기?"

"지금 전 세계에 확산되고 있는 공간왜곡 현상… 그것을 해결할 수 있는 비장의 카드가 로쿠하라 렌이라나 뭐라나."

자신보다 나이 어린 남자가 반말을 해도 전혀 개의치 않고, 세이슈인 마키는 시원시원하게 대답했다.

마음이 맞는 상대임을 직감하면서 렌이 대답하려고 하던 바로 그때였다.

"그 건에 대해서는 나중에 자세히 설명 드릴게요. 그보다 마키 씨, 늦기 전에 한 가지 선언해 두죠."

리오나가 은근슬쩍 끼어들더니 눈빛을 보냈다.

렌은 곧바로 손을 뻗어 믿음직스러운 파트너의 손을 잡았다.

"실은 우리…."

"저희, 약혼했어요♪ 저희 부모님과 토바 쪽 친척들에겐 제가 얘기를 해 둘 테니, 세이슈인 가 분들에게는 마키 씨가 잘 좀 말씀해 주세요."

"저, 저도 부탁드릴게요, 마키 님!"

손에 손을 잡고 미소를 지으며 한 목소리로 말하는 두 사람.

황급히 카산드라도 옆에서 말을 거들어 주었다. 렌과 리오나의 약혼 관련 이야기만 나오면 트로이 왕녀는 언제나 당황한 기색을 보이고 만다.

한편, 난데없이 약혼 선언을 듣게 된 세이슈인 마키는….

"연애할 생각은커녕 모든 남자를 무대 배경장치 정도로밖에 인식하지 않는, 자신이 최우선주의인 네가 약혼을? 아직 첫사랑도 못 해 본 주제에? 거짓말하지 마. 물리적으로 있을 수 없는 일이야. 우주의 법칙에 반한다고."

어이없다는 듯이 꽤나 실례되는 말을 입에 담았다.

경악과 당혹감으로 인해 세이슈인 마키의 말수는 부쩍 적어졌다.

하지만 그래도 신칸센은 달렸다. 교토 역에 도착 후, 마중 온 리무진을 타고 한 시간 정도 달려 교외에 있는 아라시야마까지 왔다.

그리고 유서 깊은 오래된 절로만 보이는 건물의 산문(山門)을 지나….

"그, 그럼 로쿠하라와 카산드라는 여기서 기다리고 있어. 나와 리오나는 저쪽에서 장로들과 면담하고 올게."

그렇게 말하고는 렌과 카산드라를 한 다다미방으로 안내했다.

그리고 아직 충격에서 빠져나오지 못한 세이슈인 마키와 리오나는 판자가 깔린 나무 복도를 지나 건물 안쪽으로 향했다.

"이곳이 신기원이라는 곳의 본부군."

"이런 정취 있는 건물은 처음이에요! 참 신기하네요. 나무와 종이로 이렇게나 장엄한 분위기를 만들어 낼 수 있다니!"

"잠깐 둘러보고 싶지 않아?"

"네. 둘러보고 싶어요!"

호기심을 자극당한 일본인과 트로이인은 마주 보며 고개를 끄덕였다.

기다리고 있으라고는 했지만 딱히 감시하는 사람도, 잠긴 문도 없었다.

2

"꽤나 느긋하게 돌아온 것 같더군, 토바 양."

신기원 이사 중 한 사람이 집요한 말투로 말했다.

"이탈리아를 경유해 생크추어리 트로이에서 귀환한 사정은 이해하고 있네. 허나 그 후에 대체 왜 스페인에 장기 체류를 한 거지?"

"그래. 게다가 우리의 귀환 지령을 무시하면서까지."

다른 이사까지 비난하기 시작했다.

그러나 리오나는 딱히 동요하지 않고 담백하게 받아쳤다.

"저를 필요로 하는 긴급사태가 일본 국내에서는 일어나지 않았다고 들었습니다. 그래서 트로이의 멸망을 저지했을 때 쌓인 피로를 천천히 풀어 주는 것이 우선이라고 판단하여 스페인에 머물러 있었습니다."

몇 십 명이 모여 연회라도 열 수 있을 법한, 그런 넓은 다다미 방이었다.

이곳의 벽을 등지는 형태로 노령, 초로의 남성 이사진이 약 열 명 정도 앉아 있었다. 양복을 입은 자도 있지만 대부분이 전통복 차림이다.

이사들 대부분이 책상다리를 하고 앉아 있었다.

반면, 리오나는 그들과 마주 본 상태로 공손하게 무릎을 꿇고 앉았다.

그러나 얼굴과 말은 몹시 불손했다. 또한 뒤쪽 대각선 위치에서 마찬가지로 무릎을 꿇고 앉은 세이슈인 마키가 어처구니가 없다는 표정을 짓고 있다는 것은 굳이 보지 않아도 알 수 있었다.

이사진 노인들은 모두 어딘가 불만스러운 듯한 표정이었다.

"그것을 판단하는 건 자네의 역할이 아닐 텐데?!"

"확실히 자네는 야타가라스의 환생일지도 모르지만, 토바 가문은 어디까지나 신기원의 일원. 괜히 건방 떨다가 대가를 치르게 되는 건 자네의 집안과 그 일가친척이란 걸 모르는 건 아니겠지?"

토바 리오나에 대한 불만과 공갈이 쏟아졌다.

하지만 리오나는 신경 쓰지 않았다. 지금까지 리오나는 이럴 때마다 웬만하면 노인들의 체면을 세워 주고자 배려했다.

전면적인 대결이 벌어지면 화근이 남는 데다 쓸데없이 피곤하니까.

그러나 이번에는 줄리오와 의논하고 다짐했다.

'앞으로의 일을 생각해서 그들의 코를 사정없이 콱 꺾어 놓고 싶어.'

귀국 전, 결사 캄피오네스의 총수가 이렇게 말했다.

'리오나에게 우선 부탁하고 싶은 건 결투의 시작을 드높이 읊는 역할이야. 우리 브란델리 가의 방식에 따라 우아하고 도발적으로. 그리고 악의를 확실하게 입에 담진 말고, 유감의 뜻을 아름다운 모피에 감싸 노인들에게 들이미는 거지.'

'…요컨대 은근무례하게 싸움을 걸고 오라는 말씀인가요?'

'우아하지 않은 표현이지만, 그런 뜻이야. 최후의 청산은 우리 마왕님이 할 테니, 넌 마음껏 노인들의 적대감을 부추기고 와.'

군사(君師)의 승낙도 받았기에 리오나는 거침없이 말했다.

"저는 스페인에서도 생크추어리 미트가르트의 붕괴를 막고 왔습니다."

말만이 아니라 시선으로도 노인들을 노려보았다.

"이 지구와 이어진 신화 세계, 만일 그 신화 세계들이 붕괴되는 사태가 발생한다면 우리가 사는 세계에도 심각한 영향을 끼칠 것이다… 일찍부터 주장되어 왔던 가설이죠. 저는 트로이에서 임무를 수행하는 동안 그것이 사실임을 확신했습니다. 그에 관한 보고서도 제출했습니다만, 읽어 보셨는지요?"

어이없게도 이사들 중 일부가 은근슬쩍 눈을 돌렸다.

발렌시아에 머무는 동안 리오나가 인터넷을 통해 제출한 문서. 감사관인 마키로부터 개요 정도는 들었을지도 모른다. 하지만 분명히 직접 훑어보진 않았을 것이다.

하지만 그렇지 않은 인물도 있었는지,

"뭐, 확실히 나름대로 설득력은 있는 보고서였다. 허나 토바양."

매서운 얼굴을 한 이사가 말했다.

"신화 세계의 붕괴가 우리가 사는 지상 세계에 영향을 끼친다는 주장의 근거가 될 만한 데이터가 애당초 없지 않은가. 애초에 자네의 보고서에는 결정적으로 이상한 점이 있었단 말이지."

"그게 무슨 말씀인가요?"

"자네는 트로이 전쟁에 개입해 주신(主神) 제우스, 바다의 신 포세이돈, 그리고 무려 아테나와 대립했다고 하던데, 아무리 야타가라스의 환생이라 할지언정 그렇게나 대단한 신들과 대결해 트로이의 도시를 지켜 내다니… 가능할 리가 없지 않느냐!"

"그에 관해서는 보고서에도 적었듯이."

리오나는 오만한 여왕처럼 냉소를 지었다.

"결사 캄피오네스에서 파견된 일본인 로쿠하라 렌의 조력이 있었기 때문입니다."

"그 남자는 토바 리오나 자네조차도 수행하기 곤란한 임무를 성공시킬 만큼 대단한 술사란 말인가? 우리 신기원에는 일본 전국의 주술자와 영력자를 문파 및 일족별로 총망라한 데이터가 있다. 허나 로쿠하라라는 인물의 이름과 가문은 그 어디에도 적혀 있지 않아."

"그렇겠죠. 그 사람은 주술사는커녕 업계 관계자도 아니니까요."

보고서에 '신살자의 정보'는 굳이 적지 않았다.

나중에 폭약으로서 대폭발, 혹은 대폭**파**시키기 위해.

덧붙여 말하자면 미트가르트에서 만난 '두 번째 신살자'와 라그나로크의 전말에 대해서도 이미 작성을 마쳤으며, 제출 시기를 살피고 있었다.

"그럼 날 때부터 신성한 능력을 갖고 있는 자인가? 자네나 자네 동생처럼?"

"아뇨. 그런 힘도 전혀 없습니다."

그들이 추궁해도 리오나는 '우아하고 도발적'으로 얼버무렸다.

"운동 능력이 몹시 높고 요령이 좋은 사람이지만… 뭐, **태생도**, **성장 환경**도 완벽하게 보통 사람입니다. …아, 맞다. 이건 제 개인적인 일이라 보고서에 적지 않았지만, 저와 로쿠하라 씨는 약혼했습니다. 미리 말씀드리지 못해 죄송합니다."

"뭐라고?!"

"바보 같은 소리 마라!! 토바와 세이슈인의 피를 이어받은 자네와 어디서 굴러먹던 개뼈다귀인지 모를 녀석의 피가 섞이다니, 그런 게 허락될 것 같으냐!"

일제히 술렁거리는 이사들. 예상했던 반응이었다.

주술, 마술을 다루는 재능은 '피'의 은혜를 입는 경우가 많다고 한다. 그 **핏줄**이 아닌 가문에서 인재가 태어날 가능성은 전혀 없다고 할 순 없지만 매우 낮았다.

부모 양쪽 다 신비와 관계된 피를 '배합'시키는 것이 바람직하다.

그래서 신기원은 주술 가문이나 고위술사의 혼인에 종종 간섭한다. 그 결혼은 취소해야 한다, 지금이라도 이혼해야 한다는 둥.

21세기 근대국가에 있어서는 아니 될, 전시대적 조직이다.

그리고 전부터 예측했던 대로 이사진 노인들은 토바 리오나의 혼인에 터무니없이 비인도적인 분노와 꿍꿍이를 드러내고 있었다.

리오나는 입을 모아 떠들어 대는 그들의 얼굴을 부릅뜬 눈으로 쏘아보았다.

그러자 의외로 한 이사가 헛기침을 했다.

"여러분, 잠깐 쉬었다 가죠. 실례."

그러고는 자리에서 일어나 회의장을 나갔다. 그 뒤를 잇는 이사가 몇 명 있었다.

자신을 향한 규탄이 단박에 중단되자, 리오나는 작은 목소리로 중얼거렸다.

"…더 집요하게 물고 늘어질 줄 알았어요."

"…리오나 너, 눈치 못 챘어?"

뒤쪽 대각선 위치에 앉아 있던 사촌이 속삭이는 목소리로 대답했다.

신기원 본부 소속 감사관이자 토바 리오나를 감독하고 있는 세이슈인 마키. 뒤돌아보자, 마키는 경탄의 눈빛으로 쳐다보고 있었다.

"…그 눈. 언제 능력의 봉인이 풀린 거야?!"

"아…."

리오나의 두 눈은 어느새 파랗게 빛나고 있었다.

사파이어 같은 빛이 눈동자에 깃들어 있다. 그것은 토바 리오나가 '주인'의 허락을 얻어 황금색 영조 《야타가라스》로서 가진 모든 능력을 해방시킨 증표였다.

일찍이 고베에서 효고 현 지사를 임시 주인으로 삼았을 때처럼.

하지만 딱히 로쿠하라 렌으로부터 허락을 받은 건 아니다.

그와 《날개의 계약》을 맺은 이후로 굳이 허가를 받지 않아도 리오나는 자신의 모든 능력을 자유자재로 해방시킬 수 있게 되었다. 여러모로 결점이 많은 주인님이지만, 모반을 두려워하며 가신의 능력에 제한을 두는 겁쟁이는 아니다.

"저의 눈이 어르신들에겐 너무 눈부셨던 것 같네요."

"너 말이야, 싸움을 걸기 시작하고 나서부터 박력이 어마어마 하던걸? 솔직히 오래 알고 지낸 사이인 나도 압도당했어…. 이사 할아버지들도 분명 마찬가지일걸…?"

"후후. 그럼 오늘은 서두르지 말고 천천히 코너에 몰아넣어 드려야겠어요."

리오나는 만족하며 미소를 지었다.

결사 캄피오네스의 총수 줄리오 브란델리.

볼일이 있어 출발이 늦어진 그도 마침내 오늘 밤 일본에 도착할 예정이다. 이제 남은 것은 언제 《신살자 로쿠하라 렌》이라는 비장의 카드를 풀어놓느냐 하는 것.

한편, 카산드라를 데리고 대기하던 방을 나온 로쿠하라 렌.

신기원 본부는 결국 '오래된 절'이기 때문에 결코 색다른 곳은 아니었다.

물론 그 중후하고 장엄한 분위기, 정성껏 손질된 근사한 일본 정원 등은 볼 가치가 있었다. 함께 구경하고 있는 트로이 왕녀 카산드라도,

"이런 곳은 처음이에요!"

그렇게 말하며 몇 번이나 눈을 반짝였다.

하지만 렌은 중학교와 고등학교 수학여행을 두 번 다 교토로 갔다.

그 기억이 새로운 이상, 어중간한 사찰로는 감동하지 못하게 됐지만… 그래도 이곳 신기원에는 다른 곳에는 없는 볼거리가 있었다.

"저기, 카산드라. 이 다다미방에 있자니 조금 간지럽지 않아?"

"경호 마술이 걸려 있겠죠. 발을 들여놓은 자에게 죽음의 저주를 내려 심장을 멈추게 하는 주술이 아닐까요?"

"오. 이쪽 광은 구석에 유령 같은 게 있는 것 같은데…?"

"렌 님. 그건 틀림없이 수호의 정령일 거예요."

카산드라가 놀라는 로쿠하라 렌에게 하나하나 설명해 주었다.

역시 신화 세계의 무녀이자 예언자. 낯선 곳인 일본의 주술도 보자마자 한눈에 어떤 것인지 간파해 버렸다.

그러나 두 사람에게 긴장감이란 전혀 찾아볼 수 없었다.

"아하하하. 문을 만지기만 했는데 손이 찌릿했어."

"틀림없이 봉인 마술이에요. 아마 침입자를 전기 공격으로 꼼짝 못 하게 제압한 후 태워 죽이기 위한 방비일 거예요."

"그렇구나. 이 찌릿찌릿한 느낌, 꽤 기분 좋은데 말이야."

"그럼 저도… 어머나, 정말이네요! 후후후, 기분 좋은 자극이에요!"

그 어떤 수비 주법도 두 사람에게 해를 끼치진 못했다.

신살자인 로쿠하라 렌은 말할 것도 없다. 그리고 신화의 왕족 카산드라도 마술에 대해 더없이 강력한 내성을 갖추고 있었다.

그리하여 아무런 난처한 일도 일어나지 않고.

두 사람은 느긋하게 건물 견학을 이어 갔다. 이건 이것대로 재미있는 체험이었지만.

"슬슬 방해가 되는군."

"네. 게다가 참 이상해요. 이곳이 이 나라의 마술을 관장하는 곳이라면 더 견고하게 방비를 강화해도 될 텐데…."

"역시 리오나 수준의 사람은 웬만해선 잘 없구나, 아마."

다시금 약혼자의 위대함을 느끼면서 렌은 카산드라와 마주 보며 고개를 끄덕였다.

"이 어트랙션, 슬슬 없어도 될 것 같아."

"동감이에요."

두 사람이 유감의 뜻을 표명한 그때였다.

쩌적! 유리처럼 깨지기 쉬운 '무언가'가 부서져 흩어진 듯한 느낌이 들었다.

그 이후로는 그 어떤 주술적 방어의 방해도 받지 않고 느긋하게 목조건축 부지 내를 어슬렁어슬렁 돌아다닐 수 있게 되었다.

"갑자기 다니기 편해졌네."

"렌 님이 '없어도 된다'고 염을 보내셨기 때문이겠죠."

"뭐? 고작 그렇게 생각한 것만으로?"

"네. 신살자 여러분은 모두 주력, 마술에 민감한 체질을 갖고 계세요. 단순히 자신의 몸에 걸린 저주를 튕기기만 할 뿐 아니라… 가까이에 존재하는 불필요한 주술도 없앨 만큼 강한 힘을 지니신 것 같네요."

"그렇구나!"

렌은 카산드라의 가르침을 듣자마자 무언가를 떠올렸다.

"맞아. 포세이돈의 아버지가 바다에 끌어들였을 때도 그런 식으로 탈출했었어."

"신의 권능을 상대로도 가능하다는 것입니다."

일찍이 태양신 아폴론을 섬기던 무녀가 엄숙한 어조로 말했다.

"하물며 인간이 건 주문쯤이야 바람에 펄럭거리는 솜털 같은 것이나 마찬가지겠죠. 역시 렌 님은 신들을 죽인 전사다우세요."

"에이, 카산드라. 나 같은 사람을 자꾸 이상하게 치켜세우더라?"

"후후후. 그야 사실인걸요?"

두 사람은 온화하게 담소를 나누고 있었으나.

주위가 서서히 소란스러워졌다. 신기원 본부 견학 중, 복도에서도 방에서도 그 누구와도 마주치지 않았다. 조용하고 평온한 분위기만이 흐르던 곳이었지만, 갑자기 안쪽에서 몇 명이 허둥지둥 뛰어오더니….

"본부의 결계가 전부 풀려 버렸어!"

"설마 외부에서 습격이?!"

"바보 같은 소리. 다른 데도 아니고 신기원 본부를 누가 공격하겠어?!"

신기원의 '직원'들일까?

신직(神職)으로 보이는 복장을 입은 사람과 승려다운 옷차림을 한 사람, 그리고 양복을 입은 사람 십여 명이 몹시 허둥지둥하며 여기저기 둘러보고 있었다.

신기원 안에 걸어 둔 수호의 주술인지 뭔지를 확인하고 있는 것 같았다.

그리고 당연히 그중 한 사람이 '외부인'인 렌과 카산드라를 수상쩍게 여기고는 두 사람을 향해 다가왔다.

"몇 가지 질문을 할 테니 똑바로 대답…."

"잠시만. 그 두 분은 내 손님이에요."

불심검문을 당하기 직전, 누군가가 그를 제지했다.

목소리가 난 쪽을 돌아보자 덩치가 작은 노부인이 가까운 곳까지 다가와 있었다. 우아한 연보라색 기모노에 베이지색 띠를 두르고 있다.

노부인은 쾌활한 말투로 말했다.

"이 젊은 총각은 우리 재종질, 그러니까 6촌의 아들이고. 거기

아가씨는… 맞다, 거기 아가씨도 우리 사촌의 딸이고. 여기가 워낙 넓어서 중간에 길을 헤맸나 보네."

"그, 그럼 히나코 님의 친족 분이라는 말씀인가요…?"

명백하게 수상쩍다는 기색을 보이는 직원들. 렌은 그렇다 쳐도, 은발에 녹색 눈을 가진 카산드라까지 친척이라는 말은 아무리 그래도 무리가 있었다. 그러나.

"그래요. 그러니 다들 이만 가 봐요."

노부인은 아이처럼 씨익 웃더니, 대화를 억지로 끝내 버렸다.

단정하고 기품이 넘치며, 그 연령대다운 아름다움까지 갖춘 여성이었다.

분명히 옛날에는 남녀노소 할 것 없이 모두가 뒤돌아볼 만큼 대단한 미녀였을 것이다. 그렇게 확신하는 렌과 멍하니 서 있는 카산드라에게, 노부인은 장난스러운 표정을 지으며 윙크했다.

"자아, 자. 둘 다 어서 내 방으로 갑시다. 곧 차와 과자를 준비할 테니까!"

3

"결국…."

고급 승용차 안에서 리오나는 말했다.

"로쿠하라 씨가 소동을 일으켜 준 덕분에 오늘 회의는 중지됐어요.”

“내가 큰 잘못을 한 건 아니지?”

“네. 아무 문제 없어요. 회의는 구실이었을 뿐이고, 실상은 저를 괴롭히기 위한 모임이었으니까요.”

조금 동정한 렌과 달리, 리오나는 유쾌한 듯이 웃었다.

그날 저녁. 교토의 아라시야마에서 나라가 있는 남쪽으로 향했다.

조수석에는 렌, 뒷좌석에는 카산드라와 리오나. 참고로 핸들을 잡고 있는 운전사의 제복 복부에는 ‘부적’이 붙어 있었다.

그리고 트로이의 공주가 머뭇거리며 호소했다.

“리오나 님. 괜찮으시면 저에게도 운전이라는 걸….”

“왕녀님의 도전정신에는 경의를 표하지만, 여러 사람이 이용하는 이런 길에서 바로 실전으로 들어가게 할 수는 없어요. 오늘은 저의 식신에게 맡겨 주세요.”

“아이 참. 정말 아쉽네요.”

얼핏 인간으로밖에 보이지 않는 운전사는 놀랍게도 음양사 토바 리오나가 낳은 《식신》이었다. 그렇다. 렌의 약혼자는 예전에도 운용 헬리콥터조차 자신의 《식신》으로 삼아 자동 운전이 가능한 부하로 바꿔 버릴 정도였다.

음양도의 힘을 이용해 고향인 나라로 향하면서 리오나는 말했다.

"그래서 두 분은 히나코 님과 함께 계셨나요?"

"아, 그 사람? 아마 그런 이름으로 불렸던 것 같아."

"리오나 님도 아는 분이셨군요."

"그렇죠, 모르는 게 오히려 이상할 정도예요. 왜냐하면 그분은 신기원의 보스에 해당되는 분이시거든요. 결사 캄피오네스로 치면 줄리오의 위치예요."

"우와, 의외네!"

"네. 아주 다정한 할머님이셨어요. 단 과자도 잔뜩 주셨는걸요. 리오나 님께 쌀쌀맞게 대하는 사람들의 우두머리라니, 상상이 안 돼요!"

"본인이 대단한 사람이라는 말도 안 했고."

"보스라고 해도 이름뿐. 실권은 없으니까요."

리오나는 어깨를 움츠렸다.

"타카츠카사 히나코(高司陽那子) 님. 아주 지체 높은 집안의 딸로, 오랜 세월 《히메미코(媛巫女)》의 의무를 다해 오신 분이에요."

"히메미코가 뭐야?"

"유서 깊은 주술 가문에서 태어났고, 아울러 날 때부터 영력을 가진 여자만이 그 임무를 맡을 수 있어요. 일본 각지를 영적으로 수호하는 특별한 무녀죠. 아마 전국에 있는 히메미코를 다 합쳐도 대여섯 명밖에 없을 거예요…."

렌은 리오나의 설명을 듣고는 감탄을 자아냈다.

"대단한 사람이었구나."

"네. 옛날에 저도 제안을 받았는데, 무녀 같은 건 제 체질에 맞지 않아서 거절했어요. 대신에 제 여동생에게 제안이 왔지만."

"어머나. 리오나 님, 여동생 분이 있으셨어요?!"

"네. 말은 안 했지만, 여동생이 하나 있어요. 언니인 제가 말하는 것도 웃기지만, 저희 동생은 조금 재미있는 능력을 갖고 있답니다. 하지만 성격이 좀 난해해서 그 애도 무녀하곤 안 맞아요."

"어떤 애인데?"

"만나면 아실 거예요. 이제 조금만 더 가면 저희 본가예요."

조만간 처제가 될 소녀. 리오나는 흥미를 품은 렌에게 그렇게 말했다.

아라시야마에서 차로 한 시간 정도 걸려 나라 현 이코마 시에 도착했다.

교토, 오사카에 가까운 베드타운치고는 나무가 많고 자연과 어우러진 곳이었다. 차만 있으면 필요한 것들은 거의 현지에서 구입이 가능해 보였다.

그리고 대지주이기도 한 리오나의 본가는 넓었다.

몇 가족이 모여서 공동생활을 하는 것도 가능할 법한 일본 가

옥이었다. 일족의 무리들이 쳐들어오는 것도 흔히 벌어지는 일이었기 때문에 이 정도의 넓이가 필요한 것이다.

정원에서는 영봉 이코마 산을 올려다볼 수 있었다.

나라와 오사카의 경계에 위치한 이곳은 옛날 옛적부터 신화 전승의 무대가 되어 왔다.

진무 천황, 카무야마토이와레비코에 대적하던 나가스네히코[*], 그리고 수험도(修驗道)의 시조 엔노 교자(役行者), 즉 엔노 오즈누(役小角)가 본거지로 삼았던 산이다.

그 으리으리한 저택의 일실에서 리오나는 거침없이 말했다.

"아버지, 어머니. 전화로 말씀드린 대로 이분이 저와 약혼한 로쿠하라 렌 씨입니다. 주술 가문의 혈통은 아니지만, 유럽 결사에 소속되어 있기 때문에 업계 얘기는 이분 앞에서 해도 아무 문제 없습니다. 그리고 이분은 카산드라. 자세한 설명은 차차 하는 걸로 하고요, 간단히 말씀드리면 제가 신화 세계에서 데려온 공주님이자 이세계인입니다. 한동안 두 분을 저희 집에 묵게 하겠습니다."

그야말로 청산유수 같은 설명이었다.

자단나무 테이블을 둘러싸고 이루어진 보고식. 나란히 앉은 로쿠하라 렌과 리오나, 카산드라를 마주 보고 리오나의 부모가

※나가스네히코 : 일본 신화에 등장하는 신으로, 진무 천황에게 저항한 호족의 장.

앉아 있었다.

모친 토바 유토리(鳥羽ゆとり)가 멍하니 중얼거렸다.

"세상에, 리오나…. 상의도 없이 약혼을 하다니, 무슨 그런 터무니없는 짓을…."

리오나는 슬림한 체형의 모친을 닮은 것 같았다.

그러나 부드러운 표정에서 그녀의 온화한 성격을 알 수 있었다. 모친은 말했다.

"아빠와 엄마뿐만이 아니잖니. 음양도 토바 일족의 우두머리인 리오나의 결혼과 관련된 문제이니, 일족 사람들이나 신기원과도 잘~ 얘기해 봐야 하지 않겠니? 나중에 두고두고 무슨 소리를 들으려고 그래?"

"괜찮아요. 신기원과는 제가 직접 매듭을 지을게요."

리오나는 모친의 반론을 일축했다.

"토바 일족의 시끄러운 장로들은 이미 제 손안에 있어요. 열세 살이라는 나이에 가문을 이어받았을 때부터 무슨 일이 있을 때마다 '그릇의 차이'를 보여 주면서 회유하고 길들여 놨거든요. 그래도 뭐라고 지껄이는 노인네가 있다면 실력을 보여 주고 침묵하게 만들 수밖에 없죠. 문제될 건 전혀 없어요."

"그래? 뭐, 리오나가 그렇게 말하면 그렇겠지…."

원래라면 리오나의 모친이 토바 일족을 통솔하는 수장이어야 했다.

혹은 데릴사위인 부친이 그 역할을 대신해야만 했다.

하지만 두 사람 다 주력은 둘째 치고, 세상과 몹시 동떨어진 성격의 소유자였다.

제멋대로인 여왕님이지만 자질이 뛰어나고 패기 넘치는 리오나에겐 우두머리가 될 자격이 있었기에, 주위의 기대에 보답하는 형태로 새로운 리더가 탄생했다.

그리고 예상대로 모친 유토리는 갑작스러운 약혼 소식에도 쉽사리 납득했다.

그럼 부친, 토바 후미히코(鳥羽文彦)는?

"리오나. 엄마가 후계자 자리를 양보했을 때부터 너는 이미 어엿한 어른이 되었다고 아빠는 생각한단다. 그런 네가 정한 일이니까 아무 말도 하지 않을게. 리오나 너는 네가 믿는 길을 똑바로 나아가도록 하렴."

마른 체구에 안경을 쓴 부친 후미히코가 이해심 많은 부모처럼 말했다.

그러나 부친은 이런 말을 덧붙였다.

"그보다 말이야, 아빠가 요새 '야마타이국*은 토호쿠 지방 이와테 현에 있었다'는 새로운 이야기를 생각해 냈단다. 올해 중으로 글을 완성하고 싶으니까 자료 정리 좀 도와주지 않을래?"

※야마타이국 : 3세기경에 있었다고 전해지는 일본의 고대 부족 국가.

"아버지. 수상한 아르바이트도 적당히 하지 않으시면 학회에서 추방당해요."

일단은 일본 주술의 명문인 세이슈인 가문에서 태어난 남자.

하지만 배운 주술을 활용할 생각이 없어 치치부에 있는 생가를 나와 데릴사위가 되었다.

지금은 교토의 한 대학에서 교편을 잡고 있는 한편, 몰래 진위가 불분명한 말도 안 되는 역사 이야기를 찍어내는 작가로서도 열심히 활동하고 있다….

아무튼 부모에게는 보고를 마쳤다.

"보시다시피 저희 부모님은 괜찮으시대요."

"하하하. 왠지 나와 마음이 잘 맞을 것 같은 부모님이라 다행인걸? 로쿠하라 렌입니다. 앞으로 잘 부탁드립니다."

"아뇨, 아뇨, 그건 저희가 할 말이죠. 리오나 같은 아이에게 이런 분이 생기다니."

"리오나는 옛날부터 남자에겐 엄격했으니까… 유치원 때는 '내가 탈 말이 되어라', 초등학교 때는 '사과를 하려면 무릎 꿇고 사과해라, 백 배로 갚아 주마', 이윽고 중학교 때는 '천상천하 유아독존'…."

"그렇게 어렸을 때부터 여왕님이었나요?"

"응. 리오나는 나하고도 안 닮았고, 애 엄마하고도 안 닮았거든. 그런데 로쿠하라 군. 내가 오랜 세월 동안 여러모로 구상해 온 '아서 왕 전설의 무대는 일본 토호쿠이다'라는 설, 어떻게 생각해? 개인적으로는 꽤 설득력이 있다고 생각하는데 말이지…."

"왠지 재미있을 것 같네요. 괜찮으시면 저에게도 들려주세요."

"어? 정말? 그럼 바로 시작해 볼까? 그게 말이지, 계기는 『츠가루소토산군시*』였어. 로쿠하라 군은 그게 뭔지 알아? 까놓고 말하자면 꽤나 수상쩍은 역사서인데…."

약혼자인 주인님은 역시나 처세술이 뛰어났다.

생판 남과 금방 친구가 되어 거리낌 없이 원하는 것을 '조르는' 그 특기의 원천이라 할 수 있는 약삭빠름을 유감없이 발휘하고 있었다. 순식간에 리오나의 부모와 의기투합하기 시작했다.

옆에서 그 모습을 지켜보던 왕녀 카산드라가 중얼거렸다.

"저, 리오나 님. 누이동생이 있다고 하셨죠?"

"지금 부를게요. …식신이여, 나에게 오너라."

리오나는 테이블 위에서 종이를 사람 모양으로 접었다.

쑤욱. 그 자리에서 접은 종이 인형이 두 다리로 벌떡 일어섰다.

"후미카에게 가서 전하고 오렴. '당장 언니가 있는 곳으로 오지 않으면 이케부쿠로에서 조달해 온 신작은 주지 않을 것이다'라고."

"리오나, 도쿄에 있을 때 이케부쿠로에도 들렀어?"

※츠가루소토산군시(東日流外三郡誌) : 일본 토호쿠 지방에서 예로부터 전해져 오는 고문서라고 불렸지만, 결국 위서로 판명된 문헌.

"네. 여러분이 스카이트리에 가 계시는 동안에 잠깐 들렀다 왔어요."

"이케부쿠로라는 지역은 어떤 곳인가요?"

"그 아이가 좋아하는 무슨무슨 로드라는 곳이 있어요. 부패한 소녀들이 모이는 길이….".

방문은 활짝 열어 놓은 상태였다.

종이 인형은 폴짝폴짝 걸어 밖으로 나갔다.

기다리기를 몇 분. 쿵쾅쿵쾅쿵쾅. 나무판자로 된 복도를 뛰는 발소리가 들려왔다.

"어, 언니, 왔어…? 그, 그 사람들은 손님…?"

토바 가의 차녀, 후미카(芙實花)였다.

어깨까지 오는 흑발의 15세 소녀. 중학교 교복을 입고 있다.

방에 들어오지 않고 어중간하게 열린 문 뒤에 숨어 이쪽을 살피고 있었다.

극도의 낯가림, 다시 말하면 다른 사람과 대화를 제대로 하지 못하는 타입이다.

그리고 문화적 퇴폐와 난숙(爛熟)을 더할 나위 없이 사랑하는 부녀자(腐女子)… 모친과 리오나를 빼닮은 미모를 살리는 길도 있겠지만, 이대로 가면 '남자 오타쿠로 바글바글한 무리 속의 한 떨기 장미'가 고작이려나….

아무튼 리오나는 동생에게 말했다.

"언니의 약혼자와 친구 분이셔. 인사드려."

"뭐?! 연애엔 아예 소질도 없던 언니가 약혼?! 말도 안 돼. 그게 정말이라면 이제 곧 지구 최후의 날이 오고 말 거야!"

리오나의 동생 후미카는 소스라치게 놀라 말을 쏟아 냈다.

농담도 아니고 분위기를 띄우려고 하는 재치 있는 입담도 아닌, 진심으로 그렇게 생각해서 한 듯한 말이었다.

4

그날 밤, 토바 가의 저녁 식사는 그야말로 진수성찬이었다.

메인 요리는 아스카나베. 우유에 닭뼈로 낸 육수를 넣고 끓인 나라 지역의 명물 냄비 요리이다. 지역에서 재배한 야채에, 마찬가지로 나라에서 생산된 닭고기를 재료로 사용한다. 게다가 이 닭고기로 만든 닭튀김도 식탁에 올랐다.

야마토규를 사용한 소고기 생강조림, 입가심용으로 나온 나라 야채로 만든 장아찌 등 가지각색의 향토 요리가 밥상을 장식했다.

그 모든 음식을 준비해 달라고 요청한 사람은 렌의 약혼자였다.

"음. 오래간만에 먹는 감잎 초밥, 정말 맛있네요."

"그런데 리오나. 오늘 밤엔 교토의 타카시로야에서 사 온 '한나리 탕두부 세트'와 하나오레에서 사 온 고등어 초밥도 있었단다.”

“아빠는 고등어 초밥이 먹고 싶었는데.”

“딸이 외국에 있다가 오랜만에 돌아왔는데, 더구나 약혼을 축하하는 자리라고요! 교토 명물 따윈 밥상 근처에 얼씬도 못 하게 해 주세요!”

“하지만 언니, 학교도 교토로 다니잖아….”

“아빠가 근무하는 곳도 교토인걸.”

“난 신기원의 일과 학업을 병행하기 위해 어쩔 수 없이 그리로 다니는 거야. 내가 좋아서 교토를 택한 게 아니라고. 말하자면 고뇌의 선택이었다고 내가 몇 번을 말해야 알겠어?”

“렌 님. 교토라는 곳은 아까 방문했던 도시 맞죠?”

가족의 대화를 즐거운 듯이 지켜보면서 카산드라가 물었다.

“참 아름다운 분위기의 도시였어요.”

“맞아. 이유는 모르지만 리오나는 싫어하는 것 같네. 나도 수학여행으로 두 번 갔었어.”

“여기엔 아주 깊은 이유가 있답니다, 카산드라 왕녀님…. 그럼 로쿠하라 씨에게 질문을 드리죠. 나라를 여행해 보신 적은 있나요?”

“음~ 없어.”

렌은 기억을 더듬고는 대답했다.

“우리 학교에선 수학여행지를 교토 아니면 나라 중에 하나 고를 수 있었는데, 난 나라를 가도 괜찮았지만 우리 반 애들이 다들 교토가 좋다고 했거든."

"바로 그거예요, 모든 악의 근원은!"

쾅! 리오나는 자단나무 테이블을 내리치며 역설했다.

"세상 사람들은 왜 교토만 일본의 고도로 여기는 거죠?! 나라에도 토다이지(東大寺)며, 호류지(法隆寺) 같은 사찰이 있어요. 야쿠시지(薬師寺)도, 코후쿠지(興福寺)도!"

죄다 절밖에 없네. 렌은 그렇게 생각하면서도 절대 입 밖에 내지 않았다.

감이 발동했기 때문이다. 이 키워드는 아마 지뢰일 것이라는 감이.

"더군다나 나라 관광협회가 홍보용으로 만든 광고를 보고 '교토 걸 베꼈네'라는 둥, '그거, 교토 광고 아니었어?'라는 둥, 그딴 무지몽매한 소리나 한다고요! 특히 간토 지역 사람들은!"

"아~ 그 광고, 본 적 있는 것 같아."

고개를 끄덕이는 렌. 그런 렌에게 리오나의 부친 후미히코가 말을 걸어왔다.

"그런데 로쿠하라 군, 식사 마치고 서재에 가지 않을래? 지금 집필 중인 원고 '조몬 시대에 일본의 수도는 후지산이었다'를 꼭 보여 주고 싶어서 말이야. 괜찮으면 카산드라 양도."

"우와, 왠지 재미있을 것 같네요!"

"렌 님이 가신다면 저도 같이 갈게요!"

"잠깐, 아버지. 딸이 얘기하는데 중간에 끊지 말아 주세요."

이처럼 토바 가의 식탁은 시끌벅적했다.

말수가 가장 많은 사람은 리오나였다. 다음은 부친(단, 전혀 다른 방향으로 화제를 돌리는 경우가 많았지만). 모친 유토리 씨가 온화하게 웃으면서 장단을 맞추는 식이었다.

그리고 렌은 이 자리의 최연소 소녀를 힐끗 쳐다보았다.

눈이 마주쳤기에 렌은 소녀를 향해 생긋 미소를 지었다.

그 순간, 토바 후미카가 황급히 고개를 푹 숙였다. 그러자 긴 앞머리가 눈을 가려 버렸다. 그렇군. 낯을 많이 가리는구나.

리오나를 닮아 눈 코 입이 오밀조밀하고 예쁘게 생긴 얼굴이었지만, 아무튼 성격은 내성적인 것 같았다.

"결국 후미카와는 한 번도 얘기를 나누지 못했어."

"천하의 로쿠하라 씨도 그 아이를 상대하는 건 어려우실 거예요."

렌이 중얼거리자, 그것을 들은 리오나가 말했다.

대지주인 만큼 토바 가의 정원은 넓은 데다 근사하기까지 했다. 잘 손질된 나무들이 어딘가의 과수원처럼 심어져 있다. 그 한 귀퉁이에 렌과 리오나, 단둘이 있었다.

자정이 지난 시각. 다른 사람들은 이미 꿈나라로 떠났을 것이다.

"뭐, 그런 애는 조급하게 가까워지려고 해 봤자 소용없어."

렌은 약혼자에게 엄지를 척 들어 보였다.

"내 미래의 처제가 될 친구이니, 천천히 시간을 들여 친해질 생각이야."

"그렇게 해 주시면 저야 감사하죠. 그건 그렇고…."

갑자기 리오나가 시선을 딴 데로 돌렸다.

정원에서 이코마 산의 위용을 올려다본 것이다.

"제가 돌아온 탓인지… 산의 정령들이 소란스럽네요."

"정령? 그게 뭐야?"

"이매망량, 산의 정령, 잡령, 망령. 그런 것들이에요. 저, 토바리오나의 본성은 '태양의 정령'이니까요. 그런 무리들의, 이른바 빅보스 격이죠."

"보스가 돌아와서 기뻐하고 있는 거야?"

"네, 바로 그거예요. 뭐, 내버려 두죠. 영감이 예민한 사람이 불안을 느끼는 정도일 뿐, 실제 피해는 **거의** 없을 테니까요."

거의. 그렇다면 어떤 예외가 있는 걸까?

하지만 렌은 깨달았다. 어느새 리오나가 이쪽을 빤히 쳐다보고 있었다. 마치 사냥감을 노리는 헌터 같은 눈으로.

렌은 이해타산과 득실을 생각해 약혼한 상대에게 미소를 지었다.

"혹시 리오나, 그거 하려고?"

"네?! 차, 착각하지 마세요. 로쿠하라 씨의 힘 따윈 딱히 피, 필요 없거든요?"

"아하, 역시."

"아, 아니라고 했잖아요!"

"응. 하지만 그건 긍정의 의미잖아."

"……."

리오나는 홍당무가 되어 침묵했다. 눈까지 딴 데로 돌려 버렸다.

상상한 대로였던 것 같다. 생크추어리 미트가르트에서 나눈 《날개의 계약》. 그 이후로 리오나는 '주인님'의 힘을 억지로 빼앗고자 종종 충동에 이끌려 **야습**을 가해 온다….

틀림없이 오늘 밤도 그럴 것이다. 렌은 호쾌하게 말했다.

"괜찮으면 포옹 한번 할까? 리오나의 기분이 가라앉을지도 모를 테니 말이야."

"여, 여긴 저희 집이거든요?! 저희 부모님과 동생도 있는데 어떻게 그런 짓을 할 수 있겠어요!"

"아마 다들 지금쯤 자고 있을걸? 아무도 안 봐."

"…그건 뭐, 그렇겠지만."

항상 여왕님인 리오나. 그러나 지금, 그 눈동자에 부끄러움이 차올라 있었다.

그리고 느린 발걸음으로 로쿠하라 렌을 향해 천천히 다가온다….

"마, 말해 두는데요, 포옹만 하는 거예요."

"당연하지."

"저번처럼 혼란스러운 틈을 타서 '그 밖의 행위'를 하는 건 인정 못 해요. 정말로 꽉 껴안기만 하는, 거예요…?"

그렇게 중얼거리면서 리오나는 거리를 좁혔다.

하지만 촉촉한 두 눈에는 뜨거운 빛이 가득 차 있었다. 마치 자신을 폭주하게 하려는 것처럼 보이기까지 했다.

바로 그때.

부우우우우우우우웅!

배기음이 들려왔다.

심야임에도 불구하고 토바 가의 부지 내… 차고 쪽에서.

"?! 틀림없어요. 후미카예요!"

"그 애가? 왜?!"

화들짝 놀란 리오나가 뛰기 시작했다. 렌도 곧장 그녀의 뒤를 따라갔다.

시골에 있는 집답게 차고에는 승용차가 두 대나 세워져 있었다. 한 대는 그야말로 패밀리 카다운 투박한 흰색 세단. 다른 한 대는 빨간 콤팩트 카로, 수입차… 아마 이탈리아 브랜드로 보이는 세련된 디자인이었다.

그리고 빨간 승용차가 난데없이 급발진했다!

마침 뛰어온 렌과 리오나를 그대로 치어 죽일 만한 타이밍에!

"리오나, 위험해!"

"로쿠하라 씨?!"

쿵! 약혼자를 힘껏 밀친 로쿠하라 렌.

날씬한 만큼 체중도 가벼운 리오나는 그대로 차의 진로에서 이탈할 수 있었다.

하지만 렌은 아직 폭주하는 차의 진로 위에 있었다. 그리고 운전석에 있는 사람은 후미카가 확실했다. 중학생이라곤 생각되지 않는 운전 기술로 엄청난 스타트 대시를 끊었다.

…렌은 네메시스의 권능을 사용했다.

여태껏 대결했던 신들이나 영웅과 비교하면 거북이의 속도나 다름없었다.

렌은 여유롭게 휙 물러서선, 날쌔게 움직여 돌진하는 승용차를 피했다. 이 권능이 발동 중인 동안에는 어떤 초스피드도 육안으로 쉽사리 파악할 수 있었다!

"영차."

훌쩍 점프하여 차에서 몸을 피한 것만이 아니었다.

토바 후미카가 멍한 표정으로 핸들을 잡고 있는 그 모습을 확인한 다음, 모든 좌석의 창문이 활짝 열려 있는 것도 순식간에 간파한 상태였다.

아주 좁은 틈이었지만, 여신 네메시스의 민첩함이라면 가능했다.

고양잇과의 맹수와도 같은 몸짓으로 렌은 조수석 창문에 휙 뛰어들었다.

"어, 어쩔 셈이신 거예요, 로쿠하라 씨?!"

차 밖에서 소리치는 약혼자의 목소리가 들렸다.

5

쿠오오오오오오오오오오!

액셀을 있는 힘껏 밟아 차의 속도를 높여 가는 후미카.

흐리멍덩한 눈동자. 무표정. 그저 진행 방향만을 바라본 채, 갑자기 조수석에 뛰어든 렌조차 한 번도 쳐다보지 않았다.

휘우우우우우웅! 휘우우우우우웅!

열린 창문에서 쉴 새 없이 강풍이 불어 들어오는 차 안. 렌은 운전석에 있는 그녀의 이름을 불렀다.

"후미카?!"

대답은 없었다. 후미카는 말없이 핸들을 조작하며 액셀을 밟았다.

편도 2차선 도로를 쭉쭉 달려 빠져나간 빨간 이탈리아산 차는 밤길을 돌진했다. 어느샌가 도로 옆에는 나무들이 우거져 있었고, 빨간 승용차는 산길을 경쾌하게 올라갔다.

보아하니 이코마 산을 넘을 셈인 듯했다.

몇 개나 되는 커브를 유려한 코너링으로 돌았다.

이따금 차의 뒷부분이 중앙선을 침범할 정도로 차체를 휙휙 돌리며 멋지게 드리프트까지 했다. 면허를 딸 수 있는 나이가 아님에도 엄청난 드라이빙 기술. 너무나도 훌륭한 나머지 렌은 탄성을 자아냈다.

"후미카. 너, 혹시 엄청난 언덕길을 주파하면서 두부 배달이라도 하는 거야?!"

열린 창문에서 강풍이 쌩쌩 불어 들어왔다.

바람에 목소리가 묻히지 않도록 크게 소리쳤지만, 역시 후미카는 반응하지 않았다.

조수석의 렌을 보려고 하지도 않고 라이트에 비춰진 전방만을 집중하고 있다. 조만간 처제가 될 소녀는 대체 어떻게 되고 만 것일까?

'로쿠하라 씨!'

불현듯 귓가에 토바 리오나의 목소리가 들렸다. 그랬다. 그녀와 렌은 《날개의 계약》 덕분에 떨어져 있어도 의사소통이 가능했다.

"너희 동생, 도대체 어떻게 된 거야?!"

'씌었어요. 아까 말했던 정령들 중 무언가에.'

"뭐? 어, 이매망량, 산의 정령, 잡령, 또 뭐였더라?"

'망령이오. 아마 이코마의 고갯길을 질주하다가 속도 조절을 못 하고 사고로 죽은 폭주족인지 뭔지의 유령일 거예요. 옛날엔 이 주변에 그런 차가 많았거든요.'

"그러고 보니 나라 이코마 산은 귀신이 출몰하는 심령 스폿이란 얘기를 들은 적이 있어…."

'실제로 그런 일도 많아요.'

"그렇군."

'설명하자면 제가 《야타가라스》, 즉 카모타케츠누미노미코토의 환생인 것처럼… 제 동생도 실은 카모타케츠누미노미코토의 딸인 영력자 《타마요리히메노미코토》예요.'

"그 말은, 유령에 잘 씌는 사람이란 뜻이야?"

'네, 정답이에요. '타마(玉)'란 바꿔 말하면 혼령, 영혼. 그 몸에 영혼을 깃들이는, 즉 신령이 빙의하는 무녀가 되는 거죠.'

그 말을 듣고 렌은 다시 한번 후미카를 쳐다보았다.

무엇을 보고 있는지 갈피를 잡을 수 없는 눈빛, 껍데기만 남은 듯한 표정. 하지만 핸들과 변속 레버를 조종하는 기민한 손놀림, 수련을 거듭한 자만의 분위기가 온몸에 감돌고 있었다.

빙의당한 탓에 아마 최면 상태일 것이다.

"후미카, 툭하면 이래?"

'아뇨. 그러면 일상생활에 지장이 생기기 때문에 적절한 수행

을 쌓아 능력을 컨트롤할 수 있게 하고 있어요. 수행을 싫어하는 이 아이에게 채찍을 휘둘러.'

"채찍?"

'네. 기본적으로 엄격한 수행은 하기 싫어하는 아이라서 말이죠. 요새 감독인 제가 없는 걸 틈타 밤새도록 실컷 애니메이션이나 다카라즈카 영상이라도 봤겠죠. 잠이 부족해서 체력이 떨어졌기 때문에 고작 잡령 따위에게 발목을 잡힌 거예요!'

"하하하하, 그런 애였구나."

렌은 쓴웃음을 짓고는 화제를 바꾸었다.

"슬슬 차를 세우지 않으면 역시 큰일이 벌어지겠지?"

'그렇지 않을까요? 그 유령은 아마 고갯길을 넘는 드라이버에 씌어 큰 사고를 일으키게 하는… 꽤나 질 나쁜 녀석이에요.'

"나 혼자라면 어떻게든 되겠지만, 후미카도 같이 있으니 말이지…."

주행하는 차의 문을 열고 밖으로 뛰어내린다.

보통 사람이라면 크게 다치거나 사망이다. 하지만 렌에게는 여신 네메시스의 민첩함이 있다. 지면과 도로에 몸이 내동댕이쳐져 격돌하기 직전에 권능을 발동시키면 번개와 같은 속도와 가벼운 몸놀림으로 쉽사리 착지할 수 있다.

그러나 후미카를 안고 뛰어내릴 수는 없었다.

생크추어리 미트가르트에서 리오나가 꿰뚫어 본 대로, 그것은

'얼마나 미래로 뛸지 예측할 수 없는' 위험한 행위이다.

일단 렌은 후미카의 오른쪽 어깨를 흔들었다.

"후미카. 후미카."

"어…? 어라? 로, 로쿠하라 씨, 이시죠…?"

다행히도 후미카는 정신을 차렸다.

렌은 신기하다는 듯이 쳐다보는 미래의 처제에게 웃어 보였다.

"응. 근데 난 오빠라고 불러도 돼."

"아, 네, 오빠. 그런데 우린 왜 차에 타고… 앗, 꺄아아아아 앗?! 왜 내가 운전을 하고 있는 거지?!"

의식을 되찾은 후미카는 당황하여 어쩔 줄 몰라 했다.

그러나 손발은 계속해서 숙련된 드라이버의 동작으로 능숙하게 차량을 조종하고 있었다.

"듣자 하니 나쁜 유령에게 씌었다고 하던데? 혹시 아직 후미카의 몸속에?"

"이, 있어요. 아, 안 되겠어, 내쫓질 못하겠어요. 어어어어떡하지? 이대로 가다간 사고로 죽을지도 몰라요. 언니가 알면 풋내기라고 혼낼 거예요~!"

'이미 다 알고 있고, 언니는 크게 노해 있단다….'

후미카는 자유롭게 움직일 수 없는 손발을 보곤 한탄하며 한가득 울상을 짓고 있었다.

한편, 렌에게만 들리는 목소리로 리오나는 속삭였다.

'로쿠하라 씨. 저도 지금 그 차를 쫓아가고 있어요. 합류하자마자 제령할 테니 기다리고 계세요.'

"응, 괜찮아. 나 혼자서도 어떻게든 할 수 있을 것 같아, 아마."

"'네?'"

운전석의 후미카와 리오나의 목소리가 동시에 나란히 놀랐다.

하지만 설명할 시간조차 아까웠다. 렌은 '또 한 명의 동승자'에게 말했다.

"스텔라. 너의 힘을 빌려줘."

"예, 예. 묘한 일에 휘말렸구나, 렌."

조수석에 앉은 렌의 무릎에 30센티미터 정도 되는 소녀신이 나타났다.

스텔라, 즉 사랑의 여신 아프로디테. 자신의 분신이라고도 할 수 있는 그녀와는 이심전심. 스텔라는 굳이 설명을 듣지 않고도 렌의 의도를 알아챘는지 고개를 끄덕였다.

그와 반대로 운전석에 앉아 있는 후미카가 눈을 휘둥그레 떴다.

"으이잉?! 그 사람은 식신? 요정? …아니, 혹시 신?!"

"그걸 알아보다니, 썩을 대로 썩었어도 역시 새 아가씨의 동생이구나."

"썩었다고요…?! 그, 그런 것까지 꿰뚫어 보다니, 대단하세요!"

"? 뭐, 좋아. 널 적당한 무녀로 인정하고 나의 벗… 아니, 시녀 중 하나로 임명해 줄게. 답례로 도움이 될 만한 걸 바치렴."

거만하게 말하는 스텔라의 허리띠가 장밋빛으로 빛나고 있다.

로쿠하라 렌의 두 번째 권능 《친구의 고리》이다. 평소라면 신에게 선물을 조르지만, 이번에는 기어코 인간을 상대로 선물을 바치라고 스텔라는 명령했다.

"도… 도움이 되는 것이라면, 대체?"

렌은 당황하는 후미카에게 웃음을 지었다.

"널 이 상황으로 몰아넣은 원인. 그 녀석을 나에게 주도록 해."

"아… 네!"

로쿠하라 렌의 권능에 대해 후미카는 아직 아무것도 모른다.

그러나 극한상황 속에서 자세한 것은 신경 쓰고 있을 때가 아닌 건지, 렌의 손이 오른쪽 어깨에 놓인 순간, 두 눈을 질끈 감고 순순히 정신을 집중해 주었다.

"좋아!"

렌은 고개를 끄덕였다.

그의 안에 몇 가지 정념이 흘러 들어왔다.

빠른 속도를 추구하고 싶다. 고갯길의 커브를 정복하고 싶다. 누군가가 자신과 똑같은 꼴을 당하게 만들고 싶다. 하지만 이 정도의 정념으로 신살자 로쿠하라 렌을 지배할 수는 없다.

순식간에 '유령'을 굴복시킨 렌은 곧바로 후미카를 향해 움직였다.

"갑갑하겠지만, 조금만 참아!"

"괘, 괜찮아요!"

운전석 쪽 문에 후미카를 꽉 밀어붙이는 모양새로 렌은 핸들을 잡았다.

질은 나쁘지만 운전 기술만큼은 훌륭한 악령. 그 기술은 지금 일시적으로 로쿠하라 렌의 것이 되었다.

마침 'U' 자를 그리는 급커브를 맞닥뜨렸다.

이곳을 아웃 인 아웃의 이상적인 궤도로 물 흐르듯이 통과했다.

그대로 속도를 천천히 줄여 갓길에 정차….

"으으으… 살았다…."

"후미카, 괜찮아?"

"으, 네. 오빠…."

"잠깐, 이 앙큼한 계집! 혼란을 틈타 렌에게 안기다니, 무슨 속셈이야?!"

조수석에서 스텔라가 눈을 치켜떴다.

기진맥진한 후미카가 렌에게 추욱 기대더니 온몸의 체중을 맡겼기 때문이다. 중학교 3학년이라고 했던 것 같다. 하지만 슬림한 언니에 비해 동생은 14, 15세라고는 여겨지지 않을 정도로 글래머러스한 체형이었다.

"오. 악령 녀석이 사라진 것 같아."

렌의 안에서 질주에 건 정념이 사라져 갔다.

아마 신살자의 몸 안은 눌러앉아 있기엔 몹시 불편했을 것이다. 그리고 렌에게 기대면서 후미카가 힘없이 중얼거렸다.

"고맙습니다. 전부 오빠 덕분이에요…. 그런데 신의 힘을 사용할 수 있다니, 로쿠하라 씨는 대체 정체가…?"

"얘기하자면 좀 길어."

마침 차의 범퍼에 파란 제비가 내려앉았다.

후미카의 언니가 변신한 모습이었다. 설명은 리오나에게 맡기기로 한 렌은 태평하게 웃었다.

일본에서 일어날 말썽도 이런 식으로 손쉽게 처리할 수 있으면 좋을 텐데….

6

초목도 잠든 한밤중.

키이 반도의 동단, 쿠마노나다에 인접한 시치리미하마의 해안.

이곳에 우뚝 솟은 암벽이 있었다. 산의 일각과 동화된 거석으로, 높이는 무려 약 50미터. 그 모습은 장엄하고 장대했다.

옛날부터 신체(神體), 신이 깃드는 그릇으로 숭배되어 온 거석이다.

일단 인간이 사는 마을도 이곳과 가깝다. 하지만 깊은 숲과 산들에 둘러싸여 토지 특성상 결코 인구가 많다고는 할 수 없었다. 게다가 심야였다.

이런 시간에 사람이 오는 일은 일단 없지만.

"다음에야말로 반드시 토바 리오나를 쓰러뜨리고, 우리의 명예를 회복하겠다…. 안 그러면 쿠마노 까마귀 일족의 선조들께 부끄러워서 얼굴도 들지 못할 테니!"

"도련님!" "도련님!" "도련님!"

모인 남자들은 전부 젊었고, 인원은 20명 전후였다.

그들은 그 안벽, 장엄한 거석의 벽을 앞에 두고 서 있었다. 이 풍경과 어둠 속에서 바닷바람을 맞으며 까마귀 일족의 남자들은 주술 의식에 열중하고 있었다.

"이자나미노미코토, 불의 신을 낳으실 때 불길에 타서 세상을 떠나셨다."

"그리고 이 키이노쿠니(紀伊國) 쿠마노의 아리마(有馬) 마을에 묻히셨다…."

모두가 한마음이 되어 전신전령을 쏟아 영창하고 있었다.

그것은 여신 이자나미노미코토의 언령이었다.

일본 신화에서 전해지는 나라를 낳은 여신이다. 드넓은 일본의 대지를 창조하고, 훗날 부정한 존재로 전락한….

"사람들은 이 신의 영혼을 모시고자 꽃이 필 땐 꽃과 함께 모시고…."

"북과 피리, 깃발을 들고 노래하고 춤추며 그를 모신다…."

믿기 힘든 변화가 일어나기 시작했다.

폭이 20여 미터 되고, 높이는 그의 두 배인 벽 모양의 거석이….

공중에 둥둥 뜨기 시작한 것이다. 천천히, 또 천천히. 수천 톤은 나가는 석벽이 천천히 시간을 들여 조금씩. 후득, 후드득, 크고 작은 돌멩이를 땅에 떨어뜨리면서. 조금씩, 또 조금씩….

공중 높이 뜬 거석과 대지 사이에 똑같은 크기의 거석이 들어갈 수 있을 정도다.

"신보 《천인암》은 원래 이 커다란 바위에서 태어난 비석… 그렇다면 우리가 신체(神體)이기도 한 이 큰 바위를 가지고 나가면 토바 리오나에게도 지지 않을 것이다!"

공중에 떠오른 거석을 올려다보며 아스카이 타케루가 위풍당당하게 말했다.

그 수장의 곁에서 쿠마노의 술사들은 더 열심히 언령을 쥐어짰다.

"감히 입에 담기도 황송한 위대한 이자나미 님께 아뢰옵니다…."

"이 하늘과 땅에 계신 고귀한 분이시여."

"지금 기도를 드리는 저희가 있는 곳으로 나타나 주소서…."

그리고 그들은 알아채지 못했다.

조금 떨어진 곳에서 의식의 모든 과정을 지켜보는 소녀가 있다는 것을.

"훗."

달빛과도 같은 은발, 눈동자에는 어둠이 깃든 여신이었다.

"새로운 신역과… 죽음의 냄새에 이끌려 와 봤더니. 묘한 짓을 하고 있군."

제우스의 딸. 지혜와 전쟁의 여신 아테나.

그 이름을 가진 자는 인간들의 어리석음을 비웃고, 가엾게 여겼다.

"이 녀석들은 깨닫지 못한 건가? 자신들이 저승의 문을 열고 있다는 사실을."

거석이 공중에 떠오른 결과, 훤히 드러난 것이 있다.

그것은 대지에 뚫린 커다란 구멍이었다. 안은 비탈길이었고, 아마 깊숙한 땅속까지 이어져 있을 것이다.

구멍에서 새어 나오는 독기의 냄새. 아테나에겐 어딘가 그리운 냄새였다.

"후후후후. 우리 대지의 딸인 여신에게는 너무나도 향기롭구나. 어디 보자. 내 눈으로 한번 직접 확인해 볼까…?"

아테나는 밤을 건너는 지혜의 새, 올빼미로 변신했다.

펄럭. 날갯짓을 하여 대지의 구멍에 뛰어들었다. 의식에 집중한 인간들은 아무도 올빼미의 날갯짓을 알아채지 못했다.

하지만 어쩔 수 없다. 그들은 죽음을 앞두고 있는 가엾은 인간의 자식들이니까.

밤의 어둠에 뒤섞인 여신을 직시하는 모독 행위가 가능할 리 없다.

"호오, 그렇군!"

올빼미로 변해 지하로 내려간 찰나, 아테나는 놀라 눈을 크게 떴다.

온갖 지혜에 정통한 여신의 영감이 움직여 새로운 예지를 얻은 것이다.

"이 구멍 앞에 펼쳐진 신역은… 요모츠히라사카라고 하는구나."

신역의 캄피오네스

제3장 chapter 3 **지옥에서**

1

겉으로 보기엔 유서 깊은 고찰(古刹)일 뿐인 신기원 본부.

외부인이 접근하지 못하도록 결계로 지켜지고 있기 때문에 건물의 존재 자체를 인지하는 것만 해도 엄청난 주법의 소양이 필요했다. 본부 내외에는 수호 주술이 이중 삼중으로 쳐져 있었다.

실은 성새와 같은 방호력을 갖춘 곳이다.

하지만 어제 그 방호력은 송두리째 무너졌다. 일본 주술의 총본산이면서 그 모든 주술을 감쪽같이 파괴당하고 만 것이다.

그렇기 때문에… 총본산의 명예를 걸고 재발을 방지해야만 한다.

신기원 본부, 그 한구석에 설치된 호마단※에서 불이 활활 타오르고 있었다.

불꽃을 에워싸는 형태로 법력이 뛰어난 승려들, 영력자들, 주술자들이 호흡을 맞춰 일심불란하게 주문을 낭송하고 있다.

나우마쿠산만다 바사라단 센다….

마카로샤타 소와타야 운다라타 함맘….

나우마쿠산만다 바사라단 함….

부동명왕에게 바치는 진언이었다.

또한 영창하는 주술자들은 복잡한 모양으로 깍지를 끼어 인계※를 만들었다. 독고인(獨鈷印), 보산인(寶山印), 구밀인(口密印), 심밀인(心密印), 화염인(火焰印), 사자분신인(獅子奮迅印) 등을 만들어 내어 주법의 거름으로 삼았다.

모두 어제의 실수를 되풀이하지 않기 위해.

그리고 신기원 안쪽 깊숙한 곳에 있는 방에서는….

어제에 이어 야타가라스의 환생 토바 리오나를 둘러싼 토의가 진행되고 있었다. 오늘은 해외에서 온 손님이 한 명 더 참가했다.

※호마단(護摩壇) : 불을 피우며 그 불 속에 공양물을 던져 넣어 태우는 의식인 호마를 행하기 위해 만든 단.
※인계(印契) : 부처나 보살의 깨달음을 나타낸 여러 가지 손 모양.

"딱히 당신들의 승인을 받을 필요도 없는 일이지만, 일단 결사 캄피오네스의 총수로서 제 입으로도 보고드리도록 하죠. 우리 결사의 일원인 로쿠하라 렌과 토바 리오나의 약혼에 대해…."

"기다리시오, 브란델리 군."

여느 때와 마찬가지로 '총명한 귀공자'답게 이야기를 하기 시작한 줄리오 브란델리.

신기원 이사 중 한 명이 그런 그의 발언을 제지했다.

"토바 리오나는 우리 일본의 보물이라고도 할 수 있는 뛰어난 재능을 가진 인재일세. 그런 그녀를 국외 결사에 소속된 어중이 떠중이에게 시집을 보내다니, 우린 인정 못 하네!"

어제와 똑같은 다다미방에서 리오나는 신기원 이사들과 마주 본 자세로 앉아 있었다.

단, 복장은 어제와 달랐다. 잘 차려입은 것은 아니지만, 스스로에게 기합을 넣기 위해 교복 블레이저를 입고 왔다. 트로이와 미트가르트에서도 입었던 옷이다.

그리고 몇 시간 전에 막 합류한 줄리오.

어젯밤 간사이 공항에 도착하여 공항 근처에 있는 호텔에서 1박을 하고 아라시야마의 본부까지 찾아왔다. 시차 적응을 하느라 힘들 법도 할 텐데….

하지만 줄리오는 평소와 똑같은 모습으로 스마트하게 발언했다.

"연애와 결혼은 본인들의 의지로 이루어져야 하는 법. 그것이 오늘날의 상식이자 세계 표준일 텐데요? 일본도 근대국가, 게다가 선진국이니 저는 당연히 자유연애를 존중해야 한다고 생각합니다만."

홋. 자연스레 조소를 띄우며 입술을 어렴풋이 일그러뜨리는 줄리오.

"여기 모이신 어르신들은 그렇지 않은 것 같군요. 참 예스러운 분들이네요."

"일본과 신기원에는 모독해선 안 되는 전통과 격식이 있어. 다른 나라에서 온 무례한 인간에게 그딴 말을 들을 이유는 없네."

"변화가 있어도 크게 문제없는 전통 아닌가요?"

줄리오는 바로 되받아쳤다.

"재능 있는 주술사를 확보하는 데 혈통주의가 나름대로 효과적이라는 사실은 인정합니다. 허나 최근 연구에 따르면 마도의 가계에 재능 있는 주술사가 태어나는 원인이 핏줄보다는 오히려 '가풍'에 있다는 것이 밝혀졌습니다. 중요한 건 유년기 때부터 받는 훈도(薰陶)에 의한 정신세계의 양성, 마도를 다루는 자에게 걸맞은 영혼의 양육이란 거죠."

"그런 얘기는 듣도 보도 못 했네!"

"공부가 부족하시군요. 우리 유럽의 각 결사가 정기적으로 공개하는 연구 보고서를 훑어보지도 않으셨다니."

"이것이 일본의 전통이라고 말하고 있지 않은가!"

은근무례하게 계속해서 신경을 건드리는 라틴계 청년에게 이사들은 저마다 자신의 주장을 내세웠다.

싸움을 걸겠다고 선언했던 줄리오는 뻔뻔한 얼굴로 씨익 웃었다.

"아, 맞다. 그리고 보니 예전에 여인 금제니 뭐니 하는 스모 경기판에 여자가 올라갔다고 부정을 씻어 내야 한다며 소금을 뿌렸다… 그런 뉴스가 있었죠. 이 소식은 해외에 전해져 비난의 대상이 되었고요. 일본인은 여자를 더러운 존재로 여기는 것이냐고 말이죠…."

"어리석은 것들. 스모는 신성한 행사라고."

"으음. 일본에 예로부터 전해오는 《부정》의 개념도 모르면서 잘도 떠드는군."

"아니, 알고 있습니다."

기세가 오른 이사들의 공격에 줄리오는 평온하게 대답했다.

"부정의 어원을 케가레*라고 주장하는 설이 있었죠. 기(氣)는 즉 생명의 활력. 다시 말해 부정이란 물리적 오염이 아니라 '생명을 위협하는 것', '생명의 위기를 연상시키는 것'을 막연하게 가리키는 개념이라는 겁니다."

※케가레(氣枯れ) : '부정'의 일본어 '穢れ'와 발음이 동일하다.

라틴 귀공자는 잠시 말을 멈췄다가 다시 이어 나갔다.

"그래서 죽은 사람이나 유혈을《부정》. 유행병도《부정》. 원령
이나 재앙신도《부정》. 운이 없게도 병으로 쓰러져 생환한 사람
도《부정》. 그 사고 자체도《부정》…."

역시 일본의 가문과도 친교가 두터운 브란델리 가의 후계자.

반격을 가볍게 흘려 넘기곤 역습을 가했다.

"노인이 스모 경기판 위에서 심부전을 일으켜 응급치료를 위
해 여성이 경기판에 올랐죠. 그 후, 부정을 씻어 내야 한다며 소
금을 뿌렸다. 이건 여인 금제를 범했기 때문이 아니라, 흉사로
인한 부정을 씻어 내기 위해… 확실히 그렇게 발뺌할 순 있습니
다. 허나 그게 다른 나라의 눈에는 어떻게 비칠까요?"

줄리오는 그곳에 모인 노인들을 둘러보았다.

"이곳은 일본이니까, 그렇게 끝까지 억지를 부리면 외압을 피
할 수 있다고 생각하는 건 제 생각엔 지나치게 낙관적인 것 같은
데 말이죠. 정치라는 것에 너무 무신경하신 것 아닙니까?"

"정치라고?"

"그렇습니다. 가령 지금, 전 세계에서 빈발하고 있는 공간왜
곡. 지구와 신화 세계가 연결되면서 발생하는 재해에도 과연 '일
본의 전통'만으로 맞설 수 있을지 모르겠군요."

"맞설 수… 있겠지."

"실제로 토바 리오나는 임무에 성공했으니."

"그렇죠. 단, 우리 결사 캄피오네스와 로쿠하라 렌의 협력을 얻어."

"아닙니다, 줄리오. 저는 고작 그를 도운 정도예요. 오히려 로쿠하라 씨… 사랑하는 저의 약혼자가 공간왜곡을 수습한 공로자랍니다."

드디어 자신이 발언할 때가 오자, 리오나는 거침없이 술술 말했다.

"이사 여러분. 로쿠하라 렌은 영력과 주술의 재능을 타고난 사람은 아닙니다. 하지만 그에게는 후천적으로 얻은… 어마어마한 능력이 있습니다."

이사진 노인들은 모두 나란히 숨을 삼켰다.

리오나의 두 눈이 파랗게 빛났기 때문이다. 이번에는 의도적으로 능력을 전부 해방시켰다. 그런 다음, 위압감을 주며 이렇게 말했다.

"신화 세계의 멸망을 막고, 무려 신들과도 대등하게 싸울 수 있는 능력. 신을 죽이는 것마저 가능한, 상상을 초월하는 능력. 뭐, 그와 저의 아이가 그런 힘을 물려받진 않겠지만… 세계와 일본을 구하기 위해서는 필수 불가결할 것이라고 확신합니다."

"그리고 토바 리오나야말로 로쿠하라 렌의 베스트 파트너입니다."

리오나의 말이 끝나자마자 줄리오도 말을 덧붙였다.

"혈통 유지나 전통 같은 건 나중에 생각하고, 지금은 정치를 중시해야 하는 국면이라고 생각합니다만, 여러분의 생각은 어떠신가요? 전대미문의 재앙과 최대의 국난으로부터 여러분이 사랑하는 '아름다운 나라'를 구하기 위해."

"한 가지… 묻고 싶네."

이사 중 한 사람이 무거운 목소리로 입을 열었다.

아마 깨닫기 시작했을 것이다. 리오나, 즉 영조《야타가라스》가 스스로의 의지로 능력을 해방시킬 수 있게 되었다는 것을. 이사들의 눈에 두려움의 빛이 돌고 있었다.

"로쿠하라 렌인지 뭔지 하는 자의 능력이란 대체…?"

"좋은 질문입니다. 실은 마침 지금부터 실행에 옮기고자 준비 중인 상태입니다."

리오나의 손목시계는 오후 2시를 가리키고 있었다. 마침내 '그때'가 되었다.

"고맙습니다. 또 이렇게 과자를 챙겨 주시고."

"후후후후. 신경 쓸 것 없어. 또 이렇게 만나서 나도 기쁘니까."

신기원 본부의 한곳.

기분 좋은 가을바람이 불어 들어오는 다실(茶室)에서 렌은 예의 바르게 정자세를 하고 앉아 있었다.

눈앞에는 '히나코 님'이 있었다. 신기원의 보스이자, 히메미코

라는 지위까지 가진 노부인이다. 오늘의 복장도 기모노. 렌 일행에게 녹차와 화과자를 내주었다.

"그, 그간 안녕하셨습니까, 히나코 님."

토바 가의 차녀 후미카도 상당히 긴장한 상태로 인사를 건네었다.

활기를 불어넣고 자극을 주기 위해 언니가 데려온 것이다. 후미카는 중학교 교복을 입고 있었다. 그리고 렌의 동료는 후미카 외에도 한 명 더 있었다.

"저도 할머님을 뵙게 되어 아주 기쁘답니다 ♪"

곱게 자란 공주님들이라 마음이 맞는 것인지도 모른다.

카산드라의 표정은 밝았다. 트로이 왕녀의 말에 히나코 님도 눈을 가늘게 뜨며 기쁜 듯이 웃었다.

"고마워요. 괜찮으면 언제든지 편히 앉도록 해요."

"네 ♪"

렌과 후미카를 따라 어색하게 무릎을 꿇고 있는 카산드라에 대한 배려였다.

덧붙여 말하자면, 히나코 님은 '외국인'인 왕녀를 배려해 일부러 크림과 우유, 설탕을 넣은 녹차'풍' 음료를 대접해 주었다.

다정한 노부인에게 렌은 자연스레 한 가지 부탁을 했다.

"그런데 혹시 괜찮으시다면 저도 '히나코 님'이라고 불러도 될까요?"

"그럼, 물론이죠. 당신은 로쿠하라 렌 씨였죠? 소문으로 들었는데 당신, 리오나 양의 약혼자라면서요?"

"아. 벌써 알고 계셨군요."

"실은 당신들에 대해 심술궂은 말을 하는 할아버지들이 이곳엔 아주 많아요…. 하지만 난 몰래 두 사람을 응원하고 있답니다!"

"그렇게 말씀해 주셔서 저도 마음이 든든한걸요?"

"그런데 렌 씨. '그거', 오늘은 하면 안 돼."

생긋 웃은 히나코 님은 난데없이 주의를 주었다.

"어떻게 했는지는 모르지만, 이 신기원의 결계를 전부 없애 버린 건… 당신이죠?"

"어머나. 할머님, 눈치 채고 계셨군요!"

"오, 오빠! 그런 것까지 가능해요?!"

카산드라와 후미카가 놀라고 있었다. 그리고 렌은….

"그래서 어제 감싸 준 거구나. 고마워."

은근슬쩍 반말로 대답했다. 히나코 님은 웃고 있었다.

실례가 되진 않는 것 같았다. 실은 존댓말에서 반말로 말을 놓을 타이밍을 계속 노리고 있었다. 그쪽이 이야기하기 더 편한 것도 있고, 보다 그녀와 친밀해지기 위해.

"이제 그러면 안 돼, 렌 씨. 무서운 할아버지들이 결계를 원래대로 돌리는 것만으로는 부족하다면서 이것저것 더 쳐 놨으니까."

"어떤 걸요?"

"결계에 공격을 가한 자에게… 인과응보의 저주가 내리는 수호의 주술이야."

"호오. 내 힘과 똑같군!"

감탄하던 그때였다. 다실 밖에 있는 정원에 청년이 나타났다.

"히나코 님. 허락을 청하고 싶은 일이 있어 찾아왔습니다."

"어머나, 아스카이 가의…."

그 청년은 살짝 더러워진 신직의 옷을 입고 있었다.

두 눈 밑에는 짙은 다크서클. 뺨도 홀쭉하고, 인상이 수척해져 있었다. 큰 병이라도 걸린 것처럼.

그의 등장과 동시에… 정원의 공기가 **잔뜩 탁해졌다.**

렌은 수상쩍게 여겼다. 그리고 같은 것을 느꼈는지, 다정한 히나코 님도 미간을 찌푸렸다.

2

아라시야마의 토게츠 다리로 말할 것 같으면 카츠라가와 강에 놓인 명소이다.

예스러운 목조 다리는 길이 150미터 정도. 카츠라가와 강의 수량은 결코 풍족한 편이 아니지만, 군데군데 모래섬이 떠 있었다. 하지만 강의 폭은 제법 넓었다.

그리고….

신기원 본부 뒤쪽은 그 카츠라가와 강의 언저리.

이 강과, 조금 있으면 만추의 단풍으로 물들 산의 풍경 속에 신기원은 혼연히 녹아들어 있었지만.

그 카츠라가와 강의 한가운데에 괴이한 거석이 난데없이 나타났다.

그것은 홀연히 솟아나 암벽처럼 우뚝 서더니 카츠라가와 강의 흐름을 두 갈래로 나누었다. 높이는 약 50미터, 폭은 그 반 정도 됐다.

어젯밤 늦게 아스카이 청년과 까마귀 일족이 의식을 행한 쿠마노의 해변.

그곳에 우뚝 솟아 있던 암벽이자, 신보 《천인암》의 본체였다.

신비한 힘으로 순간 전이하여 쿠마노에서 교토 아라시야마까지 공간을 뛰어넘어 온 것이다.

바로 코앞에 있는 신기원에 몰래 숨어 들어간 아스카이 타케루… 쿠마노 까마귀 일족의 우두머리에게 불려.

거석 《천인암》이 무시무시한 독기를 방출하기 시작했다. 허옇고 탁한 연기는 이곳에서도 사멸을 초래할 터. 게다가 며칠 전에 렌 일행이 목격한 그것보다 훨씬 불길하고 훨씬 부정에 타 있었다.

"아스카이 씨. 당신, 금기를 깼군요?"

"이 모든 것은 토바 리오나와… 거기 있는 묘한 두 사람에게 보복을 하기 위해. 모쪼록 관용을 베풀어 주십시오, 히나코 님."

"세상에. 당신, 렌 씨와 카산드라 씨에게까지…."

"저희는 가문의 명예를 지켜야만 합니다!"

아스카이 아무개는 굳은 목소리로 말하는 히나코 님을 향해 넙죽 엎드리면서 대답했다.

쿠마노 출신이라고 하는 청년은 오늘따라 묘하게 음울한 오라까지 내뿜고 있었다.

색으로 따지면 틀림없이 검은색. 소름 끼칠 만큼 불길한 기척이었다. 그 탓인지, 후미카가 "히익!" 하고 짧은 비명을 지르며 몸을 움츠렸다.

"후미카, 왜 그래?"

"어, 어마어마하게 강렬한 독기가 저 사람 주위에… 마치 지옥의 문이라도 열려 그 안에 몸도 마음도 잠긴 것처럼…."

"얼마 전에 도쿄에서 본 것과 같은 거구나."

"아, 그 말을 들으니 생각났어요! 렌 님. 저분, 저번에 도쿄에서 뵌 남성 분이 틀림없어요!"

겁에 질린 후미카와 달리, 카산드라와 렌은 침착했다. 역시 그동안 겪어 온 수라장의 수와 질이 월등히 다르기 때문일 것이다.

한편, 히나코 님과 아스카이라고 불린 청년은 심각했다.

"히나코 님, 이 신기원에 여신 이자나미의 비력(祕力)을 해방하는 것을 부디 허락해 주십시오!"

가엾을 정도로 야윈 아스카이는 넙죽 엎드린 채로 호소했다.

그러나 히나코 님을 바라보는 얼굴은 몹시 뻔뻔스러웠다. 방금 전만 해도 우아하고 온화했던 노부인은 그 얼굴을 노려보며 그를 꾸짖었다.

"안 됩니다. 그건 인간의 몸으로 다룰 수 있는 신위(神威)가 아니에요!"

"그렇다면 더더욱 《야타가라스》에도 대항할 수 있겠군요!"

히나코 님의 얼굴은 다정하고 장난기 어린 노부인의 얼굴에서 엄격한 표정으로 변해 있었다.

또한 비장감이 감도는 아스카이 청년에게서는 불퇴전의 결의가 넘쳐흘렀다.

그리고 로쿠하라 렌은… 미래의 장인에게서 빌린 회중시계를 확인했다. 오후 2시. 마침내 시간이 온 것 같았다.

막간극이 진행 중이었지만, 슬슬 '주인공'으로서 일을 시작할 때가 되었다.

렌은 실실 웃으면서 두 사람 사이에 막무가내로 끼어들었다.

"미안, 히나코 님. 아까 해 준 조언 말인데, 못 들은 걸로 할게. 신기원 사람들에게 '입도 뻥긋 못 하게 힘의 차이를 보여 주자' 작전을 실행하기로 해서 말이야. 그리고 거기 있는 형씨. 리오나는 지금 바쁘니까… 나 혼자 상대해야 할 것 같아. 우리 사정 좀 봐줘."

멍한 얼굴로 당혹스러워하는 히나코 님과 아스카이 아무개.

어제….

신기원 본부에 쳐져 있던 수많은 수호법술을 렌은 자신도 모르는 사이에 전부 없애 버렸다. 이번에는 자신의 의지로 같은 행동을 할 뿐이다.

가볍게 정신을 집중하기 시작했다. 뭐, 전력을 쏟을 필요는 없다.

렌은 어깨의 힘을 뺀 다음, 안에 내재된 힘을 불러일으키고… 쨍그랑! 유리가 깨지듯이 온갖 법술을 또다시 깨끗이 날려 버렸다.

그 직후였다.

"렌 씨?!"

"큰일이에요! 오빠가…! 소화기! 그리고 얼른 대피하세요!!"

후미카와 히나코 님이 절박한 목소리로 소리쳤다.

다실 바닥에 무릎을 꿇고 앉은 렌…. 그의 전신이 파르스름하게 불타올랐기 때문이다.

파르스름한 불꽃은 천장까지 솟구치더니, 다실 전체를 휩쓸 만큼 거세게 타올랐다. 그러나 실내, 그리고 깜짝 놀라 어찌할 바를 모르는 후미카와 히나코 님을 태우진 않았다. 역시 신벌의 불꽃.

단, 카산드라는 피하려는 기색도 없이 호기심이 왕성한 눈빛으로 불꽃을 들여다보고 있었다.

렌 본인도 파랗게 불타오르는 자신의 몸을 감탄하면서 바라보았다.

"이것이 이곳 사람들의 '인과응보'군."

"정의와 제재의 불꽃인 것 같네요. 이 불꽃을 보고 있으면 제 마음에 군신의 모습이 떠올라요. 피부가 파랗고, 온몸에 불을 휘감은!"

"호오. 어떤 신일까?"

렌과 카산드라만이 어디까지나 평소와 다름없는 평온한 모습이었다.

알고 있기 때문이다. 이 정도로 신살자의 육체를 태울 수는 없다는 걸. 실제로 렌은 마력을 조금 높여 정의의 푸른 불꽃을 꺼버렸다.

히나코 님이 떨리는 목소리로 찬탄했다.

"그럴 수가. 부동명왕의 화염을 이리도 간단히⋯."

"쳇. 여전히 묘한 술법을 쓰는군. 하지만 저것을 보거라!"

정원에 있던 아스카이가 혀를 찼다. 그러나 그는 금세 동요를 진정시키곤, 손가락으로 어떤 방향을 힘차게 가리켰다.

신기원 밖에 암벽 같은 네모난 거석이 우뚝 솟아 있었다.

본부 바로 옆을 흐르는 카츠라가와 강 쪽이었다.

"저번에도 《천인암》을 보여 줬었지? 이번에는 그때와 같은 파편이 아니다. 우리 쿠마노의 총력을 결집하여 신보 그 자체를 이곳까지 가져왔다!"

"어쩌면 그런 죄스러운 짓을…."

우쭐해 하는 청년을 앞에 두고 히나코 님이 고개를 절레절레 내저었다.

"명계를 막는 뚜껑으로 모셔졌던 신보를 밖으로 들고 나오다니! 천벌을 받을 짓을 했군요. 부끄러운 줄 알아요!"

"이 모든 것은 토바 리오나에게 제재를 내리기 위해서입니다. 용서해 주십시오!"

꾸짖음을 당했지만 청년은 전혀 주눅 들지 않았다.

그리고… 렌은 깨달았다.

이곳 신기원의 정원은 잘 손질된 일본식 정원이었다.

교토 아라시야마의 고찰. 조금 있으면 본격적인 단풍 시즌을 맞이한다. 하지만.

부지 내에 심어진 나무들은 순식간에 잎이 떨어지고, 나무줄기는 서서히 야위더니 바싹 말라 갔다.

땅에서도 물기가 사라지고, 모래 먼지가 날아다녔다.

…나중에 렌이 확인해 보니 이 이변은 신기원뿐만 아니라 아라시야마 거의 전역에 일어났다고 한다.

생명을 앗아 가는 명계의 독기가 이 땅에 가득 차선, 마침내 수많은 죽음을 초래한 것이다.

게다가 그 장본인이 주문을 외우고 있다.

"감히 입에 담기도 황송한 위대한 이자나미 님께 아뢰옵니다…. 이 하늘과 땅에 계신 고귀한 분이시여. 지금 기도를 드리는 저희가 있는 곳에 나타나 주소서. 위대한 당신의 신비하고 불가사의한 크나큰 신덕(神德)을 보여 주소서!"

"…역시 저번과는 조금 다르군."

렌은 중얼거렸다.

독기가 가득한 대지에서 놀랍게도 '귀녀'들이 솟아났다.

그들은 무시무시한 형상을 하고 있었다. 입은 쭉 찢어져 사납기 짝이 없었다. 풀어헤친 긴 머리는 부스스하게 흐트러졌다.

송곳니도 손톱도 날카로웠고, 게다가 몸은 거대했다. 키가 3미터 정도는 되는 것 같았다.

넝마를 두른 몸은 확실히 여인의 그것이었다. 하지만 피부는 시체처럼 하얗고, 몸 전체에서 피어오르는 고약한 썩은 내가 코를 찔렀다.

땅에서 솟아난 이형의 귀녀들은 여덟 명이나 되었다.

히나코 님이 소스라치게 놀라며 아스카이 아무개를 혼냈다.

"요모츠시코메(黃泉醜女)를 현현시키다니. 당신, 대체 무슨 생각이죠?!"

"하하하하. 요모츠히라사카에서 데려온 괴물들이라면 야타가라스와 그 패거리에게도 대적할 수 있습… 오, 오오오오?!"

귀녀가 그 억센 손을 뻗어 아스카이 청년을 움켜잡더니….

으드득. 으드득.

머리부터 통째로 씹어 먹었다.

겨우 두 번의 입놀림으로 상반신을 잃어, 청년의 육체는 허리 아래만 남게 되었다. 쿠마노의 주술사는 자신이 불러낸 괴물에게 목숨을 빼앗긴 것이다.

"불쌍하지만, 자업자득이네…."

"그야말로 인과응보네요…."

"꺄, 꺄아아아아아아아아아악?! 오오오오빠, 그리고 카산드라 씨도 어서 도망치세요! 요모츠시코메는 좀비의 일본 신화 버전이란 말이에요!"

냉정하게 자신의 견해를 말하는 렌과 카산드라 옆에서 후미카가 비명을 질렀다.

토바 가의 딸이지만, 언니만큼의 대담함은 없는 것 같았다. 리오나는 모든 의미에서 규격 외이기 때문에 무리도 아니지만.

미래의 처제를 안심시키기 위해 렌은 그녀에게 말을 걸었다.

"위험한 일은 없을 테니까, 여기서 조금만 기다리고 있어."

얼른 처리하는 편이 좋을 것 같아, 렌은 혼자서 정원으로 나갔다.

그 순간….

여덟 명이나 있던 요모츠시코메들이 일제히 렌을 향해 달려들었다. 놀랍게도 귀녀들은 번개처럼 빨랐다.

"호오. 일본의 좀비는 늘보가 아니군…."

"오빠, 도망쳐요!"

후미카가 걱정스런 마음에 소리쳤을 때는 이미 그 자리를 도망친 후였다.

여신 네메시스의 민첩함으로 여덟 명의 습격을 피해 신기원의 지붕 위까지 가벼운 점프로 뛰어 올라간 것이다.

"목숨을 해하는 악행에 신벌을 내리노라. 정의의 심판이 있기를."

얼굴 앞에서 검지와 중지를 모아 인과응보의 언령을 외웠다.

다행히도 생크추어리 미트가르트에서 채워 놓은 '비축분'이 남아 있었다. 신살자 보번 후작이 쏘았던 뇌격이.

그것을 하늘에서 딱 한 발 내리치게 하여 요모츠시코메들을 한꺼번에 깡그리 태워 버렸다.

로쿠하라 렌을 덮친 재앙은 보름 정도라면 유지하는 것도 가능한 것이다.

"오. 리오나도 나와 줬구나."

렌은 지붕에서 하늘을 올려다보곤 웃었다.

독기가 가득한 아라시야마 일대의 상공에서 금색의 봉황이 천천히 날갯짓을 하며 날아갔다. 그 넓은 두 날개가 지상으로 내려보내고 있는 것은 어마어마한 양의 '불티'였다.

불과 태양의 정령인 야타가라스가 태양의 정기를 내려보내고 있는 것이다.

'죽음의 기운으로 더럽혀진 대지와 대기를 지금부터 깨끗이 씻어 내 볼게요.'

"역시 리오나. 마음씀씀이도 완벽해."

하늘을 나는 약혼자와 염으로 대화를 나눈 후, 렌은 고개를 끄덕였다.

정신을 차려 보니 어느새 신기원의 정원에 많은 사람들이 나와 있었다.

관록 있는 노령, 초로의 이사들. 수십 명은 있어 보이는 상주 직원들. 감사관이라고 했던 세이슈인 마키도 있었다. 히나코 님, 토바 후미카도….

모두가 지붕에 올라간 로쿠하라 렌을 경탄의 눈빛으로 쳐다보고 있었다.

"렌 씨. 당신의 그 힘은…."

"신을 죽임으로써 신들의 성스러운 권능을 찬탈한 전사. 신살자란 짐승. 우리 결사 캄피오네스의 시조가 그랬듯이 마왕이라 추앙받아 마땅한 존재…."

히나코 님의 옆에 줄리오도 와 있었다.

"신의 권능을 소유하는 《신살자》 로쿠하라 렌. 앞으로 기억해 주시길 바랍니다."

"신살자…?"

라틴 귀공자가 인사하자, 히나코 님이 깜짝 놀라 눈을 크게 떴다.

그 모습을 지붕 위에서 내려다보던 렌은 홀로 중얼거렸다.

"신기원 쪽은 이로써 이것저것 정리되는 거야?"

'그럴 것 같아요.'

귓가에 들리는 속삭이는 목소리는 리오나의 염.

야타가라스로 변신한 채 리오나는 지금도 유유히 하늘을 날고 있었다. 어느새 암운이 하늘에 자욱이 껴서 빛나는 모습이 한층 눈에 띄었다.

'더 성가실 듯한 말썽이 일어나고 있는 것 같으니까요. 신기원의 높으신 분들도 더 이상 억지를 부리고 있을 여유는 없어지겠죠.'

"저거 말이지…?"

지붕 위로 도망친 렌은 올라가자마자 아래를 보고 깨달았다.

신기원 뒤쪽을 흐르는 카츠라가와 강 안에 암벽 같은 거대한 바위가 우뚝 솟아 있었다. 그곳에 있을 리가 없는 것. 마술인지 기적인지 어딘가에서 끌어온 것이 틀림없다.

그리고 거석에서 새어 나오는 기운으로 인해….

주변 일대의 초목이 완전히 말라 버린 상태였다.

"올해 이 근처에서 단풍을 보기는 힘들 것 같네."

'올해**만**으로 끝나면 다행이지만 말이죠….'

흉사를 예지하는 카산드라 같은 염이 리오나에게서 전해져 왔다.

3

생크추어리 요모츠히라사카.

지상의 인간들이 그렇게 이름 붙인 신역이었다.

이곳도 신화 세계인 이상 역시 신들이 살고, 신화의 한 구절이 '바로 지금 진행 중인 사건'으로서 재현되고 있을 것이다.

실제로 일본인들에게는 널리 알려진 이야기가 펼쳐지고 있었다.

"나의 동생 이자나미여. 널 데리러 왔다. 함께 돌아가자."

"나의 서방님 이자나기여. 이토록 기쁜 말이 또 있을까요. 하지만 안타깝게도 그것은 이루어질 수 없는 바람…."

그곳은 땅속 깊숙한 곳, 어둠이 지배하는 영역이었다.

요미노쿠니(夜見之國), 네노쿠니(根の國)라고도 불리는 곳. 이곳은 바로 저승이었다.

지하로 깊숙이 이어지는 동굴에 홀로 잠입한 남자의 이름은 이자나기. 일본의 국토를 탄생시켜 나라를 낳은 부신(父神)이었다.

그 동굴은 중간에 돌로 된 문으로 닫혀 있어 앞으로 나아갈 수 없었다.

문 건너편에서 죽은 아내이자 나라를 낳은 모신(母神) 이자나미의 목소리가 들려왔다.

"사랑하는 당신. 왜 더 일찍 와 주지 않으셨습니까? 당신을 남기고 요모츠쿠니(黃泉國)에 떨어진 뒤로 몇 달이나 지났는지 아십니까…? 저는 이미 지옥의 음식을 먹곤 결국 더러워지고 말았습니다."

여신 이자나미는 오열을 쏟아 내며 눈물과 함께 하소연했다.

돌로 된 문이 살짝 열리더니 새어 나온 그 아름다운 목소리를 남편 이자나기는 똑똑히 들었다. 문 안쪽, 어둠 속에서 흐느껴 우는 여인의 그림자를 똑똑히 보았다.

"이만 포기하십시오. 더러워진 몸으로 지상에 돌아가는 건 허락되지 않습니다."

"무슨 말을 하는 것이냐. 너를 잃고 난 하루가 멀다 하고 외로움에 몸부림치고 있다! 우리 부부가 만들고자 했던 나라도 아직 완성하지 못하지 않았느냐."

"아, 이자나기여. 나의 서방님!"

어둠에 숨어 한참을 울던 죽은 여신은 마음을 진정시켰다.

"…사랑하는 당신, 저도 당신 곁으로 돌아가고 싶어요. 어떻게 될지는 모르지만, 다른 저승의 신들께 의논해 보고 오겠습니다. 저를 지상으로 돌려보내 달라고."

"오오!"

"하지만 부탁이 있습니다. 저와 당신 사이에 있는 문을 여시면 안 됩니다. 저승으로 떨어진 이 몸을 보여 드리고 싶지 않아요…."

그렇게 말한 사랑하는 아내는 어둠 속으로 사라졌다.

나라를 낳은 부신 이자나기는 그 후로 몇 시간이나 기다렸다. 하루 이상 기다렸다. 그러나 아무리 기다려도 아내는 돌아오지 않았다….

"그렇다면."

이자나기는 아내를 찾아 문을 열었다.

땅속의 어둠이 이자나기를 가로막았다. 이자나기는 머리에 꽂고 있던 나무 빗을 빼 빗살 하나를 부러뜨려 그것에 불을 붙였다.

그 불을 의지하며 안쪽으로 나아갔다. 아내 이자나미를 찾아….

그리고 마침내 발견했다.

"아니, 당신은?!"

"기어코 이 모습을 보시고 말았군요, 서방님…."

썩어 짓무른 여인의 시체가… 불빛에 비쳐 모습을 드러냈다.

군데군데 살점이 썩어 떨어져 백골이 훤히 드러나 있었다. 그 썩은 오체 위를 무수히 많은 구더기가 기어 다니며 흡사 천둥번개가 칠 때와 같은 소리를 내고 있었다….

"약속하시지 않았습니까….."

"설마 이자나미… 나의 아내냐?"

"이 썩어 문드러진 몸을 당신에게만은 보이고 싶지 않았습니다!"

"저승으로 떨어진 자가 이렇게까지 부정 탄 몸이 되어 버리다니….."

"보지 말라고 했는데 왜 봤느냐아아아아아!!"

"시끄럽다, 이 괴물아! 나의 아내 이자나미의 영혼은 이미 사라지고 없다!"

죽은 아내는 분노해 날뛰었고, 약속을 어긴 남편은 되레 화를 내며 정색을 하더니….

온 힘을 다해 도망쳤다. 깜깜한 동굴 한구석에 사랑했던 아내를 내버려 두고 홀로 지상으로 돌아가고자 달음박질하기 시작한 것이다.

귀신으로 변한 여신 이자나미는 분노에 사로잡혀 남편을 쫓았다.

"어딜 가는 거냐, 내 서방니이이이임!"

도망쳤다. 도망쳤다. 나라를 낳은 부신은 그저 도망쳤다.

지상을 향해 죽을힘을 다해서. 사랑했던 아내 이자나미에게 등을 돌리고 달렸다.

"요모츠시코메여, 저자를 쫓아라!"

죽은 이자나미가 그렇게 명령하며 귀녀들을 풀었다.

무시무시한 얼굴과 강인한 몸을 가진 추녀들이 땅에서 솟아났다. 수십 명은 되었다. 눈 깜짝할 사이에 천 리를 달리는 여자 악귀였다.

부신 이자나기는 마귀를 내쫓는 머리장식과 빗을 던졌다.

덩굴 풀을 짜서 만든 머리장식에서는 산포도가, 나무 빗에서는 죽순이 났다. 요모츠시코메들은 그것을 걸신들린 듯이 먹어치웠다.

그 틈에 지상으로 향하는 남편에게, 죽은 이자나미는 추가로 추격자를 보냈다.

"오이카즈치(大雷), 호노이카즈치(火雷), 쿠로이카즈치(黑雷), 사쿠이카즈치(析雷), 와카이카즈치(若雷), 츠치이카즈치(土雷), 나루이카즈치(鳴雷), 후시이카즈치(伏雷)… 나의 자식, 여덟 뇌신이여!"

부패한 여신의 전신에서 여덟 가닥의 번갯불이 번쩍 일었다.

그러자 또다시 썩어 짓무른 시체 무리가 땅속에서 기어 나왔다. 엄청난 숫자였다. 약 1500명이나 되는 어마어마한 군세였다.

그들의 이름은 요모츠이쿠사(黃泉軍勢).

명계에서 태어난 여덟 뇌신이 이끄는 흉맹한 시체의 군세….

이런 대군에 쫓기면서도 부신 이자나기는 가까스로 저승과 지상을 잇는 비탈길로 달아났다. 요모츠히라사카였다.

그리고 나라를 낳은 부신은 비탈길에 심어진 복숭아 나무를 눈여겨보았다.

"부정한 것… 당장 물러가거라!"

마귀를 쫓는 언령과 함께 복숭아를 요모츠이쿠사 안으로 던졌다.

끄아아아악! 끄아아아악! 끄아아아악! 끄아아아악! 끄아아아악! 끄아아아악! 끄아아아악!

끔찍한 시체 무리는 마귀를 쫓는 복숭아를 두려워하며 비명을 질렀다.

그러더니 거미 새끼가 흩어지듯이 사방으로 흩어져 줄행랑을 쳤다.

"겨우 지상에… 저승에서 돌아왔다!"

부신 이자나기는 안도하며 우쭐해 했다.

요모츠히라사카의 입구, 그 옆에는 엄청나게 거대하고 무거운 바위가 있었다.

우러러봐야 할 정도로 큰 사각형 암벽의 이름은 《천인암》이라고 한다. 천 명이 달려들어야 겨우 움직일 수 있기 때문에 이런 이름이 붙었다.

나라를 낳은 부신 이자나기는 《천인암》을 밀기 시작했다.

강건한 신의 힘으로 거석은 조금씩 움직이기 시작했다….

"나에게는 지상에서 이루지 못한 일이 아직 많다! 동생이여, 요모츠히라사카의 입구는 이 바위로 막도록 하마!"

"서방님, 참으로 박정하시군요."

거석에 막히고 있는 동굴에서 여신의 목소리가 들려왔다.

"원망할 것입니다, 서방님! 그럼 저는 하루에 1000명씩 지상의 인간들을 반드시 목 졸라 죽여 드리죠!"

"그렇다면 동생아!"

부신 이자나기도 지지 않겠다는 듯이 말을 되받아쳤다.

"나는 하루에 1500명씩 인간을 낳겠다!"

그리하여 요모츠히라사카의 입구는 《천인암》에 봉쇄되었고, 지하의 명계와 지상은 영원히 가로막혀 있어…야 했다.

"호오. 이 나라에도 **오르페우스** 같은 녀석이 있군."

나라를 낳은 신들이 펼치는 장대한 부부싸움.

그 모든 것을 하늘 한가운데에서 내려다보는 올빼미가 있었다. 시인 오르페우스. 고대 그리스 신화에 등장하는 그는 리라의 명수였다. 그러나 죽은 아내를 되찾고자 명계로 내려갔다가 실패했다. 지상으로 나갈 때까지 결코 뒤를 돌아봐선 안 된다. 그렇지 않으면 아내를 도로 데려가겠다고 명계의 신 하데스가 말했지만, 약속을 끝까지 지키지 못했다….

"큭큭큭큭. 비슷한 이야기는 동서를 막론하고 존재하는구나."

오르페우스의 이름을 입에 담은 올빼미는 득의만면한 웃음을 지었다.

"아무튼 천재일우의 기회로군. 불성실하고 제멋대로인 남편에게 나도 한 사람의 여자로서 제재를 가하도록 하지. 그럼…."

다음 찰나, 하늘을 나는 자는 고대 그리스의 여신으로 변신해 있었다.

등에는 올빼미의 날개가 달린 소녀 아테나. 제우스의 딸이 던진 황금 창은 정확히 이자나기에게 꽂혔다.

황금 창은 거석을 밀어 요모츠히라사카를 막으려 했던 남자의 몸을 그대로 관통했다.

"오오오오…?!"

고통스러운 신음이 이자나기의 마지막 말이 되었다.

그리고 땅 밑에서 쏘아진 여덟 가닥의 번갯불이 문을 봉인한 거석을 날려 버리더니, 열린 입구에서 몸이 썩은 여신이 천천히 나타났다.

나라를 낳은 모신이자, 지금은 저승의 여신이 된 이자나미였다.

아테나는 그 면전으로 내려앉은 후, 등에 난 올빼미의 날개를 보이지 않게 없앴다.

"오오, 밝은 눈동자를 가진 여신이시여. 이 세상으로 여행을 오신 분이군요."

우선 이자나미가 인사를 했다.

"도움을 주셔서 대단히 감사합니다."

"무슨 말씀을. 저도 다 의도가 있어서 한 일입니다. 빚이라고는 생각하지 마십시오."

아테나는 이방의 여신과 마주 보았다.

그녀는 썩은 전신에 우르릉 소리와 함께 번갯불을 휘감고 있었다.

그 여체에는 무수히 많은 구더기가 기어 다녔다. 참으로 역겨운 광경이었다. 하지만 아테나는 겉모습에 속지 않고 **본질**을 간파했다.

"위대하신 명계의 여신, 이 땅 아래에 펼쳐진 죽음의 나라를 지배하는 여왕이시여. 아름다운 옥체의 덕과 영혼에 행운이 있기를 빕니다…."

"축복의 언령, 참으로 감사드립니다."

천둥과 썩은 살로 이루어진 지옥의 여신은 근엄하게 말했다.

그녀의 고름과 썩은 몸이 조금씩 치유되기 시작했다. 비단처럼 매끄럽고 부드러운 하얀 피부로 돌아간다.

몸에 걸친 옷도 넝마에서 하얀 여왕의 옷으로 변했다.

하지만 여신 이자나미에게 감도는 독한 기운과 불길한 냄새는 여전히 그대로였다.

"바깥 나라에서 오신 공주여, 실례가 되지 않는다면 답례를 하고 싶습니다만…."

"답례는 필요 없습니다. 이제 당신의 마음 가는 대로 행동하십시오. 그걸로 충분합니다. 그것이 아테나, 저의 대망을 도와주시는 일입니다."

"호호호호. 그것 참 그 무엇보다 반가운 말씀이군요."

"저는 여행을 계속하도록 하죠. 그럼 힘내십시오."

아테나가 격려를 남기고 떠난 후.

지상, 아시하라나카츠쿠니※로 귀환한 여신 이자나미는 노래를 부르기 시작했다.

"사랑하는 나의 님이여. 제가 당신의 백성 천 명의 숨통을 끊어 드리겠습니다. 사랑하는 나의 님이여. 제가 당신의 백성 천 명의 숨통을 끊어 드리겠습니다…."

사랑하는 나의 이자나기여, 당신의 백성을 매일 천 명씩 목 졸라 죽이겠어요.

죽은 여신은 마치 전래동요처럼 몇 번이나 되풀이하며 노래를 불렀다.

그 노래에 맞춰 땅에서 요모츠쿠니의 귀신들이 잇따라 솟아났다.

※아시하라나카츠쿠니(葦原中つ國) : 일본 신화에서 하늘나라와 저승의 사이에 있는 중간계, 즉 일본이라는 나라를 말한다.

수천, 수만의 요모츠시코메. 그 천 배, 만 배는 될 법한 요모츠이쿠사. 죽음의 여신 이자나미를 섬기는 시귀, 즉 시체 귀신들이었다.

저승의 귀신들은 쉬지 않고 지상을 달리며 살아 있는 인간을 발견하곤 목 졸라 죽였다.

그리고 살을 정신없이 뜯으며 피를 빨고, 뼈를 으드득 씹어 으깼다.

목숨이 붙어 있는 것은 짐승이든 인간이든 상관없이 죽이고, 먹고, 섬멸해 나갔다. 한 명도 살아남게 해선 안 된다는 듯이 땅끝까지 배회했다.

지상 구석구석까지 독기가 넘쳐흘렀고, 초목이 깡그리 말라 버렸다.

산도, 강도, 바다도, 생명의 빛을 잃었다.

태양은 어둠에 삼켜지고, 쩍쩍 갈라진 대지를 큰 해일이 덮쳤다.

세계의 끝의 시작이었다….

이리하여 종언을 맞이한 신역 '생크추어리 요모츠히라사카'의 중심에서.

"호호호호호. 이 같은 멸망을 얻은 이상, 이 땅에서 제가 해야할 일은 아무것도 없을 것 같네요."

여신 이자나미의 주위에 무수히 많은 반짝임이 성운처럼 모습을 드러냈다. 그것은 인간 세계의 마술사들이 《공간왜곡》이라고 부르는 것이었다.

지옥의 여신은 그 안으로 뛰어들었다.

4

공간왜곡….

직경 십여 미터의 반구 형태로 무수히 많은 빛이 모여 성운처럼 반짝이고 있었다.

신화 세계와 왕래가 가능한 게이트, 이세계의 문이었다. 그것이 지금 교토 시내를 흐르는 카츠라가와 강의 수면에 나타났다.

쿠마노 까마귀 일족과 아스카이 아무개가 어딘가에서 불러들인 거석….

그것이 난데없이 공간왜곡으로 모습을 바꾼 것이다. 신기원에 출연한 요모츠시코메들이 전멸하고 십여 분 후에 벌어진 일이었다.

그리고 신화 세계의 게이트에 뛰어든 자가 있었다.

"이게 대체 무슨 일이죠…."

파란 제비로 변신한 토바 리오나였다.

눈 아래에 펼쳐진 광경은 '멸망' 그 자체. 눈에 보이는 곳은 시야 구석구석까지 바닷물이 넘실거리고 있었다. 대홍수가 이곳을 덮친 후였다.

탁한 갈색 바다에는 거센 파도가 치고 있었다.

이따금 기름처럼 둥실둥실 바다 위를 떠다니는 '육지'가 있었다.

얼핏 보기에는 작은 섬이었다. 하지만 해저와 이어진 부분도 없고, 기댈 데 없이 물에 둥둥 뜬 채로 거친 파도에 떠내려갔다. 이른바 대지의 파편이었다.

"붕괴된 세계군요…."

리오나는 파란 제비의 모습으로 날아다니면서 탄식했다.

거친 파도를 떠다니는 작은 섬은 얼추 100개 가까이 되었다.

그 육지에는 '얼마 전까지 인간이 살았던 흔적'이 아직 남아 있었다.

구멍을 파 만든 수많은 주거지와 논. 망루와 비슷하게 생긴 목조건축… 아마 신전일 것이다. 또한 흉포한 짐승에게 잡아먹힌 것처럼 보이는 인간의 시체, 시체, 시체….

사람들의 옷과 건축 양식으로 리오나는 유추했다.

"나라 시대*보다 훨씬 전… 벼농사가 뿌리내릴 무렵의 일본과 매우 흡사해…. 다시 말해, 일본 신화의 세계**였다**는 거군요."

※나라 시대 : 일본 역사의 시대 구분 가운데 하나로, 710~794. 현재의 '나라' 지방은 이 시대의 수도였다.

그리고 멸망했다.

이 신역은 종언을 맞이하고 말았다.

이곳에 더 이상 머물러 봤자 시간 낭비일 뿐이다. 동정과 허무감을 한숨에 억지로 흘려보내고는, 리오나는 제비의 날개를 퍼덕거렸다.

서둘러 지상으로… 일본의 간사이 지방으로 돌아가야만 한다.

분명히 교토 시내, 아라시야마…에 있었다.

그러나 로쿠하라 렌은 하늘을 우러러보곤,

"마치 어딘가의 신화 세계로 들어갔을 때 같군."

가만히 중얼거렸다.

오늘은 아침부터 쾌청했는데, 난데없이 두꺼운 암운이 하늘을 뒤덮었다. 게다가 이따금 천둥과 칠흑 같은 번개가 쳤다. 그에 더해 독한 기운이 섞인 뜨뜻미지근한 바람이 불었다.

햇살을 잃고 까만 우레와 썩은 바람으로 더러워진 세계.

그것만으로도 현실감이 전혀 들지 않았지만.

"그러니까! 공간왜곡점이 오사카, 나라에도 출현했나 봐!"

"미에, 와카야마 방면에도… 하지만 가장 큰 문제는 그게 아냐."

신기원 본부 정원에서 이 비밀 조직의 멤버들이 난리법석을 떨고 있었다.

그 모습을 힐끔힐끔 쳐다보면서 토바 후미카, 미래의 처제가 다가왔다. 렌에게 스마트폰을 내민 손이 덜덜 떨리고 있었다.

"오, 오빠, 이걸 보세요…."

스마트폰 화면, 그것은 '교토'로 검색한 SNS였다.

렌은 후미카에게서 보고를 받곤 중얼거렸다.

"음. 교토의 거리에 좀비가 출현, 좀비가 습격하고 있다, 사람이 먹히고 있다…. 아까 본 일본 좀비가 이곳 말고 다른 곳에도 나타났구나."

"어머? 이건 '동영상' 맞죠?"

카산드라가 후미카가 들고 있는 스마트폰으로 손을 뻗었다.

동영상이 재생되기 시작했다. 아마 교토 시내일 것이다. 관광객이 많은 큰 거리에 방금 전 맞붙었던 일본 신화의 괴물 '요모츠시코메'가 있었다. 한 명뿐이었다.

그 한 명뿐인 좀비가 통행인을 붙들고 늘어져 있었다.

안면에, 목덜미에, 어깨에… 쉴 새 없이 물고 늘어져선 살을 물어뜯곤 씹어 먹었다.

"으으윽. 잔인해…."

너무나도 처참한 영상을 목격하곤 후미카가 입가를 손으로 틀어막았다.

두 눈에 눈물을 글썽거리고 공포와 분노가 뒤섞인 표정이었다. 한편, 강국 트로이의 왕녀이자 전쟁터가 어떤 곳인지도 알고 있는 카산드라는 늠름하게 말했다.

"렌 님. 이 나라를 지키는 병사들은 어디 계신가요? 주제넘은 말이지만, 저도 그분들께 도움이 되어 드리고 싶어요."

"글쎄? 아마 그 사람들은 감당 못 할 것 같은데?"

렌은 생각에 잠겼다.

"이런 몬스터에게서 시민을 지키는 건 신기원… 아마 이곳에 있는 사람들 담당이 아닐까?"

"그 말이 맞아, 렌 씨."

어느새 노령의 히메미코, 히나코 님이 옆에 와 있었다.

그보다 약간 뒤쪽에 '감사(監査)' 역할인 세이슈인 마키도 있었다. 렌의 약혼자를 감독하는 관리직이라고 하는 그녀도, 히나코 님도 몹시 심각한 표정을 짓고 있었다.

"로쿠하라. 이 사태는 이미 우리 신기원도 감당이 불가능해…"

"그래. 실은 지금 오사카 방면에서 보고가 있었어. 그쪽에는 요모츠시코메, 요모츠이쿠사만이 아니라… 망자의 무리를 통솔하는 여왕도 나타났나 봐."

마키와 히나코 님이 각각 말했다. 렌은 고개를 갸웃했다.

"여왕? 어떤 사람인데?"

"사람이 아니야."

그렇게 속삭인 히나코 님은… 미소를 짓고 있었다.

물론 즐겁기 때문이 아니다. 자신의 기량을 훨씬 뛰어넘는 시

eXtreme novel

『신역의 캄피오네스』 3권 수량 한정 특별부록

SHINIKI NO CAMPIONESS

©2018 by Joe Takeduki, BUNBUN(illustration)/SHUEISHA Inc,

련과 마주하고 손쓸 방도가 없는 나머지 지은 허무한 웃음이었다.

"이자나미노미코토. 일본의 국토를 탄생시킨, 나라를 낳은 모신. 다시 말해 신이야."

"응. 신화의 영역에만 존재하는 여신님이… 우리의 세계인 일본에 현현하셨어. 아마 이 여신님이 지옥의 좀비들을 이쪽으로 데리고 오셨을 거야."

신역의 캄피오네스

제 4 장 *chapter* **워킹 데드 인 케이한 로드**
4

1

토바 리오나의 **의식**을 싣고 황금색 야타가라스가 날았다.

교토 아라시야마를 출발해 남서 방면으로 향하고 있는 야타가라스는 이미 오사카 부(府)에 접어들었다. 기묘하게도 요도가와 강의 흐름을 내려다보면서 날고 있다.

아라시야마에서 봤던 카츠라가와 강은 사실 한참 가다 보면 요도가와 강에 합류한다.

이 구간은 요도가와 강과 병행하는 형태로 토카이도 신칸센이 달리고 있었다. 옛날에 요도가와 강에서 활발하게 이루어졌던 수운처럼 교토와 오사카 간의 운송을 맡고 있는 동맥이었다.

하지만 지금, 바로 그 케이한 구간에서 시체들이 우글거리고 있다.

"역시 여기저기에 출몰했군요…."

야타가라스로 변신한 리오나는 하늘에서 오사카를 내려다보았다.

지금까지 통과한 나가오카쿄 시, 야와타 시, 네야가와 시 등. 서너 군데의 도시를 넘어가는 동안에 반드시 한 개는 발견되었다. 공간왜곡이.

성운처럼 무수히 많은 빛이 모인 특이점. 신화 세계의 문.

"교토에서 오사카까지 가는 경로에서만 이미 공간왜곡을 세 개나 확인… 간사이 전역을 합치면 총 몇 개나 될지…."

하늘을 나는 야타가라스의 의지로서 리오나는 중얼거렸다.

모든 문이 사라진 신역 《생크추어리 요모츠히라사카》로 이어져 있었다.

또한 왜곡점 부근에는 반드시 일본 좀비 《요모츠이쿠사》가 나타났다.

적을 때는 열 몇. 많을 때는 100 가까이. 게다가 열 중 하나는 《요모츠시코메》였다. 보통 사람보다 덩치가 몇 배는 크고, 번개처럼 민첩한 여자 요괴….

긴급 출동한 경찰과 자위대가 '좀비 퇴치'에 분투 중이었다.

기동대의 방패와 차량에 숨어 자신이 소지한 총기와 화기를 안간힘을 다해 쏘아 댔다.

그렇지만 평소 훈련에선 '탄환＝세금' 절약에 절치부심한다고 하는 두 조직이 이런 임무에 제대로 대응할 수 있을 리가 없었다.

더구나 저승에서 온 시체들은 총알을 맞고도 좀처럼 움직임을 멈추지 않았다.

머리와 심장이 급소인지, 그곳에 명중시키지 않으면 쓰러지지 않았다. 총격을 받으면서도 일본 좀비들은 쉬지 않고 앞으로 나아가더니….

용감한 공무원들에게 덤벼들었다! 그리고 물어뜯었다!

으드득, 으드득. 으드득, 으드득.

경찰관, 자위대 대원들의 시체가 걷잡을 수 없이 늘어났다.

하지만 일부 육상 부대는 꽤나 선전 중이었다. 자동소총으로 납탄을 쏴 대며, 혹은 전차로 깔아뭉개 좀비 퇴치가 가능했기 때문이다.

그러나 그런 행운은 자위대 기지나 주둔지 부근에 한정된 이야기.

그래서 리오나는 야타가라스의 모습으로 날갯짓을 하면서….

"퇴치하고 정화하거라. 불의 비사여, 천지에 가득 차거라."

펼친 두 날개에서 어마어마한 양의 불티를 뿌려 나갔다.

그 불티를 뒤집어쓰기만 하면 좀비들은 온몸이 불타 반드시 소멸했다.

게다가 불티는 황사나 미세먼지처럼 야타가라스가 통과한 루트 주변 수십 킬로미터까지 닿아 한꺼번에 일대를 정화했다.

야타가라스는 그 힘으로 몇 번이고 망자를 섬멸하면서 마침내 도착했다.

오사카성 공원….

광대한 숲과 광장, 성 안팎을 둘러싼 해자에 박물관, 그리고 천수각*.

일찍이 천하의 중심이었던 유명한 성이 있는 자리. 야타가라스의 목표는 오사카성의 상징, 천수각이었다. 야타가라스 안에서 리오나는 소리쳤다.

"간사이에서 지금 가장 독한 기운이 짙은 곳은… 이곳이에요!"

아라시야마와 마찬가지로 오사카성 공원의 나무들도 바싹 말라 있었다.

대지도 몹시 메말라 있었다. 해자의 물은 탁하게 고여 있는 정도가 아니라 썩기 시작한 것처럼 보였다. 수면에는 무수히 많은 물고기 등의 사체가 떠 있었다.

게다가 인간까지 여기저기에 쓰러져 있었다. 수백 명, 어쩌면

※천수각 : 일본의 전통적인 성 건축물에서 가장 크고 높은 누각.

천 단위에 달할지도 모른다….

그리고 야타가라스의 눈을 통해 리오나는 목격했다.

"저것이 이자나미노미코토…!"

천수각 지붕에 미녀가 홀로 서 있었다.

까만 머리에 까만 눈, 박복해 보이는 갸름한 얼굴. 버들가지처럼 가늘고 호리호리한 몸. 몹시 가냘프지만, 반대로 그 점이 지독하게 요염해 보이기까지 했다….

파란 통소매 조복(朝服)에 까만 하의를 덧입고 있었다.

요컨대 고대 일본 원피스에 주름이 있는 스커트 차림이었지만, 간소하면서도 여신에게 걸맞은 아름다움이 있었다. 아스카 시대*의 복장과 비슷했다.

그런 그녀의 온몸에서는 끊임없이 검은 불꽃이 튀고 있었다.

"신화에선 추하고, 썩어 짓물렀다고 했는데 말이죠. **생전**의 아름다움을 되찾았군요."

"오오. 빛나는 태양의 사자…."

천수각의 여신은 단아하게 미소 짓고 있었다.

"참으로 신성하군요. 하지만 그 불과 광명은 제가 원하는 것이 아닙니다. 그럼 이 이자나미가 축복의 말을 들려드리도록 하죠."

이자나미는 북동쪽에서 날아온 야타가라스를 응시하며 영창

※아스카 시대 : 일본 역사의 시대 구분 가운데 하나로, 6세기 후반~7세기 중엽.

했다.

"사랑하는 나의 님이여. 제가 당신의 백성 천 명의 숨통을 끊어 드리겠습니다…."

저주이자 부정의 언령이었다.

그것은 청각을 통해 영조의 내부에 들어와 황금색 야타가라스의 몸속에 넘치는 활력, 생명, 불과 태양의 영혼을 순식간에… 먹어 치웠다.

황금빛을 모두 잃은 야타가라스는 회색의 주검이 되어 땅으로 추락했다.

"위력 정찰, 종료. 나 참, 제대로 당했네요."

계속 눈을 감고 있던 리오나가 두 눈을 떴다.

후우. 리오나는 숨을 깊이 내쉬었다. 그녀는 오사카성이 아니라 교토 아라시야마, 신기원의 정원에 있었다. 주위에서는 이 조직 사람들이 직급을 불문하고 간부부터 말단 직원까지 분주하게 움직이고 있었다.

"저의 식신 《십이신장》 중 하나를 **대리**로 만들어 적의 총대장에게 맞부딪쳐 봤지만… 순식간이었어요."

"뭐, 예상대로네."

옆에 대기하고 있던 줄리오가 차분히 대답했다.

"야타가라스의 권속이라곤 해도 진짜 신에겐 맥도 못 추지. 예상대로의 전력 차이였어. 너무 마음에 두지 마, 리오나.”

“네. 그사이에 나머지 십**일**신장을 간사이 전역에 날려 보냈으니까요.”

리오나는 고개를 끄덕인 다음, 사촌이기도 한 상사에게 눈을 돌렸다.

“마키 씨. 오사카성 외의 지역에 보낸 ‘가짜 야타가라스’는 임무를 확실하게 완수한 것 같은데, 상황은 어떤가요?”

“아, 아아.”

신기원의 감사역 세이슈인 마키가 당황하면서 말했다.

스마트폰으로 간사이 각지와 연락을 주고받으며 전황을 확인하고 있었던 것이다.

“공간왜곡이 출현한 곳은 교토, 오사카, 효고, 나라 에어리어… 총 24곳. 그 근처에선 징그러운 좀비들이 대량 발생. 피해도 상당해. 하지만 리오나가 날린 ‘가짜’들이 해치워 줬어. 불의 언령을 내려 약 80퍼센트 되는 좀비들을 정화시킨 것 같아.”

그렇다, 토바 리오나가 거느리는 부하의 수는 모두 열둘.

그래서 《십이신장(十二神將)》. 그 모두를 야타가라스의 분신으로 바꾼 대음양사. 그녀의 눈은 마치 사파이어처럼 파랗게 빛나고 있었다.

영조로서 가진 능력을 아낌없이 모두 해방했기 때문에 구사할 수 있는 힘이었다.

하지만 위업을 이룬 여걸은 분한 듯이 말했다.

"그럼 20퍼센트는 놓쳤군요."

"어쩔 수 없지. 하늘에서 폭격을 때리면 아무리 주의를 기울여도 일부는 놓칠 수밖에 없어. 일단 공간왜곡 부근에서는 현지 경찰과 자위대, 그리고 우리 신기관이 협력해 결계와 방위선을 치는 중이야. 주변 주민들에게도 대피 유도를 시작했고, 최선을 다해 대책을 진행하고 있어."

"그 좀비들은?"

"살아남은 좀비들이 각지에서 어슬렁거리고 있는 것 같아. 철저한 순찰을 통해 발견 즉시 섬멸하는 방향으로 진행 중이야."

공간왜곡이 일제히 나타나기 시작한 것은 불과 세 시간 전이었다.

그동안에 이만한 일을 끝낼 수 있었다. 로쿠하라 렌의 약혼자 리오나의 능력에 힘입은 바가 크다. 역시 대단한 능력자였다.

그리고 슬슬 괜찮은 타이밍이라고 판단한 렌은 천천히 대화에 끼어들었다.

"저기, 리오나. 한 가지 근본적인 걸 물어봐도 돼?"

"네, 주인님."

"이자나미는 애초에 어떤 신이야?"

"아…. 생각해 보면 보통 사람은 잘 모르는 지식이었네요."

"리오나 님. 저도 궁금해요!"

"네, 그럼 설명해 드리죠. 옛날옛날, 아주 먼 옛날. 일본의 천지가 아직 아주 작았던 무렵의 이야기예요."

카산드라도 손을 들자, 해설이 시작되었다.

"그 당시, 일본의 국토는 아직 정해진 형태가 없었어요. 물에 뜬 기름처럼 끈적끈적한 상태로 해파리처럼 바다를 떠다녔죠. 그러자 하늘의 신들은 이자나기와 이자나미에게 명령했어요. 저곳에 떠다니는 끈적끈적한 것들을 잘 굳혀서 나라를 만들라고."

리오나는 옛날이야기를 하듯이 신화를 들려주었다.

"부부가 된 이자나기, 이자나미는 아와지시마 섬을 시작으로 시코쿠, 큐슈, 혼슈와 크고 작은 수많은 섬을 만들어 일본의 국토를 만들어 나갔죠. 토지 다음은 아이 갖기. 신들도 열심히 낳아 늘려 갔어요. 그래서 이 부부는《나라를 낳은 신》이라고 불린답니다."

"그러면 엄마가 이자나미인 거야?"

"남편도 아내도 이름이 거의 비슷하네요."

렌과 카산드라가 맞장구를 치자, 리오나는 담담하게 대답했다.

"그야 친남매니까요."

"네에?! 아, 하지만, 듣고 보니 저희 트로이에도 비슷한 신들의 이야기가 전해지고 있었어요!"

"뭐, 신들이 형제나 자매와 통혼하는 에피소드는 여기저기 많죠."

놀라는 그리스 신화의 여왕에게 일본의 음양사는 그렇게 덧붙였다.

"참고로 이 부부는 처음에 《히루코》라는 불구의 몸을 가진 자식을 낳는데, 이건 세계 근친혼 신화에서는 '흔한' 에피소드예요. 혈연이 너무 가까운 관계에선 그런 위험이 있다는 인류의 종족적 기억, 미래에 보내는 경고일지도 몰라요."

"그렇군요!"

"단, 이자나기와 이자나미 신화에선 '여자가 주도권을 쥐고 아이를 가졌기 때문에 받은 벌'이라는 이유가 나중에 덧붙여졌어요. 일본 신화의 성립 과정 중 중국에서 온 '부창부수(夫唱婦隨)' 사상이 유입된 영향이라고들 하지만 말이죠⋯."

"현대에서 그런 이유를 붙이면 당장 사회 문제가 될 텐데."

이건 줄리오의, 그야말로 지성파다운 감상이었다.

한편⋯ 느긋하게 이야기를 나누는 결사 캄피오네스의 멤버들을 일본 신기원 사람들은 믿기지 않는다는 얼굴로 주시하고 있었다.

가장 가까이에 있던 두 여자가 말을 걸어왔다.

"저, 저기, 오빠. 뭐 하나 물어봐도 돼요?"

"렌 씨는 이 상황에서도 굉장히 차분하네⋯."

"제⋯ 제 말이!! 일본 신화에 등장하는 무서운 여신님이 고질라처럼 지상에 나타났다고요!!"

리오나의 동생 후미카와 히메미코인 히나코 님이었다.

질문을 받은 렌은 가벼운 말투로 대답했다.

"이 정도야, 뭐. 이런 상황에는 익숙하거든."

"신과 싸우는 데에?!"

기겁을 하는 후미카. 렌은 웃는 얼굴로 고개를 끄덕였다.

그러자 주위… 신기원 본부 사람들 사이에 동요가 일었다. 여태껏 로쿠하라 렌을 '어디서 굴러먹던 개뼈다귀'로밖에 보지 않았던 노인들 사이에서까지.

이 남자의 말을 믿어야 할 것인가.

토바 리오나와 이 남자가 보여 준 파워를 어디까지 믿어도 될지.

노골적으로 흔들리고 있었다. 슬슬 못을 박아야 할 단계인 것 같다. 사람들과 어울리는 데에 독특한 후각을 가진 로쿠하라 렌은 생긋 웃더니….

"그럼 우린 슬슬 갈게."

히나코 님에게 말했다.

2

"가, 간다니, 어디로?!"

"그, 이자나미라는 여신님을 어떻게든 막으러."

렌은 놀라 당황하는 노부인에게 단호하게 선언했다.

옆에서 줄리오가 미간을 살짝 찌푸렸다. 그야 결사 캄피오네스의 총수로선 당연한 의사 표시일 것이다. 하지만 렌은 진정한 친구이기도 한 청년에게 윙크를 보낸 다음, 다시 한번 히나코 님과 마주 보았다.

"지금 일본에 있는 인간들 중에서 이 사태를 해결할 수 있는 건 나밖에 없을 테니까. 크게 서비스 한번 해 줘야지. 차와 과자도 대접받았는데 말이야."

"아, 아이고, 렌 씨. 고마워서 어떡해."

"나와 히나코 님 사이에 이 정도는 당연히 해야지."

불과 어제 만난 사이면서 렌은 매우 친한 듯이 말했다.

"거기 있는 줄리오는 '누구 좋으라고. 자신의 힘을 무턱대고 쓰지 마'라느니 '교환 조건을 제시하라' 같은 말을 하겠지만. 히나코 님과의 우정을 봐서 눈감아 달라고 할 테니까 괜찮아."

"렌. 난 눈감을 생각이 없거든?"

"뭐 어때? 난 교환 조건 같은 걸 내세우는 건 싫단 말이야. 귀찮아서. 그보다 이곳은 일본이고, 다들 일본의 전통을 중시하는 사람들이니까…."

렌은 유감의 뜻을 표한 줄리오을 향해 엄지손가락을 척 세웠다.

"여러모로 눈치껏 알아서 해 달라고 하자고. 그편이 분명히 편할걸?"

"호오. 말로만 듣던 일본 사회의 특징."

"줄리오라면 그 정도는 알지?"

"그럼, 당연하지. 권력자를 위해 이심전심, 찰떡호흡으로 알아서 기기 때문에 만사가 권력자에게 유리하게 운영되는 시스템이었지. 이 일본 특유의 시스템이 기능하기 시작하면 말과 서면에 의한 지시 같은 것도 모두 무용지물이 된다고 하는….'

"맞아, 그거야 ♪"

"그런데 여기 어르신들이 그렇게까지 해 줄까? 목구멍만 넘어가면 뜨거움을 잊는 인간도 세상에는 수두룩하잖아? 로쿠하라 렌 같은 인간이 딱 그 전형이지만."

"괜찮지 않을까? 여기에 있는 사람들, 나보다 기억력이 좋은 것 같더라."

렌은 근처에 있던 노인에게 접근했다.

신기원 이사 중 한 명. 말투나 분위기를 봤을 때 조직 내에서도 꽤나 높은 위치의 사람일 것이라고, 실은 몰래 찍어 놓은 상대였다.

렌은 생긋 웃으며 그 노인의 얼굴을 들여다보았다.

조금이라도 움직이면 코와 코가 닿을 것 같은 거리에서 철저히 명랑하고 쾌활하게.

"어때, 아저씨? 우리를 위해 알아서 이것저것 봐주는 것 정도는 해 줄 수 있잖아?"

"그, 그건….."

"로쿠하라 씨. 그렇게까지 언질을 하지 않으셔도 괜찮아요."

리오나가 고약한 여왕님의 얼굴을 하곤 씨익 웃고 있었다.

"어차피 간사이 지방이 '로쿠하라 렌 vs. 여신 이자나미'의 특설 링이에요. 승부가 나면 절로 그 시스템은 기능하기 시작할 거예요. 로쿠하라 씨와 여신의 **실전**을 링사이드에 찰싹 붙어 관전할 수 있으니까요."

"과연 그럴까?"

"네. 이곳에 있는 신살자이자 마왕, 그자의 이름은 로쿠하라 렌….. 싸움이 끝날 무렵에는 모두가 그 사실을 망각할 수 없게 될 거예요. 로쿠하라 씨가 전사하지 않는 한."

"그렇군. 그럼 최선을 다해 생환해야겠는걸?"

"무승부도 안 되니까 그런 줄 아세요. 저, 결혼 전에 미망인이 되는 건 싫어요."

"오케이."

"렌 님. 물론 저도 도울게요!"

카산드라도 여전히 용맹했다.

이리하여 결사 캄피오네스는 '신에게 도전할' 준비를 마쳤다.

심각하기 그지없는 사태임에도 어디까지나 가벼운 분위기로, 비장감이란 없었다. 그에 반해 모든 것을 지켜본 신기원 사람들은 하나같이 암울한 표정이었다.

특히 평소에 필요 이상으로 '거물답게' 행동하는 노인들이.

자신들의 이해와 도량을 초월하는 존재와 직면했다는 사실을 깨닫기 시작하곤, 어떻게 대처하면 좋을지 아직 상황 파악이 되지 않은 것이다.

하지만 한편에선 히나코 님만이 홀로 결연하게 얼굴을 들더니….

렌을 향해 온화하게 생긋 미소를 지었다.

"모두 잘 알았습니다. 렌 씨의 승리를 기원할게요."

"고마워, 히나코 님."

"누가 뭐라 해도 렌 씨는 내 재종질인걸."

"하하하. 그 설정, 아직 살아 있었구나."

"만약 정말로 '그렇게 가도' 된다면… 내 권한으로 신기원 내부의 교통정리도 해 줄 수 있어."

"호오! 그럼 그 선에서 부탁할게, 히나코 **누님**."

온화하고 친절한 노부인. 하지만 지금, 그녀의 얼굴에는 장난스러운 미소가 떠올라 있었다. 그리고 렌은 그런 그녀의 제안을 곧바로 승낙했다.

"어, 언니, 나도 같이 가야 해?!"

"그럼. 당연하지. 후미카도 토바 종가의 일원이니까, 각오 단단히 하렴."

"흐, 흐에에에엑!"

"싸움이 끝나면 니혼바시와 이케부쿠로에 데려가줄게. 물론 쇼핑 비용도 언니가 전부 부담하고."

"나한테 맡겨, 언니. 위대한 능력에는 그만한 책임이 따르는 법!"

한순간 눈물을 터뜨릴 뻔했던 후미카는 금세 회복했다.

아라시야마의 신기원을 떠나기 직전, 토바 자매가 나눈 대화였다. 리오나는 옆에서 신기하다는 듯이 듣고 있던 줄리오에게 설명했다.

"요모츠쿠니에서 온 죽음의 여신이 대전 상대이니까… 타마요리히메(玉依媛), 즉 특수한 영매 능력자인 후미카가 도움이 될지도 몰라요. 이 아이도 데려가는 편이 좋을 거예요."

"알았어. 너의 판단을 믿을게."

결사 캄피오네스의 총수는 고개를 끄덕인 후, 화제를 바꾸었다.

"이동수단은 어떡할래? 자위대에 헬리콥터를 보내 달라고 할까?"

"하늘길은 좋지 않을 것 같아요. 이자나미는 하늘에서 접근한 저를 제법 먼 곳에서 이미 인식한 것 같았거든요. 차로 가죠."

"되도록 튼튼하고, 험한 길에도 견딜 수 있을 만한 차종이 좋을 것 같은데. 조건에 맞는 게 있을까?"

리오나와 줄리오는 의견을 교환했다.

하지만 신기원 주차장에는 이사들을 마중 가고 바래다주는 국산 고급차뿐. 조건에 부합하는 사륜구동은 보이지 않았다.

"뭐, 어쩔 수 없네요. 이쯤에서 타협하도록 하죠."

딱 잘라 말한 리오나의 뒤에서 줄리오가 미심쩍다는 듯이 말했다.

"미국 차 같군. 픽업트럭이 이런 곳에 있을 줄이야."

"그런 수입품이 신기원에 있을 리가 없잖아요. 일본 시골에선 흔히 볼 수 있는 농가의 포르쉐, 경트럭이에요. 이거, 속도도 꽤 낼 수 있고 짐도 넉넉하게 실을 수 있어요. 이걸로 자동차 경주에 나오는 괴짜까지 있을 정도예요."

"호오, 포르쉐라."

"여기 정원을 손질하던 원예업자에게서 징발했어요. 비상사태이니까요!"

이코마 산을 우러러보면서 자란 리오나에게는 사실 익숙한 차종이었다.

거리에서 흔히 보는 '흰색 경트럭'. 짐칸을 싹 비운 다음, 신기원에 있던 무기를 실었다. 핸드 건, 자동소총 등… 리오나도 예전에 고베 사건에서 사용했었다.

만일을 대비해 하나씩 얼추 챙겨 놨던 것이다.

"여러분도 쓰실래요? 해외 드라마에서 자주 보는, 좀비에 영험한 일본도도 잔뜩 있답니다!"

"난 괜찮아. 내가 알아서 할게."

"나도. 내 전용 무기가 있거든."

"저기, 언니. 중학생 동생에게 권총을 쥐여 주는 건 좀…."

"시끄러워. 그럼 얼른 출발하죠. …그런데 카산드라 왕녀님은?"

그러고 보니 출진 준비를 하는 동안 트로이 왕녀는 줄곧 조용
했다.

아무런 의견도 말하지 않고 홀로 조용히 기척을 숨긴 채. 그리
고 어느샌가 은발의 공주는 경트럭 운전석에 앉아 의욕을 불태
우고 있었다.

"여러분. 이 전차의 마부는 저에게 맡겨 주세요!"

카산드라는 엄청난 투지를 보이며 핸들을 쥐고 있었다.

그 광경을 보곤 얼떨떨해 하던 리오나가 말했다.

"하지만 운전사라면 줄리오도 있고, 저의 식신도."

"기량이라면 안심하세요. 저, 이쪽 세계에 온 이후로 이 신구
를 사용해 몰래 '운전'을 배웠답니다!"

카산드라가 꺼낸 것은 녹색 깃털이었다.

리오나와 렌은 그것을 본 적이 있었다. 신구 《헤르메스의 깃
털》. 그것을 소유한 자는 한 달에 딱 한 번, 원하는 세계로 전이
할 수 있다.

"실은 헤르메스 님의 깃털에는 여행지의 사정과 지식을 알려

주는 효능도 있어요. 그래서 이따금….”

“차를 다루는 방법을 배우셨나요?”

“네♪”

“좋네. 저렇게까지 말하는데 한번 몰아 보라고 하자.”

즐거운 듯한 카산드라를 보며 렌이 한마디 보탰다.

“마키 씨 얘기로는 일반 차량의 통행은 금지됐다고 하잖아. 그렇다면 아마 어떻게든 되겠지!”

“저에게 보내 주신 기대에 꼭 보답할게요, 렌 님!”

경트럭 운전석에 카산드라, 조수석에 후미카.

짐칸에 렌, 줄리오, 리오나라는 포진으로 드디어 일행은 아라시야마를 출발했다.

그리고 의외라고 해야 할까, 역시라고 해야 할까. 왕녀 카산드라는 처음 십여 분 동안은 엔진 트러블을 일으키고 차를 흙벽에 살짝 박는 등 모두를 불안하게 만들었지만.

왕녀의 운전은 짧은 시간 동안 성장을 거듭하더니….

“목적지는 오사카성이라고 하셨죠?!”

익숙한 핸들링. 수동 변속기 클러치 페달에서 발을 떼었다.

차체를 훌륭히 컨트롤해 도로도, 그렇지 않은 곳도 주파해 나갔다. 카산드라는 멋지게 경트럭을 몰면서 웃었다.

“후후후후. 옛날에 헥토르 오라버니께 빌린 전차가 생각나네요!”

"역시 트로이 왕가… 영웅 일족의 핏줄이네요."

"온갖 무예를 섭렵할 수 있는 소양을 가졌군, 카산드라는. 신화 세계의 전차와 현대 지구의 자동차를 똑같은 감각으로 몰다니, 정말 대단해…."

"좋아, 카산드라! 지금 그 기세로 밟아!"

"네!"

"하, 하지만 논두렁길 같은 곳은 달리지 않는 편이 좋을 것 같아요!"

리오나는 고개를 끄덕이며 납득했고, 줄리오는 감탄했다.

렌은 부추겼고, 카산드라는 그런 렌의 말에 호쾌하게 대답했다. 이 멤버 중에서는 그나마 '멀쩡한' 후미카만이 당황하며 말렸다.

일단 간사이 전역의 시민을 대상으로 '차는 되도록 사용하지 말아 달라'는 요청이 있었던 것 같다.

지자체에서 설치한 스피커를 통해 [시민 여러분~]이라고 호소하는 안내 방송이 확실히 이따금 들려왔다.

하지만 요청에 따르지 않는 일반 시민도 많았다.

먼 곳으로 피난을 가려는 차로 북적거리는 탓에 몇 번이나 정체가 생겼다.

그 정체를 우회하기 위해 카산드라는 경트럭을 자신의 손발처럼 다루며 길이 없는 길을 답파해 나갔다. 골목길, 농로, 강가,

공원, 운동장, 기타 등등….

때로는 유리나 자동문을 차로 들이받았다.

넓은 슈퍼와 가전제품 판매점, 쇼핑몰을 가로지르기도 했다.

그 거친 루트 선택을 이끌고 있는 것은 리오나가 부른 백로형 식신이었다.

경트럭 전방을 날며 간사이의 길을 알 방도가 없는 트로이 왕녀에게 진로를 몸으로 가리켰다. 카산드라도 그런 식신을 잘 따라갔다.

그리고 가는 길을 요모츠이쿠사들이 우글우글 가로막고 섰을 땐….

"흐엑?! 드, 드디어 좀비가 나타났어?!"

"저에게 맡기세요!"

쩔쩔매는 후미카의 옆에서 카산드라는 액셀을 힘껏 밟았다.

그러더니 차로 받았다. 또 받았다. 질주하는 경트럭 보닛으로 호쾌하게 들이받거나 타이어로 밟아 뭉갰다.

경트럭을 달리는 흉기로 바꿔 끈질긴 일본 좀비를 한꺼번에 쓰러뜨려 나갔다.

"전차 앞에 서는 병사는 가차 없이 깔아뭉갠다! 그것이 전쟁터의 관습이라고 돌아가신 오라버니께서 말씀하셨어요. 여러분, 죄송해요!"

카산드라는 단아하게 사과하면서 일본 좀비를 보이는 족족 차로 치었다.

그 눈동자와 표정은 한없이 늠름했고, 트로이 왕가의 긍지로 빛나고 있었다.

하지만 그래도 도저히 몰아낼 수 없을 만큼 엄청난 수의 좀비가 전방에 모여들어 경트럭의 질주를 막으려던 그때였다. 보다 못해 나선 리오나가 즉각 발포했다.

"날아라, 식신들아!"

언령과 함께 89식 소총의 방아쇠를 당겼다.

육상 자위대의 표준 장비인 자동소총의 총구는 대각선 위쪽을 향하고 있었다.

그러나 그럼에도 발사된 탄환은 호를 그리며 날아가선, 경트럭 전방을 막은 좀비들의 머리와 몸을 멋지게 꿰뚫었다.

모든 총알에 《식신》을 불어넣어 리오나의 종으로 바꾼 것이다.

"하하. 생각보다 쉽게 정리가 되겠는데?!"

"글쎄? 좀 더 만만치 않은 녀석도 있는 것 같아, 렌!"

줄리오가 경고했다.

총알 세례를 받고 쓰러진 것이 '보통 좀비' 요모츠이쿠사. 그러나 그 녀석들보다 덩치가 두 배는 크고, 더 흉포하고 민첩한 마물이 있었다….

요모츠시코메. 한 번 뛰면 천 리는 넘는 여자 괴물.

샤아아아아아아아악!

요모츠시코메가 입술에서 기합을 토해 내곤 뛰어왔다.

경트럭의 짐칸을 향해. 하지만 주행 중이라 세차게 흔들림에도 불구하고 줄리오는 재빨리 움직였다.

"결투의 시간이다, 쿠오레 디 레오네!"

결사 캄피오네스 총수의 오른손에 검 한 자루가 홀연히 나타났다.

브로드 소드였다. 그 검신은 청렬한 은빛을 머금고 있었다. 그리고 마검의 칼끝이 정확히 요모츠시코메의 이마에 꽂히자….

여자 요괴는 순식간에 먼지가 되어 깨끗이 사라졌다!

"브란델리 가의 당주가 대대로 이어받아 온 마검이야. 얕보면 곤란하다고."

줄리오가 씨익 미소를 지었다.

사자의 영혼. 《쿠오레 디 레오네》의 이름은 그런 의미인 듯했다.

이리하여 경트럭은 남서쪽, 오사카 방향으로 나아갔다. 신살자인 로쿠하라 렌은 나설 타이밍이 전혀 없었다.

다른 멤버들이 분투해 준 덕분에 일할 필요가 없었던 것이다.

하지만 무리도 아니다. 요모츠이쿠사나 요모츠시코메 같은 잔챙이들은 마왕이자 신살자에게 어울리는 그릇이 아니기 때문이다.

그러나 걱정거리가 하나 있었다.

"평소처럼 신화 세계를 여행하고 온 게 아니라, 인과응보의 '비축분'이 없단 말이지…."

허나 그런 불평은 '생떼'이기도 했다.

렌은 어깨를 움츠리곤, 강적 여신 이자나미와의 싸움에 대비했다.

3

가을 노을로 이제 곧 하늘이 꼭두서니 빛으로 물들 것이다.

그런 시각에 렌은 오사카성까지 왔다.

여기서부턴 신살자만이 링 위에 올라갈 수 있다. 렌은 **홀로** 해자를 건너 호코쿠 신사 앞을 지나 본성과 천수각 쪽으로 다가갔다.

목적지로 가는 도중에 사체를 몇 구나 발견했다.

팔다리, 혹은 살이 부드러운 부분이 찢어 발겨져 있는 시체도 흔히 볼 수 있었다. 요모츠이쿠사 아니면 요모츠시코메에게 습격당했을 것이다.

물론 치밀어 오르는 것이 전혀 없진 않았다.

하지만 지금은 그것을 폭발시킬 때가 아니다. 로쿠하라 렌은 일상생활만이 아니라 전사로서도 가볍고 경쾌해야만 하는 존재였다.

"나비처럼 훨훨 날아 벌처럼 쏘아라, 였나?"

어릴 적에 체육관에서 펀치랍시고 주먹을 뻗던 무렵 들었던 말이다.

감정에 휩쓸려 날뛰는 것은 렌의 스타일이 아니다. 지금도, 옛날에도, 앞으로도. 그래서 가벼운 발걸음으로 걸어 마침내 천수각 앞까지 왔다.

높이는 55미터. 사실 이곳은 쇼와 시대*로 접어든 후에 재건되었다.

"호오, 괴상한 광경이군."

오사카성 천수각을 등지는 모양새로 한 미녀가 서 있었다.

기모노보다 더 오래된 시대의 옷을 입은 그녀는 수상쩍다는 듯이 렌을 쳐다보았다.

"내가 뿌리는 지옥의 향기를 쐬면 지상의 인간은 서 있을 수조차 없을 텐데. 그럼에도 불구하고 당신은 아무 일도 없다는 듯이 태연하게 이 이자나미의 앞까지 왔군요…."

"난 로쿠하라 렌. 고백하자면 보통 인간이 아니라서 말이지."

"그런 것 같군요. 하지만 신도 아니고, 어디까지나 인간의 자식일 터. 그렇다면 답은 하나. 당신은 우리의 원적(怨敵), 신살자란 짐승이죠?"

※쇼와 시대 : 일본 역사의 시대 구분 가운데 하나로, 1926~1989년.

"정답. 이해가 빨라서 다행이군."

렌이 그렇게 말하자, 이자나미는 우아하게 웃었다.

"호호호호. 눈에 거슬리는 이 몸을 쓰러뜨릴 셈인가요?"

"그것도 정답."

"좋습니다. 아마츠카미*의 하나로서 짐승에게 본때를 보여 드리죠!"

"하하하하. 일이 너무 잘 풀려서 무서울 정도인걸? 신화 세계의 붕괴를 막으러 갈 때보다 더 심플하고 수월하군."

여신 이자나미는 온몸에서 까만 번갯불을 튀겼다. 로쿠하라는 씨익 웃었다.

신과 신살자, 마땅히 그래야 할 관계로 아무 문제없이 쉽게 자리를 잡았다고 할 수 있었다. 여태까지의 신역 여행이 RPG였다면, 지금은 격투 게임인 것이다.

그리고 단숨에 전단(戰端)이 열렸다!

"오이카즈치, 호노이카즈치여!"

"아, 이런!"

흐린 하늘에서 뇌정이 두 줄기 떨어졌다. 렌은 그것을 가뿐히 피했다.

"쿠로이카즈치, 사쿠이카즈치!"

※아마츠카미 : 일본 신화에 등장하는, 천상에서 강림한 신들의 총칭.

"악행에는 신벌을 내리노라. 죄인들이여, 정의의 구현에 몸을 떨어라."

다음 두 발이 떨어졌을 때도 렌은 뇌정과 뇌정 사이를 가뿐히 빠져나갔다.

물론 여신 네메시스의 민첩함이 있기 때문이었다. 렌은 정의와 응보의 언령을 영창하면서 요모츠쿠니의 여왕을 쳐다보았다.

이자나미는 더러운 오물이라도 보는 듯한 차가운 얼굴을 하고 있었다.

"와카이카즈치, 츠치이카즈치, 나루이카즈치, 후시이카즈치… 나의 자식, 여덟 뇌신이여!"

까만 뇌정이 쉴 새 없이 떨어졌다.

렌은 마치 플라멩코를 추듯이 격렬한 리듬에 맞춰 좌우, 앞뒤로 점프하여 공격을 피하면서 일찌감치 어떠한 확신을 얻었다. 수많은 사투와 여행을 거쳐 신역의 맹자들과 싸워 왔기 때문에 느낀… 동물적 직감. 이 작전은 가능하다.

신속(神速)의 스텝으로 타원 궤도를 그리며 렌은 단숨에 치고 들어갔다.

쉴 새 없이 벼락을 내리치는 여신의 바로 뒤쪽으로. 무방비한 등을 찌르는 타이밍에.

"나, 알았어."

"?!"

"누나는 이 나라의 어머니잖아. 싸우는 데에 별로 익숙하지 않지? 이렇다 할 무기도 없고. 미안하지만, 그래서야 나와 승패를 겨루긴 힘들 것 같은데?"

등 뒤에서 속삭인 것과 동시에 렌은 '비축분'을 방출했다.

"신벌응보! 정의의 심판이 있기를!"

"아… 아아아아아아아아아아앗?!"

나라를 낳은 모신 이자나미가 절규했다.

렌의 권능, 《인과응보》에 의한 카운터를 등 뒤에서 받았기 때문이다.

여신이 지금껏 아무런 계획 없이 쏘았던 뇌정… 오이카즈치, 호노이카즈치, 쿠로이카즈치, 사쿠이카즈치, 와카이카즈치, 츠치이카즈치, 나루이카즈치, 후시이카즈치, 총 여덟 뇌신. 거기에 렌은 미트가르트에서 얻은 무기까지 더했다.

보번 후작이 마구잡이로 쏴 댔던 번개.

신살자 늑대가 '폭풍의 신'인지 뭔지의 권능으로 쏘았던, 사상 최고로 흉악한 마왕의 뇌격이었다.

신랄하게 말하자면, 이자나미 정도 레벨을 지닌 신의 공격과는 격이 달랐다. 위력, 수, 밀도, 거셈. 모든 면에서 여신을 능가했다.

그래서 이 **빽빽**한 극대전격에 굴해 모신이 내쳐지는 건 당연했다.

"아아아아아아…."

"역시 비축분이 조금 부족했군. 한두 방 정도 카운터에 힘이 실렸으면 이미 끝났을 텐데…."

여신의 하얀 미모와 옷이 그을음으로 까맣게 더러워져, 지직거리는 소리와 함께 연기를 내고 있었다.

온몸이 심한 화상을 입어 추하게 문드러져 있어도 이상하지 않을 대미지였을 터.

하지만 모신 이자나미는 여전히 아름다웠다. 이 신비는 여신의 권능 때문일까? 렌은 그 모습을 표연히 내려다보고 있었다.

뭐, 이자나미의 까만 우레를 더 모아 놨어도 똑같은 결과였을 것이다.

오히려 초장에 기선을 제압하고 의기소침하게 만든 후, 단숨에 숨통을 끊어 버리는 편이 효과적….

"부탁할게, 리오나."

'저한테 맡겨 주세요, 주인님!'

평소와 같은 비아냥거리는 말투로 렌을 주인님이라고 부르면서.

야타가라스로 변신한 리오나가 천수각 상공으로 날아왔다.

'신화청명.'

영조의 부리가 노래하듯이 읊은 것은 태양의 언령이었다.

그 주위에는 열두 개의 '도깨비불'이 나타나 원을 그리듯이 황금색 야타가라스를 에워쌌다. 리오나를 섬기는 식신《십이신장》이었다.

불과 태양의 정령들은 지금 하늘 한가운데에서 백금색 광명을 내뿜기 시작했다.

'감히 입에 담기에도 황송한 황신께 아뢰오니… 태양의 천신이시여, 이곳에 나타나 주소서!'

반짝반짝 빛나는 따뜻하고 청명한 빛을 지상에 흩뿌렸다.

오사카성뿐만 아니라 간사이 전역 구석구석까지 닿도록 빛을 내쏟았다.

그 광명을 쬔 이자나미가 몸부림치며 뒹굴었다.

"오, 오오오오?! 그만, 그런 불길한 빛은 그만 흩뿌려라! 그만하라고 하질 않느냐, 정령들이여! 저승을 관장하는 대여신, 요모츠오카미(黃泉津大神)인 이 몸에게 무슨 짓이냐!!"

'요모츠쿠니… 지하세계에 있어야 하는 신이 지상으로 나왔기 때문이에요!'

"크으으으윽!"

하늘에서 리오나, 즉 야타가라스가 그렇게 말하자 이자나미는 괴로움에 신음했다.

위대한 여신은 아직 바닥에 쓰러져 있었다. 더는 일어설 여력도 없는 것 같았다. 생명의 원천인 태양의 영기를 증폭, 확대하여 지상에 흩뿌렸다. 그것이《죽음의 여신, 부정한 존재》에게는 각별한 치명타가 되었다.

리오나와 줄리오, 지혜로운 두 사람이 갈파한 결정타는 역시 효과가 있었다.

지금쯤 오사카성을 중심으로 오사카 시내에서는 '더러워진 땅'이 모두 정화되고, 아까 미처 처치하지 못한 일본 좀비들 또한 전멸했을 터….

리오나가 예언했던 대로의 결과가 펼쳐져 있을 것이다.

좋아. 승리를 확신한 렌은 씨익 웃었다.

매사에 무사태평한 로쿠하라 렌밖에 모르는 사람은 오히려 위화감만 느끼게 할 뿐인 전사의 얼굴로….

그때였다.

하늘을 가르며 화염방사가 날아왔다. 그것도 여덟 발.

그것은 오사카성 북쪽, 네야가와바시 다리 건너 오카와 강 방향에서 쏘아졌다.

강폭이 넓은 큰 강 속에서 머리가 여덟 개 달린… '괴수'가 토해 낸 것이었다. 지금까지 물속에 몸을 숨기고 있었던 듯하다.

머리가 여덟 개 달린 괴수가 여덟 개의 입에서 여덟 줄기의 화염을 쏟아 냈다.

케이한 본선 철교와 네야가와바시 다리는 그 화염방사에 여덟 번이나 유린당한 후, 사탕처럼 주르륵 녹아내렸다.

그리고 여덟 줄기의 화염방사는 야타가라스와 부하들을 덮쳤다!

"위험해, 리오나!"

'산개!'

렌이 경고하자, 리오나가 명령했다.

야타가라스와 식신《십이신장》은 공중에서 흩어져 아슬아슬하게 여덟 개의 화염을 회피했다. 그리고 습격자가 있는 오카와 강 방면으로 날아갔다.

수면에서 고개를 내민 괴수는 머리가 여덟 개 달린 이무기였다.

꼬리도 여덟 개였다. 하지만 여덟 개의 머리와 여덟 개의 꼬리를 잇는 이무기의 몸통은 하나. 머리부터 꼬리 끝까지 4, 50미터 정도는 되어 보였다.

여덟 개의 머리를 가진 이무기… 그 하나뿐인 배는 선혈처럼 붉은색을 띠고 있었다.

"…어라?"

여덟 개의 머리와 여덟 개의 꼬리를 가진 이무기를 오사카성에서 바라본 렌은 고개를 갸웃거렸다.

"저렇게 생긴 괴수, 어디서 들어 본 적이 있는데."

"이 일본에선 야마타노오로치(八岐大蛇)라 부른다고 하더군."

또랑또랑한 소녀의 목소리가 그렇게 말했다.

렌은 경계 태세를 취했다. 어둠을 스치는 밤바람처럼 등장했다.

쓰러져 괴로움에 몸부림치는 이자나미의 곁에⋯ 구면인 여신이 서 있었다.

달빛을 닮은 은발, 어둠이 깃든 까만 눈동자. 고대 그리스의 하얀 옷을 몸에 걸쳤고, 손에 든 지팡이에는 '이빨을 드러낸 뱀' 장식이 선단에 꾸며져 있었다.

"뱀신들과는 나도 조금 친분이 있어서 말이지. 잠을 깨우는 지혜도 알고 있고. 아름다운 이자나미를 돕고 싶어서 일본의 뱀신을 불러 봤지."

지혜와 전쟁의 여신이자, 렌의 파트너인 스텔라의 라이벌.

렌은 트로이 전쟁에서 만난 대적에게 물었다.

"아테나 씨군. 이런 곳에서 만난 건⋯ 우연?"

"아니, 필연이다."

아테나는 씨익 미소를 짓고는, 그 자리에 웅크리고 앉았다.

그러더니 쓰러진 지옥의 여신을 부축해 일으킨 다음, 온화한 목소리로 말했다.

"잘 싸워 주고 있네, 이자나미. 허나 그 우아한 몸으로 거친 전투를 헤쳐 나가는 건 힘들 것 같군. 지금은 여행 중이기에 내가 직접 나서서 도울 수는 없지만⋯ 저런 자를 불러 봤네. 이자나미, 당신이 보기엔 어떠신가?"

"추, 충분합니다, 빛나는 눈동자의 여신이여."

이자나미는 감격에 겨워 목소리가 떨릴 정도였다.

"당신의 친절에 어떻게 답례를 해 드려야 좋을까요!"

"됐어, 괜찮아. 자, 가시게. 저 이무기 뒤에서 몸을 쉬도록 해. 신살자 녀석은 내가 상대하면서 한동안 시간을 끌고 있을 테니."

"오오, 감사합니다!"

아테나의 권유를 받은 이자나미가 난데없이 변신했다.

우아한 미녀에서 백조로… 하늘로 날아오른 백조는 오카와 강에 나타난 괴수 《야마타노오로치》를 향해 날갯짓했다.

하지만 렌에게는 그 백조를 뒤쫓아 공격할 여유가 없었다.

여신 아테나가 다시 이쪽으로 몸을 돌리더니, 칠흑색 눈동자로 견제하기 시작했기 때문이다.

"역시 트로이에서 있었던 일을 마음에 담아 두고 있나?"

"그것도 있지만, 그뿐만이 아니다. 아무튼 너와 오랜만에 인사하게 되어 기쁘구나, 로쿠하라 렌."

위대한 신 제우스의 딸과 신살자, 몇 번째인가의 해후였다.

4

"야마타노오로치. 또 엄청난 것이 등장했군요…."

영조 야타가라스로 변신해 하늘에 있던 리오나가 전율하며 속삭였다.

오사카성 천수각에서 1킬로미터도 떨어지지 않은 오카와 강의 수중에서 머리가 여덟 개 달린 이무기가 나타나선, 여덟 개의 모가지를 쳐들고 있었기 때문이다.

총 열여섯 개나 되는 뱀의 눈은 모두 빨갛게, 꽈리색으로 타오르고 있었다.

"그 눈은 마치 붉은 산장* 같고, 몸통은 하나에 여덟 개의 머리와 여덟 개의 꼬리를 가졌군요. 그리고 피에 짓무른 그 배. 전승 대로의 모습이네요!"

투지를 불태우는 리오나.

동시에 신화 전승 세계에서는 '3', '7', '9'와 함께 신성시되는 숫자 '8'이 이름에 들어가는 존재이다. 경우에 따라 일본에선 8이 가장 중요한 성수(聖數)….

서로의 격은 막상막하라고 할 수 있었다.

상대하기엔 부족함이 없다. 야마타노오로치의 머리 여덟 개의 콧구멍에서 압축된 공기와 기괴한 경고음이 뿜어져 나왔다.

슈우우, 슈우우, 슈우우, 슈우우, 슈우우우…!

여덟 개의 입이 또다시 화염을 토해 내기 시작했다. 물론 천수각 상공에 진을 치고 있는 야타가라스와 불꽃의 정령들을 향해!

"불의 영혼이여, 나의 신기에 대답하거라!"

리오나는 불의 언령을 영창했다.

※산장(酸漿) : 가짓과의 식물. 여름에 노르스름한 꽃이 피고 열매는 둥글고 붉다. 꽈리의 한자 이름.

태양의 정령으로서 가진 힘과 위광을 높이면….

"불길로 우리를 쓰러뜨리는 건 불가능할 거예요!"

야마타노오로치가 쏜 여덟 개의 화염을 이번에는 피하지 않았다.

야타가라스와 그의 부하 《십이신장》은 굳이 공중에서 움직이지 않고 직격을 받았다. 적의 화력을 그대로 받아들여 반대로 이용한 것이다.

"불과 태양의 비사여, 모든 추악한 죄를 씻어 내고 퇴치하거라!"

자신들의 화염과 적의 화염을 한데 모아 반격했다!

파랗게 타오르는 야타가라스의 불꽃이 이번에는 야마타노오로치를 덮쳤다. 하지만 붉은 산장의 눈동자를 가진 괴수도 그것을 피하지 않았다.

미동도 하지 않고 직격탄을 맞은 야마타노오로치.

그 여덟 개의 머리와 여덟 개의 꼬리, 그리고 딱 하나 있는 몸통이 불꽃을 두르곤 하얗게 작열했다.

그 모습은 흡사 용광로에 던져진 강철 같았다. 하지만 온몸이 하얗게 타고 있는데도 야마타노오로치의 형태는 그대로였다.

치이이이이이이이이이익!

리오나의 불꽃에 태워진 야마타노오로치의 거대한 몸이 잠겨 있는 오카와 강물이 점점 증발되었다. 수증기가 자욱하게 피어

올랐다. 엄청난 고온에 달해 있는 것이다.

야타가라스와 야마타노오로치는 둘 다 《불》과 깊은 연관이 있다.

그렇기에 이 초현실적인 현상은 그야말로 작열의 경연이었다.

"서로 불꽃은 결정타가 되지 않는다는 뜻이군요!"

샤아아아아아아아아아아아아아악!

야타가라스로 분한 리오나와 야마타노오로치는 나란히 투지를 불태웠다.

그리고 새로운 공격을… 야마타노오로치가 먼저 걸어왔다. 검은 분진이 서풍을 타고 야타가라스와 《십이신장》을 향해 날아온 것이다!

"이건… 사철(砂鐵)?!"

대량의 검은 분진이 빛나는 야타가라스의 거대한 몸을 더럽혀 갔다.

태양의 금색이 깃든 깃털과 날개에 검은 사철이 촘촘하게 들러붙어 서서히 그 빛이 가려졌다. 마치 일식으로 검게 물든 것처럼.

사철의 무게로 인해 영조의 몸이 조금씩 지상으로 추락하기 시작했다.

게다가 자력으로 인해 사철끼리 서로 끌려 하늘을 나는 거대한 봉황의 움직임을 막았다. 그렇다. 야마타노오로치는 《불》, 그리고 《철》의 속성을 가진 신령인 것이다!

그렇다면. 야타가라스로 분한 리오나는 권속들을 불렀다.

"십이신장, 나의 곁으로!"

불꽃의 정령으로 변신한 식신들을 영조의 몸에 동화시켰다.

사철로 뒤덮인 야타가라스의 전신이 작열하는 겁화에 감싸였다.

"이 불로 사철을 녹여 드리죠!"

하지만 그것이 빈틈으로 이어졌다.

야마타노오로치는 아직도 하얗게 타고 있는 몸을 떨어 여덟 개의 꼬리 중 하나를 '슈욱!' 하고 하늘을 향해 뻗었다. 공중에 있는 야타가라스를 향해.

하얗게 타던 이무기의 꼬리는 놀랍게도 검처럼 참격을 날려 야타가라스를 둘로 나누려 했다.

"크으으으윽!"

리오나는 순간적으로 영조의 몸을 간신히 비틀었다.

그 덕분에 직격은 피할 수 있었지만, 하얗게 탄 꼬리 끝부분에 야타가라스의 한쪽 날개를 세차게 베이고 말았다. 붉은 선혈이 사방에 튀었다.

날개를 찢겨 자유자재로 날아다닐 수 없게 된 야타가라스는 추락하기 시작했다!

"로쿠하라 씨!"

리오나는 '주인님'에게 염을 보냈다.

더 큰 힘, 신살자가 가진 힘을 자신에게 달라고 허락을 구하기 위해.

하지만 평소와 달리 대답이 없었다. 리오나는 야타가라스의 모습에서 교복을 입은 여고생의 모습으로 돌아와 오사카성 공원의 숲으로 떨어졌다….

"…아테나 씨는 나한테 복수를 할 속셈이야?"

"물론 너에겐 빚이 있다. 내 권속 니케를 무찌르고 트로이 괴멸이라는 나의 대망을 방해한 남자니까. 하지만 그렇다고 해서."

렌이 묻자, 아테나는 득의양양한 미소를 지었다.

오사카성의 천수각이 보이는 광장. 그 한가운데에서 이루어지는 대화였다.

"승패는 전사와 병가의 상사(常事). 이곳 일본의 신이 한창 그 진가를 발휘하는 도중에 굳이 너에게 설욕을 할 생각은 없다. 그러니까 이번에는….'

"이번에는?"

"로쿠하라 렌이 나의 장애물이 될지 아닐지를 판단할 수만 있다면 그걸로 충분하다."

"장애물이라니, 무슨 계획이라도 있어?"

"흥. 저번에 말했잖아, 렌."

난데없이 스텔라가 끼어들었다.

키 30센티미터 정도 되는 미니 여신님이 렌의 왼쪽 어깨에 훅 하고 나타났다.

"저기 있는 폭력녀는 말이야, 이 지상 세계를 멸망시킬 생각이야. 인간들이 초래한 부정과 모독을 용서할 수 없어!"

"아사쿠사에서 들었던 얘기로군….."

렌은 납득했다. 당사자인 아테나는 씨익 미소를 짓고 있었다.

부정할 생각은 없는 것 같았다. 뭐, 트로이에서 보였던 언동을 통해 지혜와 전쟁의 여신이 그런 사상을 가진 자라는 것은 이미 충분히 알고 있었다.

렌은 어깨를 움츠리며 말했다.

"내가 여러모로 불성실하지만 말이야. 지구의 존망이 걸려 있을 때 정도는 봉사 정신을 발휘하고 싶거든. 그러니까 당연히….."

"아테나의 적이 되겠다는 거냐? 뭐, 그러시겠지."

은색 달 같은 머리카락과 눈동자를 가진 여신은 대범하게 고개를 끄덕였다.

"그렇게 나올 줄 알았다. 뭐, 이번에 내가 보고 싶었던 건 로쿠하라 렌이 '어느 정도의 장애물이 될 수 있는가'라는 점이다."

"어느 정도?"

"음. 기량, 재치, 예지, 패기… 그런 것들 말이지."

어떤 의미로는 느긋한 대화였다.

서로를 '언젠가 대결할 상대'로 인식하면서도 말을 던지고, 그 반응을 통해 됨됨이를 읽으려 하고 있다.

호전적이며 누구보다 담대한 아테나치고는 '그녀답지' 않은….

어렴풋이 위화감을 느낀 그때였다.

멀리 저편에서 부르는 느낌을 받았다. 누군가가 이름을 부른 듯한.

"……."

"왜 그러느냐? 로쿠하라 렌."

"아니, 아테나 씨, 조금 치사하네?"

"훗."

담대하게 미소 짓는 여신을 제쳐 두고, 렌은 정신을 집중했다.

아까 신기원에서 했던 것과 똑같은 것을 하면 된다. 이곳에 펼쳐진 주술, 신살자의 감각조차도 속이는 현혹을 모두 없애 버릴 생각으로 마력을 쥐어짜는 것이다.

단, 이번에는 전력투구로.

이것은 아마도 파트너와의 《날개의 계약》마저 차단하는 결계….

"리오나!"

약혼자의 이름을 외친 후, 마력을 단숨에 끌어올린 그때였다.

쨍그랑! 현혹의 결계가 어지러이 흩어지자, 지금까지 렌에게

는 전해지지 않도록 감춰져 있던 '수십 미터 앞에서 벌어지고 있
는 일'을 인식할 수 있었다.

야타가라스가 야마타노오로치의 꼬리에 몸을 베여 추락하고
있었다.

주인님을 애타게 찾는 리오나의 염이 전해졌다.

"역시 몸 안에 저주를 불어넣지 않으면 완벽하게 현혹되지 않
는군⋯."

아테나가 뭔가 사정이 있는 듯한 얼굴로 중얼거리고 있었다.

예전에 태양신 아폴론 또한 리오나와 이어져 있던 염을 아주
잠시였지만 단절시켰다. 그것과 같은 종류의 결계술이라도 쓴
것일까?

모든 것을 파악한 렌은 성큼성큼 걷기 시작했다.

여신 아테나의 바로 옆을 지나 리오나가 떨어진 곳으로 가기
위해.

"꽤나 무방비하구나, 로쿠하라 렌."

자신의 집에 멋대로 쳐들어오는 듯한 발걸음이었기 때문일
까?

아테나가 질문했다. 그녀의 바로 눈앞을 지나가는 참이었다.
참고로 렌의 왼쪽 어깨에 앉은 스텔라는 상대를 놀리듯이 옛 원
수에게 혀를 쭉 내밀고 있었다.

"난 무력으로 너의 길을 막는 것도 가능하다."

"흥, 해 보시든가! 혼쭐을 내 줄 테니까. 그렇지, 렌?!"

"아니, 괜찮아. 아테나 씨는 아마 공격하지 않을 거야."

강하게 확신한 렌은 그렇게 단언했다.

아테나가 공격하면 도주의 달인인 네메시스의 능력을 발동시킬 수 있다.

그러면 번개 같은 속도로 리오나의 곁으로 달려갈 수 있으니 오히려 편하다. 차라리 공격해 주면 좋을 텐데.

기대하면서 아테나의 앞을 통과했지만, 아무 일도 없었다.

그 대신 지혜와 전쟁의 여신은 이렇게 속삭였다.

"큭큭큭. 발톱을 숨기고 있는 것인지 타고난 것인지 아직 읽을 순 없지만, 좀처럼 빈틈이 없군. 역시 넌 신살자 짐승이구나. 교활하고 야성이 넘치는 신들의 숙적이다. 다음에 다시 만났을 때야말로 결전의 날이 될지도 모르겠구나…."

아테나는 뒤쫓을 기색조차 보이지 않았다.

그리하여 렌은 여신과 헤어진 후, 전력질주를 하기 시작했다.

네메시스의 신속을 사용하지 못하는 이상, 두 다리로 쉬지 않고 달릴 수밖에 없다.

"렌! 너무 흔들지 말아 줄래?"

"좀 참아. 내 피앙세가 위기에 처했단 말이야!"

렌은 어깨에 앉은 스텔라에게 반론하면서 경쾌하게 뛰어갔다.

다행히도 《날개의 계약》이 알려 주었다. 파트너는 아직 건재하고. 그러나 완전히 무사한 것도 아니었다. 서두르는 편이 좋다.

오사카성 공원의 넓은 부지 내를 렌은 단숨에 달려 지나갔다. 그리고.

"렌 님, 이쪽으로!"

"카산드라!"

건너편에서 매우 빠른 속도로 달려온 경트럭에서 카산드라가 말을 걸었다.

운전석에서 핸들을 쥐고 있는 사람은 물론 트로이 왕녀. 하지만 속도는 낮추었음에도 불구하고 경트럭을 세우진 않았다. 렌도 발을 멈추지 않았다.

나란히 서서 같은 방향을 향해 함께 달려가는 모양새가 되었다. 그 이유는.

"목이 여덟 개인 괴수가 너희를 쫓아왔어?!"

"아뇨! 저희가 구한… 리오나 님을 쫓아왔을 거예요!"

경트럭을 오사카성 서쪽 정원 쪽에서 남동쪽 방향으로 몰고 왔다. 그쪽에서 기어오는 야마타노오로치를 뿌리치려고 하는 중이었던 것이다.

렌과 경트럭이 합류한 현재 위치는 호코쿠 신사 근처였다.

"렌, 얼른 타!"

"실례, 줄리오!"

줄리오가 경트럭 짐칸에서 몸을 내밀어 렌 쪽으로 손을 뻗었다.

렌은 그 손을 꽉 잡고 힘껏 점프했다. 자신이 가진 신체 능력과 줄리오의 완력으로 짐칸 위에 겨우 몸을 날려 안착했다.

"와아! 에너지 드링크 광고의 한 장면 같은 모습을 실제로 보게 되다니!"

마찬가지로 짐칸에 있던 후미카가 눈을 반짝였다.

"미남자 둘이 얽혀 있으니 역시 멋져!"

"이 애, 이상하리만치 사악한 정념을 뿜어낼 때가 있더라…?"

아직 렌의 어깨에 앉아 있던 스텔라는 미간을 찌푸렸고, 줄리오도 의아한 표정을 지었다.

"그러게. 후미카, 무슨 의미야?"

"하하하. 뭐 어때? 이것도 저 아이의 취미야."

렌은 이해가 가지 않는다는 듯이 묻는 줄리오의 어깨에 팔을 둘렀다. 라틴 귀공자의 귓가에 입술을 가져다 대곤, 진심에서 우러나오는 감사의 말을 전했다.

"고마워, 덕분에 살았어."

"이것도 나의 임무니까 신경 쓰지 마. 그보다 렌, 얼굴이 많이 가깝군."

"뭐 어때? 이것도 서비스의 일환이야♪"

"?"

"우, 우와아. 굉장해. 뺨과 뺨을 바짝 갖다 대다니, 그야말로 2.5차원 파라다이스. 으허, 코피 날 것 같아…."

자신의 세계에 몰입하기 시작한 미래의 처제에게 렌은 말을 걸었다.

"그런데 후미카. 리오나 쪽은 어때?"

"흐엑?!"

토바 가의 차녀는 화들짝 놀라더니 곧바로 자세를 가다듬었다.

"새, 생명에 별 지장은 없고, 지혈도 했으니 괜찮아요. 하지만 아직 의식이 돌아오지 않았어요."

경트럭 짐칸에 리오나가 누워 있었다.

블레이저를 벗긴 상반신은 속옷만 입고 있는 상태였다. 하지만 스커트를 입고 있어서 그런지 약간 도착적인 차림이었다.

왼쪽 위팔에는 붕대를 칭칭 감아 응급처치가 취해진 상태였다.

그러고 보니 야타가라스는 야마타노오로치의 꼬리에 날개를 찢겼다. 그 상처가 리오나의 팔에 반영됐을 것이다. 렌은 고개를 끄덕였다.

"알았어. 그럼 이제 여기서 도망치는 것뿐이야!"

인과응보의 비축분은 이미 다 써 버렸다. 제3의 권능인 《날개의 계약》도 파트너가 의식을 잃었으니 지금은 사용이 불가능하다.

"맞다, 스텔라. 누구라도 친구를 좀 불러 주지 않을래?"

"렌, 너 바보니? 여긴 지상이고, 게다가 동방의 제일 끝에 있는 섬나라라고!!"

왼쪽 어깨에 걸터앉은 미니멈 여신님은 화를 벌컥 내며 말했다.

"나와 죽이 잘 맞는 신이 그렇게 흔할 것 같아?!"

"아마 그렇겠지만, 부탁 좀 할게. 밑져야 본전이니."

"어쩔 수 없군. …오너라, 아직 보지 못한 이방의 친구여. 미와 사랑의 여신에게 한때의 우정을!"

스텔라가 권능 《친구의 고리》를 사용한 그때였다.

쿠오오오오오오오오오오오! 쿠오오오오오오오오오오오!

여덟 개의 머리 중, 두 개의 뱀 머리가 동시에 화염을 뿜었다. 질주하는 경트럭을 향해. 하지만 카산드라는 절묘한 타이밍에 액셀을 밟더니….

불꽃이 닿기 전에 따돌렸다!

경트럭의 속도는 점점 더 올라갔다.

시속 100킬로미터, 120, 140, 160… 가속은 멈출 기미가 보이지 않았다.

"꺄아아아악!"

후미카가 비명을 질렀다. 급가속 때문에 풍압으로 아플 정도였다.

"스텔라! 넌 숨어 있어!"

"아, 알았어!"

렌이 말하자, 파트너인 작은 여신이 '훅!' 하고 모습을 감추었다.

하지만 경트럭의 말도 안 되는 가속 성능 덕분에 마침내 화염방사의 사정범위에서 벗어날 수 있었다. 렌은 기뻐했다.

"이 트럭, 굉장한걸? 이렇게까지 속도를 낼 수 있구나!"

"노멀 사양으론 힘들 거야. 하지만 혹시 몰라서 내가 아까《배속》마술을 걸고 튜닝해 놨지. 그 은혜인 셈이야."

"잘 했어, 역시 줄리오야!"

오사카성 공원 안을 쉴 새 없이 달리는 경트럭.

그러나 몸이 길고 커다란 야마타노오로치는 거대한 몸치곤 의외일 정도로 민첩했다.

그 거구로 천수각 근처에 심어진 나무와 음악당 등을 닥치는 대로 쓰러뜨리면서 렌 일행의 경트럭을 쫓아왔다!

쿠오오오오오오오오오오오오오오!

또다시 화염방사. 간발의 차이로 경트럭에는 닿지 않았다.

질주. 질주. 그대로 엔진을 전개하여 속도를 쭉쭉 올렸다. 그리고 탈출극의 주인공인 카산드라가 운전석에서 소리쳤다.

"그런데 렌 님, 저는 어디로 향하면 될까요?!"

"아~ 이왕 이렇게 됐으니 오사카 만 쪽으로 가는 것도 좋을 것 같아!"

마침 오렌지색 저녁노을이 지기 시작하고 있었다.

그쪽을 향해 달리면 바다에 도착할 것이다. 오사카의 지리를 떠올리곤, 렌이 적당히 말한 그때였다.

후미카가 저녁노을과는 반대 방향을 스윽 가리켰다.

"어리석은 것들. 저쪽으로, 내가 있는 곳으로 서두르거라. 어서!"

질책하는 후미카의 옆얼굴은 몹시 늠름했다.

조금 전까지 렌과 줄리오가 얼굴을 바짝 갖다 댄 모습을 보며 꺅꺅 소리치며 난리법석을 떨던 소녀와는 완전히 딴사람처럼. 게다가 그녀의 눈동자는 파랗게, 사파이어처럼 빛나고 있다!

능력을 전부 해방했을 때의 리오나와 똑같았다.

곧바로 감이 온 렌은 운전석에 앉은 공주님에게 소리쳤다.

"카산드라! 동쪽으로, 저녁노을과는 반대 방향으로 가 줘!"

"알겠습니다!"

그리고 경트럭은 마침내 오사카성 공원을 빠져나가 한신(阪神) 고속도로와 나란히 뻗어 있는 일반도로로 나갔다….

그들이 향하는 곳은 정확히 동쪽. 저녁노을을 등지는 모양새로 대폭주를 시작했다.

제 5 장   *chapter*   **나라(奈良)로…**
5

1

밤의 장막이 남은 저녁노을을 쫓아 버리려고 하는 중이었다.

오사카성 공원에서 정확히 동쪽으로 폭주한 렌 일행의 경트럭은 산기슭까지 왔다.

"이건 이코마 산이잖아?"

"들어 본 적 있는 지명이군. 리오나와 후미카의 고향에 있는 영봉이었지?"

경트럭 짐칸에서 렌과 줄리오가 속삭이며 대화했다.

한편, 이 지역 주민인 자매의 차녀는 힘차게 말했다.

"좋아. 이대로 산을 넘어 내가 있는 곳으로 뛰어가거라!"

결코 패기가 넘치는 타입은 아닌 토바 후미카.

그러나 지금, 그녀는 목소리도 표정도 늠름함을 넘어 거만하기마저 했다. 말투도 고압적인 것이 오히려 언니 리오나에 가까웠다.

여전히 후미카의 눈동자는 파랗게 빛나고 있었다. 렌은 물었다.

"그런데 당신은… 누구신가요? 후미카가 아니라, 이 아이에게 썬 '안에 계신 분' 말이에요."

"알아봤느냐, 신살자여."

'후미카'는 '그녀답지 않은' 대담한 미소를 씨익 지었다.

"뭐, 내 이름은 나중에 직접 들려주도록 하겠다. 너의 상상을 훨씬 뛰어넘는 귀인인 것만은 지금 일단 말해 두마."

"호오. 기대되네."

꽤나 자기주장이 강한 **망령**인 듯했다. 렌은 웃었다.

아까까지 어깨 위에 있던 스텔라는 자취를 감추었고, 리오나는 짐칸에 누워 있는 상태였다. 카산드라는 홀로 운전석에서 사자분신의 기세로 운전을 이어 가고 있었다.

트로이의 왕녀는 백미러를 힐끔 보더니, 예쁘게 생긴 눈썹을 찌푸렸다.

"좀처럼 따돌릴 수가 없네요. 너무 분해요!"

"그러게. 저 녀석들도 참 집요하군."

시속 100킬로미터가 넘는 속도로 질주하는 경트럭을 등 뒤에서 바짝 뒤쫓는 집단이 있었다.

괴수 야마타노오로치는 따돌렸지만, 요모츠시코메… 벼락같은 민첩함을 자랑하는 여자 좀비들이 도로를 쉴 새 없이 뛰어오고 있었던 것이다.

게다가 몇 백에 이르는 대집단을 결성해서!

그녀들은 양팔을 거의 흔들지 않고 다리만 움직여 날듯이 질주했다. 마치 만화나 애니메이션에 나오는 닌자 같은 자세였다.

경트럭과 좀비 집단 사이의 간격은 고작 4, 50미터 정도였다.

"저걸 보고 있으니 자전거 레이스가 생각나는군."

사이클 스포츠의 본고장인 유럽에서 온 줄리오가 말했다.

"투르 드 프랑스, 지로 디 이탈리아 같은 거 말이야. 우리는 막판 대집단에게 쫓기며 그들을 따돌리려는 선두 집단인 셈이지."

"하하하. 그럼 우리, 잡히는 거 아니야?"

로드 레이스에서 흔히 있는 전개. 하지만 가장 타당한 추측이었다.

렌은 다시 한번 빙의 상태의 '후미카'에게 눈을 돌렸다.

"모처럼 초대해 준 거니까 감사히 초대에 응할게. 그런데… 저좀비들도 같이 괜찮을까?"

"훗. 걱정하지 말거라. 이쯤에서 쫓아 보내마."

수수께끼의 망령은 후미카의 얼굴로 능글맞게 호언장담했다.

"교자(行者)에게서 **빌린** 귀신들을 마침 이쪽에 대기시켜 놨다!"

오사카 방면에서 이코마 산을 넘기 위한 고갯길.

구불구불한 산길이 한참이나 이어지는 험한 곳이다. 하지만 마침내 산의 정상 근처까지 경트럭은 올라와 있었다.

약간 떨어진 곳에 몹시 레트로한 분위기의 유원지가 보였다.

부지도 결코 넓지 않고, 건물도 놀이기구도 아무튼 낡아서 색이 바래 있을 정도였다. 땅거미 속에서도 또렷하게 보였다.

그리고… 유원지에서 두 거구가 튀어나왔다.

키는 둘 다 8미터 정도. 그들의 괴상한 모습은 렌의 입을 떡 벌어지게 만들었다.

"어…? 저건, 도깨비잖아?!"

다양한 신비, 괴이와 조우해 온 로쿠하라 렌.

그런 쪽의 창조물에는 이미 익숙했다. 하지만 이번에는 오랜만에 경탄했다. 해외의 신화와 관계된 무언가가 아니라… 일본의 옛날이야기에서 자주 보는 《도깨비》를 목격하곤, 평범한 인간이었던 무렵의 감각이 되살아난 것이다.

머리에 뿔이 두 개 있는 빨간 도깨비와 파란 도깨비.

이코마 산 위에 《도깨비》가 둘이나 나타나선 경트럭과 요모츠 시코메들 사이에 끼어들었다!

한쪽은 전신이 빨갛고, 늠름한 나체에, 허리엔 천을 두른 채 쇠도끼를 들고 있었다.

다른 한쪽은 전신이 파란 데다, 여자의 몸을 하고 있었다. 그녀는 조끼처럼 소매가 없는 옷을 입고 허리엔 천을 두른 채 쇠로 만들어진 커다란 물독을 몸에 지니고 있었다.

빨간 도깨비는 커다랗게 벌린 입에서 작열하는 겁화를 토해 냈다.

파란 도깨비는 두 팔에 안은 쇠로 된 물독에서 강렬한 물줄기를 방출했다.

이백에서 삼백 정도 모여 이코마의 고갯길을 달려온 요모츠시코메들. 하지만 엄청난 기세로 뿜어져 나오는 불꽃과 물에 삼켜지고 말았다.

그녀들의 절반이 활활 타올랐고, 나머지 절반이 수압에 뭉개져 갔다.

"어머나, 훌륭하세요!"

호탕하게 제압한 싸움을 백미러 너머로 지켜본 카산드라가 감탄했다.

브레이크가 걸려 천천히 감속한 경트럭이 마침내 정차했다. 그 짐칸 위에서 후미카가 아닌 망령이 흐뭇한 미소를 지었다.

"큭큭큭큭. 이코마의 교자에게서 빌린 전귀(前鬼)와 후귀(後鬼)… 제법 도움이 됐군. 우리 야마토노쿠니(大和國)의 저력을 봤느냐, 신살자여."

"야마토노쿠니?"

렌이 고개를 갸웃거리자, 약혼자가 힘없는 목소리로 가르쳐 주었다.

"야마토를 모르세요…? 말하자면, 제 고향 나라(奈良)의 옛 이름이에요."

"리오나!"

의식을 되찾은 리오나가 가까스로 상체만을 일으켜 앉아 있었다.

렌 일행은 결국 이코마 산 위에서 밤을 맞이했다.

요모츠시코메의 추적도 더 이상 없을 것 같았기에, 경트럭을 타고 아까 옆을 통과한 레트로 유원지로 돌아가선 잠시 휴식을 취하고 있었다.

좀비 대량 발생의 영향일까? 유원지에는 인기척이 전혀 없었다.

그러나 다행히도 도로의 외등은 켜진 상태라 완전한 어둠은 아니었다.

그 어둠 속, 경트럭에서 내린 일행. 아직 망령에 씐 후미카가 당돌하게, 그리고 거만한 말투로 이렇게 말했다.

"다시 한번 소개하지. 우마야도(廐戸) 황자(皇子)이다."

"호오, 해 뜨는 나라의 황자로군."

"일본의 왕족이시군요. 트로이에서 온 카산드라라고 합니다.

후후후후, 언젠가 한번 인사를 꼭 드리고 싶었습니다!"

줄리오는 쉽사리 납득했고, 카산드라는 환한 미소를 지으며 기뻐했다.

그에 반해 현대 일본인 두 사람은 눈짓을 주고받았다.

"지금 엄청난 이름을 들은 것 같은 기분이 드는데…?"

"저도 동감이에요. 다시 말해, '쇼토쿠(聖德) 태자'니까요…."

"훗. 내가 죽고 나서 아랫것들이 붙인 시호 말이군. 확실히 나의 덕과 위광은 그 이름에 부끄럽지 않은 것이었다. 우러러 받들고 싶은 것도 무리는 아니지. 너희도 마음의 버팀목이 필요할 땐 언제든지 무릎을 꿇고 이 몸의 이름을 부르거라."

성스러운 덕으로 흘러넘치는 귀인치고는 상당히 고압적이고, 자신감으로 넘쳐 있었다.

리오나는 무슨 말을 하고 싶은 듯했다. 아마 '가짜'라는 의혹을 품었을 것이다. 하지만, 그러고 보니… 렌은 문득 떠올렸다.

'…스텔라의 《친구의 고리》가 효과가 있었나?'

"당신은 백성들에게 많은 존경을 받은 분이셨군요."

한편, 카산드라가 진심으로 그렇게 생각했는지 진지하게 그에 대해 감탄하고 있었다.

"저는 불길한 예언만 하는 탓에 백성들에게 많이 미움을 받았거든요. 참 부럽습니다!"

"하, 하, 하, 하."

후미카에게 썬 망령 쇼토쿠 태자(?)가 크게 웃었다.

"괴로워하지 말거라, 이방의 공주여. 나 같은 영재는 2천 년에 한 번 태어날까 말까 하니까 말이다. 이 우마야도처럼 될 수 없다고 눈물 흘릴 필요는 없다."

"…진짜라면 의외로 개그캐인 사람이었네요…."

"…옛날 지폐에 그려져 있던 얼굴은 엄청 성실해 보였는데 말이야…."

리오나와 렌이 속닥거리던 그때.

크게 웃은 찰나에 후미카의 몸과 '망령'이 분리되었다.

여중생 바로 옆에… 호리호리한 청년이 난데없이 나타났다. 중성적이고, 몹시 섬세한 얼굴. 그리고 몸은 살짝 투명했다.

옛날 1만 엔권 지폐에 그려져 있던 초상과는 전혀 닮지 않은 여리여리하게 생긴 미청년이었다.

아침 해와 같은 황단색(黃丹色)의 포를 몸에 걸치고, 같은 색의 관, 그리고 하얀 호소바카마*를 입고 있었다. 허리에는 직도(直刀)와 그 검집을 차고 있었다.

동양의 느낌이 물씬 풍기는 고대 의상과 어우러져 탐미한 인상마저 자아냈다.

그리고 후미카는….

※호소바카마 : 일본의 전통 의상으로, 통이 얇은 활동용 바지.

"언니, 미안. 이상한 사람들의 눈에 띄는 바람에….'

면목이 없다는 듯이 사과했다.

렌은 깨달았다. 후미카의 등 뒤에 한 사람이 더 있다는 것을.

키가 작은 노인 남성으로, 하얀 일본 옷을 입고 있었다. 수험도의 법의였다. 목에는 유이게사*, 무릎 아래에는 각반(脚絆)을 차고 있었다.

노인의 발밑에는 손바닥에 올려놓을 수 있는 사이즈의 난쟁이… 아니, 작은 도깨비가 둘이나 있었다.

아까 렌 일행을 구해 준 빨간 도깨비와 파란 도깨비였다.

2

오사카성은 일찍이 천하의 명성(名城)이라 불렸다.

그러나 그 천수각을 구경할 수 있었던 세월은 그리 길지 않았다.

첫 주인 도요토미 히데요시가 세운 성은 오사카 여름 전투*로 타 버려 도요토미 가문과 운명을 함께했다. 그 후, 도쿠가와 가문이 재건한 성도 낙뢰로 전부 타 버렸다.

※유이게사 : 수험도에서 수련 중인 수도자 의상에 붙이는 가사(袈裟).
※오사카 여름 전투 : 1615년 여름. 오사카에서 도쿠가와 이에야스의 에도 군이 도요토미 가문 군을 공격하여 오사카성을 함락시킨 전투.

전부 완성되고 40년도 채 지나지 않아 소실되었다.

하지만 쇼와 시대 초기에 재건된 천수각은 벌써 80년 이상이나 건재함을 유지하며 오사카의 상징으로서 '활약'해 왔다.

슈우우우우우우우욱….

그리고 지금, 천수각에 여덟 개의 뱀 머리와 꼬리가 휘감겨 있었다.

야마타노오로치였다. 그 길고 커다란 몸으로 천하에 이름난 성을 칭칭 감아 차지하곤 자신의 것으로 만들어 버렸다. 마음에 들었나 보다.

슈우욱, 슈우욱. 여덟 개의 머리에 있는 콧구멍에서 저마다 공기를 토해 내고 있었다.

그리고 오사카성 천수각의 지붕에선.

"호호호호. 나의 자식들이여, 늘어나거라. 가득 채우거라. 이 나라를 지옥에서 온 자들로 메우기 위해. 내 앞을 가로막고 선 짐승…."

아름다운 지옥의 여왕, 이자나미가 **탄생**의 언령을 영창하고 있었다.

"저 신살자를 몰아내고 없애 버리기 위해. 무엇보다 나의 서방님… 그분의 백성을 하나도 남기지 않고 제거하고, 뿌리를 뽑기 위해."

오사카성 공원… 그 광대한 부지 안에 시체들이 북적거리고 있었다.

하나, 또 하나, 요모츠시코메가 땅속에서 기어 나오기 시작한 것이다. 흡사 땅에 묻힌 시체가 썩은 상태로 되살아나기라도 한 것처럼.

공원 안에 모인 요모츠시코메는 이미 1만이 넘은 상태였다.

그녀들은 메마른 오열과도 비슷한 목소리로 저마다 울부짖었다.

···이 나라를 차지하신 어머니, 우리 여왕님···.

···이 나라를 차지하신 어머니, 우리 여왕님···.

···이 나라를 차지하신 어머니, 우리 여왕님···.

환호성이었다. 이 나라를 차지하신 어머니, 우리 여왕님··· 그렇게 외치는 그녀들은 공허한 눈으로 천수각과, 지붕에 서 있는 여신에게 동경의 눈빛을 보내고 있었다.

대여신 이자나미는 요모츠시코메에게 어머니이자 여왕인 것이다.

그리고 전원이 고대하고 있었다. 다 같이 일제히 뛰어나가 성 밖에 북적이는 산 사람의 피와 살을 실컷 물어뜯고 탐하거라, 이자나미가 그렇게 호령하는 순간을.

하지만 천수각 지붕에서 이자나미는 우아하고 아름답게 큰 소리로 웃었다.

"호호호호. 지금은 잠시 기다리도록 하거라, 딸들이여. 저 신살자 놈에게 당한 상처가 조금 있으면 깨끗이 나을 것이다. 진군은 그 이후에도 늦지 않다."

지금은 밤. 어둠의 장막이 천지를 덮고 있었다.

지옥에서 온 자들이 꿈틀거리고 마구 날뛰기엔 절호의 시간대였다. 하지만 몇 시간만 지나면 아침 해가 뜬다.

그럼에도 불구하고 이자나미는 인자한 어머니처럼 지상을 향해 말했다.

"안심하거라, 나의 자식들이여. 두 번 다시 해가 이 나라를 비출 일은 없을 테니. 내가… 황천의 위대한 대신(大神)이 약속하마. 편안한 마음으로 기다리거라!"

그리고 밤하늘을 백로 한 마리가 날고 있었다.

이 세상의 것이라고는 여겨지지 않는 오사카성의 모습을 내려다보고 있었다. 그것은 일본 신기원에서 푼 식신이었다.

"이상이 오사카성의 상황입니다."

신기원 본부.

감사관 중 한 명, 세이슈인 마키는 브리핑을 끝냈다.

다다미방에 쭉 놓인 사진은 식신들이 본 정경을 《염사》한 것이었다. 조직의 **명목상** 총책임자, '신기관의 리더'에게 보여 주기 위해 준비했다.

한차례 훑어보고 마키의 보고를 들은 타카츠카사 히나코는 한

숨을 쉬었다.

"이건 유래 없는 국난이 될 거란 뜻인가?"

"그야 물론이죠. 하지만 일단 현재로선 보도관제도 잘 이루어지고 있어요. 그 덕분에 시민들은 혼란을 일으키지 않고 자택과 직장, 대피소에서 얌전히….

"숨을 죽이고 있다는 거군."

"네, 맞아요."

마키는 형식상이긴 해도 일단은 조직의 지도자에게 허물없는 말투로 대답했다.

주술계의 명가 '세이슈인'의 딸이기 때문에 가능한 일이었다. 고귀한 히메미코와도 어릴 때부터 거의 친척처럼 교류해 온 좋은 집안의 아가씨인 것이다. 실은.

게다가 무엇보다, 좋은 의미로도 나쁜 의미로도 상대의 신분이 어떠하든 당당한 성격이다.

하지만 지금, 마키는 심각한 표정으로 사태에 대해 이야기하고 있었다.

"불행 중 다행으로… 요 1년 사이에 공간왜곡이 자주 발생했으니까요. 몇 번이나 재해 대응을 거듭한 덕분에 각 언론과 사전 교섭도 신속하게 완료했습니다. 일반 시민도 비상시에 취해야 하는 행동을 파악하게 되었고요. 하지만."

이번에는 마키가 한숨을 내쉬었다.

"오사카성에서 들끓기 시작한 좀비가 밖으로 나가면 그땐 다 상관없게 돼요. 간사이 지역은 바로 게임 끝. 일본 궤멸도 그리 멀지 않은 미래가 되겠죠….."

"그럼 유일한 희망은 역시."

"리오나와 줄리오가 어디선가 데려온 약혼자… 신살자님의 두 어깨에 달려 있는 셈이죠. 그 오빠가 지옥의 여신과 병력을 막고 완전히 쓰러뜨려 주면 그나마 겨우 아슬아슬하게 살아남을 수 있을지도 몰라요."

"그래, 그래, 그 리오나 양."

히나코 님이 양손을 맞부딪치며 말했다.

"리오나 양은 그 후로 어떻게 됐어? 전화 연결은 됐지?"

"네. 오사카와 나라의 경계인 이코마 산까지 무사히 달아나서 작전을 다시 짜고 있나 봐요. 고향인 나라의 **대선배**가 도와주러 왔다고도 했어요."

"대선배라니, 그게 누구야?"

마키의 설명을 들은 히나코 님은 어리둥절한 얼굴로 되물었다.

"결국 스텔라에게 부탁한 《친구의 고리》가 통했구나."

"그래. 그 이자나미인가 뭔가 하는 사신 계집이 지상으로 나와서 다른 죽은 자들도 활발해졌지 뭐야."

또다시 실체화한 스텔라가 렌의 질문에 대답해 주었다.

216

"그 덕분에 새 아가씨와 여동생… 그 일족과 인연이 있는 유령들이 온 것 같아. 나와 궁합이 잘 맞는 신이 아니라. 뭐, 이런 동쪽 끝에 아프로디테의 친구가 있을 리 없으니 오히려 납득이 가네."

"그것 참 다행이군. 행운이었네."

"행운은 무슨. 렌은 나만이 아니라 새 아가씨와도 성스러운 계약으로 맺어져, 일……니까 그쪽 인연을 사용할 수 있는 건 당연하다고."

스텔라는 이야기를 하던 도중에 중얼중얼 말을 흐렸다. 하지만 렌은 곧바로 눈치챘다.

"아, 일심동체란 얘기구나."

"그, 그 말을 그 계집에게도 사용하다니, 대체 무슨 생각이야?!"

작은 파트너와의 말싸움은 접어 두고….

렌 일행은 이코마 산을 내려가 나라 현 이코마 시로 이동했다. 리오나의 본가였다. 단, 리오나의 부모님은 집을 비운 상태였다.

낮에 야타가라스로 변신한 리오나의 힘으로 간사이 전역에 득실거리던 일본 좀비의 대부분을 궤멸시킬 수 있었다. 하지만 일부는 아직도 건재했고, 각지를 배회하고 있었다. 그 무리를 '사냥하기' 위해 토바 자매의 부모님도 소집되었다고 한다.

천하태평한 괴짜 부부이긴 하지만, 이러니저러니 해도 신기원의 관계자인 것이다.

그리고 주인이 없는 저택의 정원에서 '친목회'가 열렸다. 토바 자매와 우마야도 황자, 그리고 '또 한 사람'이 동그랗게 앉아 이야기를 나누고 있었다.

"…토바는 카모 가의 혈통을 이어받은 음양도 가문이에요."

리오나가 말했다. 수험도의 법의를 몸에 걸친 노인 유령을 바라보면서.

"같은 카모의 피를 이은 사이이니 헤이안의 대수도자 《엔노교자》가 도와주러 왔다… 는 말씀이시죠?"

"응. 그 말이 맞대, 언니."

노인이 입을 뻐끔뻐끔 움직이는 것을 보곤 후미카가 **통역**했다.

이름은 《엔노 오즈누》. 엔노 교자라고도 불리는 대수도자의 목소리가 현세의 인간들에게는 닿지 않는 듯했다. 역시 그는 망자인 것이다.

그러나 영매 체질인 소녀는 그걸로 끝나지 않고….

임시 통역이 된 후미카는 또다시 뻐끔뻐끔 움직이는 입모양을 해설했다.

"교자 님은 이코마 산이 고향인 점도 우리와 똑같아서 그것도 우리를 도와준 이유인가 봐."

"감사합니다. 귀신동자 전귀와 후귀를 식신으로 거느린 엔노 교자로 말하자면 오컬트 배틀 만화에선 쿠카이, 아베노 세이메이와 어깨를 나란히 하는 거물이시죠. X-MEN으로 치면 케이블이나 프로페서 X급의 대선배. 기꺼이 저희 팀에 맞이하고 싶지만….”

힐끔. 리오나는 우마야도 황자의 망령을 쳐다보았다.

“조상님들 일을 생각하면 카모 가와 쇼토쿠 태자는 합이 최악일 것 같거든요.”

“호오? 야타가라스의 환생이여, 어째서지?”

우마야도 황자의 망령은 또렷하게 발성했다.

렌과 카산드라, 줄리오의 귀에도 똑똑히 들렸다.

현대 세계에선 지명도가 차원이 다를 정도로 《엔노 교자》보다 높기 때문에 ‘유령으로서 갖춘 격’이 훨씬 위라고 한다. 그 영향인 듯했다.

고귀하고 중성적인 용모에 어울리는 미성으로 우마야도 황자는 말했다.

“확실히 살아 있을 당시 이 몸은 소가(蘇我)와 결탁해 자네들 카모(賀茂)의 전신인 모노노베(物部)를 멸망시켰지. 하지만 그건 1400년도 더 된 옛날 일이지 않느냐.”

“정확하게 알고 계시네요!”

“하, 하, 하, 하. 사사로운 과거는 신경 쓰지 말거라.”

우마야도 황자는 우아하고 거만하게 웃고는, 입가를 소매로 가렸다.

"이 몸은 말이다. 이 기회에 현세의 인간들에게 널리 알리고 싶다."

"무엇을 말씀인가요?"

"야마토란 나라의 훌륭한 점. 그것은 역사에 이름을 남기고, 덕과 영위가 뛰어난 수많은 인재를 타국보다 많이 배출했다는 사실에서도 알 수 있다는 것을 말이다. 예를 들면 이 몸이라든가, 거기 있는 교자라든가."

우마야도 황자의 자신감 넘치는 말을 들으며 리오나는 한숨을 내쉬었다.

"그런 걸 본인 입으로 직접 말씀하시는군요…."

"생각해 보거라. 야마시로노쿠니(山背國)… 지금으로 말하면 교토 출신인 인물 중 영위를 떨친 영령으로 말할 것 같으면 고작 스가와라노 미치자네* 아니면 아베노 세이메이* 같은 것들 아니냐."

"아…. 듣고 보니 확실히 그러네요."

리오나는 황자의 지적을 듣고는 문득 깨달았다.

"사이초 대사*는 학식은 그렇다 쳐도, 밀교승으로서 가졌던 주력에는 의심할 여지가 있고 말이죠. 교토 히에이 산이 본거지였

※스가와라노 미치자네 : 학문의 신으로 추앙받는 헤이안 시대의 인물.
※아베노 세이메이 : 일본 헤이안 시대의 음양사.

다고는 하지만 사실은 사가 출신이고. 코보 대사 쿠카이*는 시코쿠 출신인 데다, 와카야마의 코야 산으로 이주하여 교토에 있었던 건 인생의 아주 짧은 시기. 애초에 출신지도 생각하면 스가와라노 미치자네 공도 실은 나라 출신…."

"아베노 세이메이 그 녀석은 나니와 쪽에서 태어났었지?"

"아, 네. 셋츠노쿠니(攝津國) 아베노 마을… 오사카 출신입니다. 실은 그 사람도 카모 가문의 후예임을 주장하고 있지만, 그 가계도는 아마 날조일 거예요."

리오나는 단단히 벼르며 말했다.

"아베노 세이메이는 애초에 신분이 상당히 수상한 사람이에요!"

"그랬군. 뭐, 아무튼 이 몸은 그런 입장이다. 이해했나?"

"네! 유래 없는 국난이니 이왕 이렇게 된 것, 옛 은수(恩讐)는 잊기로 하겠습니다!"

"언니. 교자 님이 '미력하나마 힘을 보태도록 하지. 조정의 놈들에게 우리의 위덕을 뼈저리게 깨닫게 해 주마'라고 하시네. '이즈 섬으로 유배당한 건 지금도 잊고 있지 않다'고 굉장히 화가 많이 나신 것 같아."

"그러고 보니 엔노 교자도 조정의 핍박을 받으셨죠…."

※사이초 대사 : 일본 천태종의 창시자.
※쿠카이 : 일본 진언종의 창시자. 법명은 코보 대사.

자매와 망령 둘은 토바 가의 정원에서 이야기꽃을 피우고 있었다.

그런 그들의 모습을 다른 세 사람은 툇마루에 앉아 지켜보고 있었다. 옛 일본의 주술사며 성인(聖人)이 둥그렇게 앉아 이야기를 나누는 모습을 앞에 두고 트로이 왕가의 공주가 미소를 지었다.

"후후후후. 리오나 님, 우마야도 황자와 저렇게 의기투합을 하시다니."

"보아하니 두 사람은 닮은 점이 참 많은 것 같으니까 말이야."

줄리오도 감탄한 표정으로 고개를 끄덕이며 동의했다.

"패기 있고, 박식하고, 영리한 데다 비범하기까지. 게다가 젊은 나이에 내로라하는 인물이 되었으니 그만큼 적도 많고…. 서로 닮은 점이 많기 때문에 서로를 미워할지 아니면 의기투합할지 예상하기 힘들지만, 이번에는 좋은 쪽으로 흘러간 것 같군."

"네. 정말 잘됐네요 ♪"

"뭐, 이해관계가 일치하는 동안만일지도 모르지만, 지금은 그걸로 충분해."

한편, 로쿠하라 렌은 남몰래 근심하고 있었다.

리오나와의 사이에는 《날개의 계약》이 있다. 아무리 그녀가 마음을 다잡고 씩씩한 척 행동해도 **전해져** 오는 것이다.

그리고 그런 렌을 차가운 눈빛으로 노려보는 자가 있었다.

그것은 바로 옆에 앉아 있는 파트너, 미와 사랑의 소녀신 스텔라였다.

3

야심한 밤.

토바 가에 묵기로 한 로쿠하라 렌과 동료들은 취침 중이었다.

하지만 깊은 밤, 이불에서 몰래 빠져나와 살금살금 나무로 된 복도를 지나 조용히 별채를 찾은 자가 있었다.

그자는 맹장지문 앞에서 무릎을 꿇고는, 소리 없이 그 문을 열었다.

그런 다음, 그 자세 그대로 무릎을 바닥에 대고 기어서 방에 침입한 소녀에게… 렌은 말을 걸었다.

"리오나."

"?! 왜 안 자고 계세요, 로쿠하라 씨?!"

소스라치게 놀란 리오나의 잠옷은 아무 무늬도 없는 하얀 기모노였다.

그러고 보니 그녀는 예로부터 비술을 전해 온 유서 있는 가문 태생. 보통 사람은 불편하게 느낄 만한 일본식 복장에도 익숙할 것이다.

약혼자의 예상치 못한 일면을 보고는 납득하는 렌. 한편 리오나는 허둥대고 있었다.

"긴급한 상황인데 잠을 주무시지 않다니, 대체 무슨 생각이시죠?! 로쿠하라 씨는 제일 중요한 분이라고요. 휴식을 취하는 것도 임무 중 하나란 말이에요!"

"그 말, 그대로 너에게 돌려줄게."

"저, 저는 어쩔 수 없어요. 밤중에 할 일이 있거든요."

"잠들어 있는 나를 덮치는 거 말이야?"

"으아아아아아아…."

렌에게 정곡을 찔린 리오나는 그 자리에 풀썩 주저앉더니 엎드렸다.

깔아 놓은 이불 위에 얼굴과 늘씬한 몸을 파묻은 모양새로. 아마 창피해서 지금의 표정을 보여 주고 싶지 않을 것이다.

덧붙여 말하자면 렌은 이불에 눕지도 않고 줄곧 깨어 있는 상태로 **기다리고 있었다.**

"아니, 신경이 쓰여서 말이야."

이불 위에 엎드린 리오나의 기모노 양쪽 소매가 돌돌 말려 올라가 있었다.

왼쪽 위팔에 감은 붕대가 보였다. 저녁에 있었던 싸움에서 입은 상처다.

"리오나, 아까 그 대미지가 아직 남아 있지?"

"치유술을 걸었으니 그런 작은 상처쯤은 이미 다 회복했어요.

슬슬 붕대를 풀어도 문제없을 것 같아요."

"하지만 마력은 제법 바닥을 드러낸 것 같은데?"

"……."

"아까 뱀 괴수에게 공격당해 입은 상처에서 그런 마법 연료가 꽤나 빠져나간 것처럼 느껴졌어. 아니, 그게… 리오나와는 일심동체니까 알겠더라고."

"쓸데없이 예리한 주인님도 참 골칫거리네요…."

리오나는 아직 얼굴을 이불에 파묻은 상태였다.

하지만 렌이 옆에 앉자마자 오른손을 뻗어 왔다. 책상다리를 하고 앉은 렌의 무릎을 만지면서 이불을 향해 웅얼거린다.

"이렇게 비상사태가 닥치면 역시 저의 힘만으로는 부족하더라고요. 그래 봤자 어차피 저는 신살자 로쿠하라 렌의 권속… 주인님께서 신과도 싸울 수 있는 영력의 원천을 내려 주지 않으시는 이상, 신화 레벨의 전투에는 개입할 수 없어요…."

"응."

"그럴 땐 로쿠하라 씨와의 《계약》이 연거푸 힘을 보내 주지만, 그만큼 저의 비스트 모드가 발동해서 그만 폭주하게 되는 바람에…."

"그랬지."

이불에 엎드린 리오나와, 같은 이불에 앉은 렌의 대화.

하지만 담담하게 말을 이어 가는 것치곤 기모노 차림인 파트너의 등에서 살기를 띤 위압감이 한들한들 배어 나왔다.

"아무리 꾹 참아도 **원하게 되고 말아요**…."

"기꺼이 응할게."

벌떡! 리오나가 힘차게 몸을 일으켰다. 그리고….

정신을 차려 보니 렌은 그녀의 아래에 깔려 있었다.

육식동물 같은 난폭함으로 기모노 차림의 리오나는 로쿠하라 렌의 위에 걸터앉더니, 그야말로 암표범처럼 주인의 얼굴을 응시했다.

흐트러진 기모노 옷깃에서 슬쩍 보이는 가슴골이 몹시 요염했다.

"저, 더 강한 존재가 되어야만 해요. 여신 이자나미에게도 굴복하지 않는 여왕의 힘을 저에게 내려 주시겠어요?"

"물론이지. 마음껏 가져가."

"참 바람직한 대답이네요, 주인님."

말로는 주인님에게 허락을 구하고 있지만, 표정과 말투는 완벽하게 여왕의 그것이었다.

리오나의 눈은 지금 요염한 푸른빛을 띠고 로쿠하라 렌을 먹잇감처럼 쳐다보고 있었다. 그 시선에는 굶주림과 정욕과 긍지가 가득 넘쳤다.

렌의 뺨을 쓰다듬고, 손과 가슴을 쓰다듬으며 그와 이어지고자 했다.

신살자 짐승이 그 심신에 지닌 마력과 존재감처럼 형태가 없는 모든 것이, 토바 리오나에게도 흘러 들어가선 공유되기 시작했다.

주인을 깔아 눕힌 리오나는 주인의 위를 차지한 채 매끈한 몸을 렌에게 밀어붙였다.

두 사람의 몸이 밀착했다. 그녀의 가냘프지만 부드럽고 매혹적인 몸의 감촉이 로쿠하라 렌에게도 선명하게 전해져 왔고… 접점이 늘었다.

야타가라스의 환생에게로 흘러 들어가는 것이 더 커졌다.

"로쿠하라 씨…."

어느새 리오나는 얼굴을 가까이 대더니 렌의 입술을 틀어막았다.

렌도 혀를 내밀어 그녀를 받아들이자, 여왕의 영혼을 가진 소녀도 서툰 동작으로 혀를 뻗어 렌을 맞이했고… 두 사람은 더욱더 농밀하고 격렬하게 이어졌다.

입술이 떨어졌다. 리오나가 또다시 렌의 얼굴을 내려다보고 있었다.

그녀의 파란 눈동자 속에서 열렬한 봉황의 영혼을 발견했다.

바로 그때.

"적당히 좀 하셔, 새 아가씨…."

"?! 어째서 스텔라가 이곳에 있는 거죠?!"

"…아, 맞다. 오늘은 다른 데로 보내는 걸 깜박했군."

어느새 이불 옆에 미니 여신님이 나타나 있었다.

리오나는 깜짝 놀랐고, 렌도 자신의 실수를 깨달았다. 그 두 사람을 향해 스텔라, 미와 사랑의 여신 아프로디테는 노골적으로 분노를 드러냈다.

"매일 밤마다 **행위**를 하고 있다는 건 알고 있었지만! 내 침실까지 쳐들어오다니, 이게 무슨 불손 무도한 태도지?! 마침 잘됐네. 신에게 어떻게 경의를 표해야 하는지 찬찬히 알려 주…."

"에잇!"

렌의 위에서 몸을 일으킨 리오나가 영부를 불러내선….

짧은 호령과 함께 던졌다. 영부는 슈욱 날아 스텔라의 이마에 착 붙었다. 그것은 음양도의 주구와 오망성 기호로 꾸며져 있었다.

스텔라의 온몸이 흠칫 놀라더니 그대로 굳었다. 미동조차 하지 않았다.

자신의 키와 똑같은 커다란 영부를 붙인 채 쇠사슬로 묶인 듯이 꼼짝 못 하게 된 것이다.

"아무리 원래는 여신이라 한들, 지금의 스텔라는 그야말로 불완전한 존재…."

리오나는 두 눈을 사파이어색으로 빛내며 큰소리쳤다.

"제가 풀 파워로 전력을 다해 주술을 걸면 이렇게 된답니다."

"우… 우쭐대지 마, 새 아가씨!"

키가 30센티미터인 스텔라의 미니 사이즈 몸이 파들파들 떨리기 시작했다.

그러더니 그대로 천천히, 하지만 착실히 두 손을 움직여 영부를 자신의 몸에서 찌이익 떼어 내려고 했다. 파들파들. 파들파들.

떨리기만 할 뿐, 중간에 손의 움직임이 멈추고 말았다.

"무리하지 마세요. 저의 법력을 당해 낼 리 없을 테니까요."

"…거, 건방지게 나불댄 걸 후회할 줄 알아! 키프로스의 여신이 침실에서 지다니, 그런 건 있을 수 없는 일이야!"

"응? 스텔라, 너…?!"

렌도 몸을 일으킨 그때, 기적이 일어났다.

지금까지 인형과 같았던 스텔라의 체구가 난데없이 거대해진 것이다.

단, 거대라고 해 봤자 키 160센티미터도 되지 않았다. 리오나보다 몸집이 작고, 마른 몸이었다. 하지만 여신의 스타일은 글래머러스했다.

동안의 미소녀인 것은 변함없다.

하지만 지금, 앳된 얼굴과 매치가 되지 않을 정도로 스텔라의 가슴은 풍만했고, 잘록한 허리에서부터 아래로 이어지는 엉덩이 라인에도 탱탱함과 볼륨이 있었다. 그야말로 베이글녀의 체형이었다.

거대화한 스텔라는 여유롭게 영부를 떼어 내고는, 요염한 미소를 지었다.

"후후. 내가 진심으로 힘을 발휘하면 이렇게 된단다? 예전부터 생각했는데, 새 아가씨… 너, 너무 말랐어. 여자가 무슨, 뼈랑 가죽밖에 안 남았니."

"뭐라고요?!"

"발육 상태는 동생이 훨씬 낫네."

"무슨 말씀을 하시는 건가요! 후미카는 운동을 안 해서 살이 너무 많이 쪘다고요! 부녀자(腐女子)의 소양을 기르고자 최근에 로드 바이크를 타기 시작해서 조금 빠지긴 했지만! 솔직히 말해 저야말로 여자들의 이상적인 체형이라고요!!"

리오나는 당황하면서도 열변을 토했다.

늘씬한 모델 체형인 그녀가 그렇게 말하니 설득력이 있었다.

하지만 스텔라는 어딘가 바보 취급하듯이 킥 하고 소리 내어 웃더니, 자신의 바스트를 강조하고자 팔짱을 꼈다.

두 팔을 이용해 작위적으로 풍만한 가슴을 들어 올리는 동작이었다.

"후후후후. 남정네들에게 사랑을 받는 것이야말로 여자의 영예라고 생각하지 않아?"

"바보 같은 소리 마세요. 그런 전근대적 가치관, 고대 그리스에선 통할지 몰라도 21세기에선 통하지 않아요!"

"어머, 바보가 누군데? 남자는 말이지, 손바닥에 놓고 마음껏 굴려야 하는 법이야."

스텔라, 즉 아프로디테가 킥킥거리며 비웃었다.

"울고 불며 매달려서도 안 돼. 그것들은 하나같이 멍청한 놈들이거든. 조금만 아양을 떨어 주면 금방 실실 쪼개면서 나에게 무릎을 꿇는단 말이지. 오, 아프로디테, 자비를 베풀어 주시옵소서! 이렇게 빌면서!"

스텔라는 그렇게 말하면서 리오나를 홱 넘어뜨렸다.

"새 아가씨… 넌 아프로디테가 주는 희열을 견딜 수 있을까?"

"자, 잠깐, 스텔라! 대체 무슨 짓을 할 속셈… 응, 앗?!"

"후후후후."

스텔라가 리오나의 목덜미에 입술을 꾹 가져다 대면서 미소를 지었다.

"있잖아, 새 아가씨. 알고 있었어? 나와 렌은 일심동체. 너와 렌도 일심동체. 다시 말해, 나와 넌 렌을 통해 운명공동체가 됐어."

"네?"

"그래서 로쿠하라 렌과 스킨십을 나누며 심신의 충족을 얻는 토바 리오나는… 당연히 아프로디테와의 접촉으로도 같은 기쁨을 맛볼 수 있지…."

"으응… 읏! 이, 이러지 마세요, 스텔… 아앗?!"

"우후후. 이러니까 건방진 새 아가씨도 귀엽네."

"아, 앗. 하, 하지… 스텔라…."

"힘 빼. 나와의 접촉으로 너의 심신은 힘을 상당히 되찾았을 거야. 아니, 힘을 되찾은 걸 넘어 그 전보다 비축된 힘이 훨씬 늘어났을걸?"

"아아…."

"리오나. 스텔라의 말이 맞아. 넌 조금 쉬는 편이 좋아."

"로쿠하라 씨…."

"렌?!"

리오나의 눈이 멍해지더니 황홀함에 사로잡힌 타이밍에.

렌이 자연스럽게 개입했다. 넋을 잃은 약혼자의 뺨을 쓰다듬더니, 귓불에 입술을 가져다 대곤 속삭인 것이다.

"응… 으음!"

리오나가 신음이 새어 나가지 않도록 안간힘을 다해 입을 꾹 다물었다.

그러자 렌이 애무하는 쪽과는 반대쪽 귀를 스텔라도 자근자근 깨물며 이렇게 속삭였다.

"지금은 영기를 기르도록 해. 나와 렌에게 몸을 맡겨. 꿀과 젖의 흐름에 몸을 맡긴다는 생각으로 있으면 돼, 새 아가씨…."

"아앗…!"

리오나는 탄식과 신음을 흘리더니, 느닷없이 탈진했다.

새근새근 숨소리를 내면서 잠들고 말았다. 스텔라가 준 희열에 의해 심신의 긴장이 마침내 풀렸다는 증거일 것이다.

잠든 약혼자의 만족스러운 듯한 얼굴을 바라보며 렌이 미소를 지은 그때.

"이제 방해꾼은 사라졌네."

"스텔라."

지금은 렌과 어울리는 사이즈가 된 작은 파트너가 렌을 가만히 쳐다보았다.

뜨거운 열기, 애달픔, 그리고 약간의 우수를 눈동자에 머금은 채.

"어때, 렌? 이게 원래 내 모습이야. 여신 아프로디테의 모습에 꽤 가까워졌어."

"그런 것 같네. 아주 근사해."

"전에도 말한 적 있지만… 특별히 네 마음대로 해도 되는 기회를 줄게."

스텔라… 아프로디테는 고혹적인 미소를 지었다.

세상의 남자들(때로는 여자도)을 매료시키고 사로잡아 온 미모와 애교. 팔다리가 쭉쭉 뻗은 그녀의 몸은 풍만하면서도 버드나무 가지처럼 가냘프기도 했다.

어떤 의미로 '여자'로서 궁극에 달한 존재가… 렌을 유혹한다.

"로쿠하라 렌도 욕망 정도는 있을 거 아니야? 나무나 돌멩이가 아닌 이상."

"그건 그렇지. 그리고 나도 전에 말했지만."

렌은 쓴웃음을 짓고는 호소했다.

"유부녀와 어울리는 건 자제하고 있거든."

"어머나? 내 남편은 머나먼 옛날, 시간과 인과를 초월한 신화의 천지(天地)에만 있는걸? 그리고 무엇보다…."

이불 위에서 스텔라가 바짝 다가왔다.

그러더니 렌에게 기대고는, 그 멋진 몸을 밀착시켰다. 그녀의 금발에서 피어오르는 향기가 콧구멍을 간질였다. 참으로 향기로웠다.

스텔라는 가느다란 검지로 렌의 가슴팍을 만지작거리기 시작했다.

"진심으로 그런 걸 신경 쓰다니, 렌답지 않아."

"그런가?"

"그래. 넌 터무니없을 정도로 대담한 신살자 짐승인걸…."

스텔라가 그렇게 말하면서 입술을 가져다 댔다.

키는 렌보다 그녀가 작았다. 당연히 밑에서 키스를 해 달라고 조르는 자세였다. 그리고 렌도 그녀를 맞이하던 중….

슈우우우우우욱. 풍선에서 바람이 빠지듯이.

"뭐야?!"

미와 사랑의 여신의 몸이 점점 쪼그라들었다.

그러더니 끝내 키 30센티미터 정도 되는, 평소와 같은 인형 사이즈로 회귀하고 말았다.

"역시 그 사이즈는 오래가질 않네, 스텔라."

"여, 여기까지 왔는데, 하필이면 중요한 타이밍에~!"

스텔라는 분해서 발을 동동 구르며 미니멈 여신의 몸으로 돌아갔다.

또한 '거대화'로 인해 기진맥진해진 것인지, 그대로 리오나와 함께 이불에 파묻혀 새근새근 숨소리를 내기 시작했다. 렌은 쓴 웃음을 지었다.

"이번에는 조금… 위험했어."

역시 미와 사랑의 여신 아프로디테.

그녀와의 줄다리기에서 항상 여유롭게 대처할 수 있는 건 아니었다.

4

두 시간 정도 잠들었던 것 같다.

리오나는 벽시계로 그것을 확인했다. 자택의 별채, 이불 위였다. 맹장지문이 활짝 열려 있어서 실내에서도 밤하늘이 보였다.

두터운 구름이 깜깜한 밤하늘에 가득했다. 구름이 없는 구간

은 전혀 없었다.

그리고 툇마루에 '주인님'이 앉아 있었다.

"리오나, 일어났어?"

"아, 네. 아까는 뭐라고 말씀드려야 할지… 추태를 보여 드리고 말았네요…."

거의 없는 일이지만, 리오나는 횡설수설 말했다.

기모노 깃이 훤히 벌어져 가슴골도 보였다. 그것도 황급히 추슬렀다. 그런 리오나를 앞에 두고 로쿠하라 렌은 씨익 웃었다.

"응. 너와 스텔라의 **배틀**, 제법 굉장했어."

"그, 그러시군요…."

힐끔. 옆을 보니 같은 이불에서 스텔라가 새근새근 자고 있었다.

평소대로 피겨만 한 사이즈의 체구였다. 자신이 의식을 잃은 후, 어떻게 됐을까? 리오나가 물어보려던 그때.

"좋아."

주인님이 고개를 끄덕이더니 말을 시작했다.

"이제 리오나도 괜찮은 것 같으니 슬슬 가자."

"어디를 가자는 말씀인가요?"

"이자나미가 있는 곳. 아직 오사카성에 있으려나?"

"이쪽에서 선제공격을 하는 거군요!"

발언의 의미를 헤아린 리오나의 얼굴에 긴장감이 감돌았다.

"서둘러 준비할게요. 하지만 로쿠하라 씨, 괜찮으세요? 인과응보의 비축분, 전혀 없잖아요?"

"그렇긴 하지만, 그쪽이 완전히 회복하기 전에 먼저 공격하고 싶어서."

로쿠하라 렌은 결코 전술가가 아니다.

그것은 줄리오나 리오나의 역할이었다. 하지만 역시 그는 신살자 짐승. 가장 중요한 국면에서 후각이 반응하는 건지, 놀라울 만큼 간단히 대승부에 나선다.

경묘하고 대담한 성격의 소유자. 그것이 리오나의 주인이자, 미래의 남편이었다.

그런 점이 싫지 않다.

리오나는 당돌하게 웃고는, 마음을 완전히 다잡았다.

그리하여 경트럭은 밤바람을 가르며 오사카 방면으로 쉬지 않고 달렸다.

"목적지는 어제 갔던 그 성이 맞죠?"

"응. 리오나가 신기원 사람에게 확인했는데, 이자나미 씨는 그곳에서 움직이지 않고 있나 봐. 하지만 좀비 군단을 닥치는 대로 증식시켜서 벌써 2만 넘게 있는 것 같아."

경트럭 운전석과 조수석의 대화였다.

완전히 익숙한 손놀림으로 핸들을 잡은 카산드라는 길 안내를 위해 대기 중인 렌에게 늠름하게 선언했다.

"그럼 한시라도 빨리 전쟁터에 도착해야 하겠네요!"

"역시 잘 아네. 카산드라만 믿을게!"

"맡겨만 주세요!"

렌은 웃는 얼굴로 엄지를 척 세웠고, 카산드라는 시속 100킬로미터로 경트럭을 몰았다.

봉쇄된 한신 고속도로와 나란히 달리는 차, 반대 차선에서 오는 차는 한 대도 없어서 마치 서킷을 전세 낸 것이나 마찬가지였다. 속도를 쭉쭉 올렸다.

"아, 이런, 어쩌죠?!"

시속 110, 120, 130….

카산드라는 쭉쭉 속도를 올리면서 곤란한 얼굴로 말했다.

단, 무슨 문제가 생긴 게 아니라.

"이런 전차를 한두 대 정도 트로이에 가져가고 싶어졌어요!"

"나중에 신기원 아저씨들한테 졸라 볼게. 내가 이기면 그 보너스로, 최대한 빠른 걸로 달라고 말이야."

"정말이세요? 이렇게 기쁠 수가!"

태평한 차 안과 달리, 경트럭 짐칸은 꽤나 가혹했다.

줄리오가 마술로 결계를 쳐, 일정 이상의 풍압으로부터 짐칸을 보호하고 있었다. 하지만 그래도 아예 바람이 불지 않는 건 아니다.

나름 강풍에 노출된 상태, 게다가 심야의 공기는 몹시 차가웠다.

가장 멘탈이 약한 후미카가 푸념을 늘어놓았다.

"으으으으! 언니, 나도 꼭 가야 해? 슬슬 이 차에서 내리고 싶어어어어. 춥고, 무섭단 말이야….'"

"당연하지. 너 아니면 나라의 대선배 군단 시중을 누가 들어?"

리오나는 동생의 하소연을 일축했다.

더구나 옆에 있는 줄리오는 그런 후미카를 신경조차 쓰고 있지 않았다.

라틴계 귀공자이자 마술결사 캄피오네스의 총수는 하늘을 노려보고 있었다. 암운이 가득한 밤하늘이었다. 손목시계도 체크했다.

"오전 6시가 지나… 벌써 아침이군."

줄리오가 언짢은 목소리로 중얼거렸다.

"슬슬 아침 해가 뜰 시간이야. 하지만 아침이 찾아올 조짐이 보이지 않는군. 이것도 저승의 여신이 나타난 영향인가?"

"아마 그럴 것이다."

엄숙하게 고개를 끄덕인 사람은 우마야도 황자의 망령이었다.

"우리의 영감(靈感)이 경고하고 있다. 그 여신을 배제하지 않는 한, 태양은 결코 뜨지 않을 것이라고."

"지상에서 태양빛을 빼앗겼어…. 세상이 끝나기 전에 '흔히 있는 현상'이 이곳에서도 시작된 거야. 머리가 아프군."

줄리오는 괴로운 듯이 말을 내뱉었다. 한편, 리오나가 발언했다.

"지금 아무렇지도 않게 영감이라고 말씀하셨는데, 우마야도 황자에겐 그런 힘이 있나요?"

"무슨 말을 하는 것이냐. 이 몸의 힘에 대해선 당대에도 전해졌잖아? '귀 밝은 황자'이자 '미래를 알고 계신 분'이라고 말이다."

"한 번에 열 명의 이야기를 들을 수 있고, 미래를 알았다는 얘기가 전부 실화였다는 말씀인가요?"

"그래."

"그럼 신마(神馬)를 타고 하늘을 날았다는 일화도…?"

"성덕을 갖춘 이 몸이 그 정도도 못 해서야 어쩌겠느냐."

전설적 위인이 유감스럽다는 듯이 그렇게 말하자, 리오나는 관자놀이를 꾹 눌렀다.

미래를 예지할 수 있었다느니, 옛 고승의 환생이라느니. 《쇼토쿠 태자》에게는 비현실적인 내용의 수많은 역사적 과장이 존재한다.

"역시 마구간에서 태어난 '선택받은 분'은 격이 다르시네요…"

"굉장해, 야마기시 료코 작가님의 만화 『해 뜨는 곳의 천자』의 내용과 똑같아!"

후미카도 합세하여 자매가 나란히 감탄했다.

우마야도 황자. 그 이름의 유래에는 여러 가지 설이 있다.

마구간(우마야도) 앞에서 태어났기 때문에. 모친의 본가인 소가노 우마코*의 저택에서 태어났기 때문에. 그리고 로마 제국에서 당나라로 전파된 경교, 기독교의 한 파인 네스토리우스교의 일화 '신의 아이는 마구간에서 태어났다'가 일본에 전해져 쇼토쿠 태자 전설의 기원이 되었기 때문에….

하지만 가장 설득력 있는 가설을 리오나는 알고 있다.

"영웅왕이나 성자가 가축막사에서 탄생한다는 전승은 유라시아 대륙 동서에 존재해. 신의 아이 예수, 고구려의 시조 주몽은 갓난아기 때 마구간과 돼지우리에 버려졌지. 광기의 신 디오니소스의 탄생을 그린 신사(神事)는 외양간에서 이루어졌고. 그것들은 아마 '짐승'을 신으로 숭배하던 토테미즘의 잔재였을 거야."

"언니는 이따금 아빠 같은 얘기를 하더라."

"뭐, 아무튼 나의 힘은 그만큼 대단하다."

자신을 치켜세우는 이야기였기 때문인지, 우마야도 황자는 만족스러운 듯이 듣고 있었지만.

리오나의 장황한 이야기에 천천히 끼어들었다.

"야타가라스인 그대에게 나의 힘을 빌려주도록 하마. 그대와

※소가노 우마코 : 아스카 시대를 대표하는 정치가이자 권력자.

내가 동향이기 때문이 아니다. 황족인 나에겐 일본을 수호할 책임과 의무가 있다."

"앗. 교자 님도 도깨비들을 빌려주신대!"

엔노 교자 망령의 뻐끔거리는 입을 후미카가 통역해 주었다.

리오나는 경트럭이 나아가는 방향으로 시선을 돌렸다.

벌써 오사카 시내였다. 수 킬로미터 앞에는 고층빌딩들과 오사카성 천수각이 보인다. 이제 곧 결전의 장에 나선다.

이만한 지원자가 갖춰진 이상, 저번과 똑같은 전개는 절대 반복하지 않을 것이다.

후우우우. 리오나는 숨을 깊이 들이마셨다.

"슬슬 갈게요."

다음 순간, 리오나의 몸과 마음은 어두운 밤하늘로 뛰어 올라갔다.

황금색의 영조 《야타가라스》로 변신한 것이다. 일찍이 황조(皇祖)를 이끌던 세 개의 다리를 가진 새. 설령 종말의 어둠에 있다 하더라도 황금색 날개를 펼쳐 웅장하게 빛나는 모습으로 지상을 비추어 줄 것이다.

"십이신장, 나의 곁으로!"

리오나를 섬기는 열두 명의 식신이 현현하더니 야타가라스와 함께 날았다.

식신들은 늘 그랬듯이 불꽃의 정령으로 구현화되었다. 하지만 이번에는 그뿐만이 아니었다.

야타가라스 주위에서 화염의 원을 그리는 십이신장… 그 원 안에 도깨비가 둘 있었다. 한쪽은 '쇠도끼를 든 빨간 도깨비'. 또 하나가 '물독을 든 파란 도깨비'.

엔노 교자가 맡긴 전귀(前鬼) 기가쿠(義學)와 후귀(後鬼) 기켄(義賢)이었다.

그리고 우마야도 황자도 언령을 외웠다.

"호세사왕(護世四王)에게 비오나니, 반드시 적에게 승리하게 해 주시옵소서. 제두뢰타천, 비루륵차천, 비루박차천, 비사문천… 나무사천왕 도래!"

그 부름에 맞춰 하늘에 갑옷을 입은 무사들이 나타났다.

야타가라스와 함께 화염의 원을 그리는 십이신장과 전귀, 후귀의 반열에 든 4인조. 불화와 불상에서 스쳐 지나가면서라도 본 기억이 웬만한 사람이라면 있을 것이다.

그쪽 지식에는 어두운 로쿠하라 렌조차 깜짝 놀라 숨을 혁 들이켰다.

"저 신들, 뭐였더라?!"

"유서 깊은 군신과 관련된 정령… 으로 보이네요!"

정체를 간파한 카산드라 뒤, 경트럭의 짐칸에서 우마야도 황자가 훗 하고 미소를 지었다.

"신이 아니다. 천부(天部)이다. 호세의 영험을 가진 사천왕에게 기도해 그 모습을 《호법동자》로 빌렸다. 야타가라스여, 그대에게 맡기마!"

쇼토쿠 태자, 즉 우마야도 황자가 16세 때.

적극적으로 불교를 수용하는 조정에 귀족 가문 모노노베가 반기를 들고 불교 배척을 주장하며 모반을 일으켰다.

황자와 소가노 우마코가 이끄는 조정군은 모노노베에게 세 번이나 패배했다. 그 위기 상황에서 우마야도 황자는 부처님에게 기도했다고 한다.

'만약 저를 이기게 해 주신다면 반드시 호세사천왕을 위해 사원과 탑을 짓겠습니다.'

그리고 황자의 군대는 모노노베를 쓰러뜨렸고, 지금도 오사카시 텐노지 구에 남아 있는 시텐노지(四天王寺)를 세웠다. 호류지와 어깨를 나란히 하는 이름난 사찰이다.

"빌려주셔서 감사합니다!"

오사카성을 향해 하늘을 나는 야타가라스의 의지인 리오나는 소리쳤다.

그녀를 섬기는 것은 십이신장과 전귀 후귀만이 아니다.

무사의 모습을 한 사신령, 즉 비사문천(毘沙門天), 지국천(持國天), 광목천(廣目天)에 증장천(增長天)도 있었다.

네 명 다 갑옷을 입은 채 분노한 얼굴로 적을 위협하고 있었다. 머리를 정수리에서 묶은 헤어스타일 또한 똑같았지만, 지국천 혼자만 투구를 쓰고 있다.

손에 든 무기는 미늘창, 보검, 도끼, 갈래창. 그야말로 《사천왕》이었다.

허나 어디까지나 모습을 빌렸을 뿐. 본질은 사천왕이 보낸 호법동자, 음양도로 말하면 식신이었다.

하지만 성자 《쇼토쿠 태자》가 사천왕에게 기도해 불러낸 자들.

"말하려니 부아가 치밀지만, 저희 십이신장보다 솔직히 격이 훨씬 위라는 느낌이 있네요…!"

금색으로 빛나는 대봉황이 오사카성으로 향하고 있었다.

두 날개를 씩씩하게 펼친 《야타가라스》의 날개 길이는 20미터를 훌쩍 넘었다.

그 주위에 원을 그리듯이 진을 친 불꽃의 정령 십이신장과 전귀 후귀, 그리고 사천왕들도 모두 마찬가지로 거대했다.

황금 봉황이 열여덟이나 되는 권속에 둘러싸여 하늘을 날았다.

그것은 마치 야타가라스를 중심으로 한 '만다라' 같은 진형이었다.

"이번에는 야마타노오로치가 상대라 하더라도 절대 실수하지 않겠어요. 인적 피해도 신경 쓰지 말고 마음껏 날뛰어도 된다고 하셨으니. 일단은…."

여신 이자나미와 그 이무기가 진을 친 오사카성.

오사카 부 추오 구에 있다. 고층빌딩으로 빽빽한 오피스 거리였다. 그곳에 사는 주민보다 출근하는 사람이 더 많다고 하는 지역이다.

일본 좀비가 대발생한 어제도 어마어마한 숫자의 사람들로 북적이고 있었다.

미처 대피하지 못한 사람도 많았을 터. 하지만 어제부터 경찰과 자위대가 밤새도록 대피 권고, 대피 유도에 힘을 쏟았다고 한다.

그 덕분인지 눈 아래에 펼쳐진 오사카의 비즈니스 거리는….

평소의 떠들썩함을 상상조차 할 수 없을 만큼 사람이 없었다. 마치 폐허 같았다. 리오나가 영감을 발동해도 살아 있는 인간의 기운은 **극히 일부**밖에 느껴지지 않았다.

야타가라스의 안에서 리오나는 동정했다.

"…이 지경까지 이르렀으면 저와 주인님에게 전부 위임해도 될 텐데 말이죠."

오사카성 공원을 포위하는 형태로 육상 자위대 전투단이 작전을 전개하고 있었다.

무기질적인 아스팔트 차도와 빌딩군 여기저기서 육상자위대 보통과(다시 말해 보병) 중대가 대기 중이었다.

그리고… 오사카성과 거의 인접하고, 넓이도 어마어마한 나니

와노미야아토 공원.

이곳에는 10식 전차를 시작으로 기동전투차, 자주유탄포, 그리고 자주식 다연장 로켓포(요컨대, 미사일 포드를 실은 트레일러형 차량) 등, 간사이 각지에서 모은 것으로 보이는 기갑과 부대와 특과(포병) 부대가 대기하고 있었다.

아마 전투 헬기도 이미 준비를 마쳤을 것이다.

예전 고베에 공간왜곡이 발생했을 때도 재해 출동을 했었다.

신기원 소속인 리오나도 종종 그들과 연계하여 신역의 재액이나 몬스터들과 맞섰다. 하지만 이번에는 규모가 다르다.

눈 아래에 있는 지상부대… 그들의 심신이 내뿜는 **기운**은 몹시 허약했다.

두려움, 공포, 긴장, 불안. 그러한 감정만이 느껴졌다.

"이번에는 확실하게 괴수대결전이 될 테니 어쩔 수 없죠. 위험해지면 잽싸게 안전권까지 철수했으면 좋겠는데…."

이미 오사카성 공원은 바로 코앞에 있었다. 이제부터는 결전에 집중할 것이다.

천수각을 휘감은 여덟 개의 머리와 여덟 개의 꼬리를 가진 대괴수, 야마타노오로치.

무엇보다도 그 지붕 위에는 지옥의 여왕 이자나미가 렌 일행이 오기를 기다리고 있었다.

'리오나.'

주인님으로부터 염이 전해져 왔다.

'때가 때인 만큼, 지금 내가 생각하고 있는 대로 해 줘.'

"…로쿠하라 씨, 진심이세요?"

'괜찮아. 이렇게 된 시점에서 무사할 리가 없는걸. 하나하나 신경 쓰면서 싸우는 것보다 초반에 확 처리하는 편이….'

"확실히 말끔해져서… 좋을지도 모르겠네요. 분부 받들겠습니다!"

야타가라스로 분한 리오나는 당돌한 여왕의 미소를 지었다.

나중에 불평불만이 나와도 싹 차단해 주겠어…!

"감히 입에 담기에도 황송한 황신께 아뢰오니… 타오르는 불로 퇴치해 주소서, 더러움을 정화해 주소서!"

야타가라스의 부리에서 불과 태양의 언령이 내뿜어졌다.

그 찰나, 불의 정령으로 변신해 있던 식신 《십이신장》은 강적 야마타노오로치와 그 괴수가 휘감은 오사카성 천수각으로 돌진했다!

휘우우우우우우…우우우우우우우우우웅…!

소용돌이치는 화염과 폭풍이 사납게 몰아쳤다.

태평양 전쟁 때 공습을 받고도 어떻게든 살아남았던 천수각이 홍련의 화염에 삼켜져 폭발과 충격으로 여기저기가 휩쓸려 날아갔다.

그리고 이 폭염은 오사카성 공원의 전체까지 펼쳐져선….

거대한 반구 모양의 돔이 되어 삼킨 모든 것을 불살라 없애 버리기 시작했다!

오사카성 천수각도, 해자도, 신사도, 주변 공원도. 이곳에 북적이던 몇 만의 일본 좀비와 요모츠시코메도.

무엇보다 천수각을 휘감고 있던 여덟 개의 머리와 여덟 개의 꼬리를 가진 대괴수, 야마타노오로치도.

샤아아아아아아아아아아아아아아아악?!

여덟 개의 머리에 달린 모든 입에서 고통의 비명을 토해 냈다. 화염 돔 속에서 야마타노오로치가 몸부림치고, 고통스러워하고, 여덟 개의 목을 안간힘을 다해 불이 없는 공중까지 쭉 뻗었다.

"그쪽의 전투력은 이미 알고 있거든요."

리오나는 불타오르는 뱀 요괴와 오사카성을 공중에서 내려다보며 큰소리쳤다.

"상황을 살필 필요도 없어요. 제1라운드부터 전력을 다해 공격하겠어요!"

타오르는 화염과는 반대로 야타가라스의 눈은 침착하게 적의 동정을 살폈다.

천수각 지붕에서 어느새 여신 이자나미가 사라져 있었다. 야마타노오로치도 괴로워하고 있긴 하지만 아직 건재한 것 같았다.

그렇다. 저 불과 철의 괴물 뱀에게 화염은 결코 결정타가 되지 않았다.

야타가라스로 분한 리오나는 두 번째 공격을 퍼부었다.

"검의 호법동자여, 앞으로!"

드디어 투입했다. 사천왕과 똑 닮은 갑옷 무사들을.

미늘창, 보검, 도끼, 갈래창. 무기는 저마다 달랐다. 그것들이 일제히 화염에 타고 있는 야마타노오로치의 여덟 개의 머리 중 하나에 꽂혔다!

비늘에 감싸인 정수리를 사천왕의 무구가 푹푹 찔렀다.

그리고 두 도깨비도 같은 정수리에….

"전귀, 후귀도 가세요!"

빨간 도깨비 전귀가 쇠도끼를 내리쳤다. 파란 도깨비 후귀가 커다란 물독으로 후려쳤다.

마지막으로 사천왕 증장천이 또다시 보검을 휘둘러 뱀의 머리를 베었다. 야마타노오로치의 머리 중 하나를 없애 버린 순간이었다.

이 과정을 앞으로 일곱 번 반복하면 돼!

리오나가 야타가라스의 안에서 투지를 다진 그때.

「오오, 무서워라. 어쩜 저런 불길한 것들이!」

하늘에 여신 이자나미의 목소리가 울려 퍼졌다.

어디로 숨었는지 모습은 보이지 않았다. 하지만 암운에 덮인 천공에 아름다운 여신의 미성이 음침하게 메아리쳤다.

「나처럼 연약한 여자는 도저히 맞겨룰 수 없겠어! 믿었던 이무기도 **역시** 좀처럼 시원치 않구나!」

공포를 호소하는 비통한 한탄의 목소리였다.

그러나 리오나는 감지했다. 위대한 여신 이자나미의 비탄에는 뭐라 말할 수 없는 무시무시한 위협과도 같은 것이 숨어 있었다!

그리고 지옥의 여왕은 드높이 외쳤다.

「…들어라, 나의 자식들이여. 어서 와서 모친을 구해 주거라. 이곳은 나의 자손이 왕이 될 땅일지어다!」

"조심하세요, 로쿠하라 씨…!"

리오나는 염을 보내 주인님에게 충고했다.

"지금부턴 아마 엄청난 반격이 있을 거예요!"

'오케이. 나도 이자나미 씨가 있는 곳을 찾아내서 그 사람을 어떻게 해 볼게. 야마타노오로치는 너에게 맡기….'

로쿠하라 렌으로부터의 염을 듣고 있던 도중이었다.

작열하는 불꽃에 삼켜진 야마타노오로치의 머리 위에 여덟 개의 구뢰(救雷)가 나타났다.

우르릉우르릉 소리를 내며 방전을 거듭하는 공 모양의 우레들. 여신 이자나미가 황천 요모츠쿠니에서 낳은 자식들인 팔뇌신이었다. 영격을 우려한 리오나는 경계 태세를 취했다.

예상대로 팔뇌신은 하늘에서 강렬한 번개를 떨어뜨렸지만.

그것은 야타가라스와 열여덟 명의 권속이 아니라….

바로 아래로. 같은 편인 야마타노오로치에게로. 팔뇌신의 번개는 화염 속에서 괴로워하는 일곱 개의 머리와 여덟 개의 꼬리가 달린 괴물을 향해 떨어졌다.

샤아아아아아아아아아아아아아아아악?!

야마타노오로치가 일곱 개의 입으로 동시에 고통의 신음을 쥐어짰다.

그리고 하늘에 가득 찬 암운에서 한 줄기 빛이 급강하했다. 마치 별똥별 같았다. 그 빛은 지상을 향해 똑바로 떨어졌다.

그러더니 야마타노오로치를 괴롭히는 작열하는 화염 한가운데로 처박혔다.

다음 찰나. 화염 속에서 이무기의 거구가 흐물흐물 녹기 시작했다. 용광로에 던져진 철광석처럼 빨갛게 융해되면서.

거기에 이미 오사카성과 그 주변을 불태우고 있는 화염까지 더해져… 사라졌다.

순식간에 불에 탄 들판이 되어 버린 오사카성이 있던 땅. 그곳에 미처 다 타지 못한 야마타노오로치의 꼬리가 딱 하나 남아 있었다. 이미 꼬리 앞쪽 몇 미터밖에 없었지만.

빨갛게 작열한 이무기의 꼬리 바로 옆에 젊은 남자가 서 있다.

"어머니. 어머니. 평생 딱 한 번만이라도 어머니를 뵙고 싶어서 제가 얼마나 눈물을 흘렸는지 모릅니다….”

남자는 위엄 있는 용맹한 목소리로 애달프게 호소했다.

어둠에 닫힌 하늘과 불타 버린 들판으로 변한 대지에 말을 걸 듯이.

“이곳에 와서 제 마음이 얼마나 개운한지 모릅니다.”

그러더니 들판에 웅크리고 앉아 빨갛게 달궈진 이무기의 꼬리를 움켜쥐었다.

그 직후였다. 꼬리의 잔해는 흐물흐물 녹아 소멸하고, 그곳에는 한 자루의 검이 남았다.

도신이 백은색으로 빛나는 검은 불타 버린 대지에 꽂혀 있었다.

“야마타노오로치의 꼬리에서 태어난 신검?!”

야타가라스로 분한 리오나는 공중에서 그것을 보고는 소스라치게 놀랐다.

만약 일본 신화의 내용대로라면, 저 검의 이름과 청년은….

“하늘에서 내려온 저 남자는 설마…?!”

「잘 왔다, 아들아. 타케하야스사노오노미코토여.」

어둠 속에서 음침하게 울려 퍼지는 목소리는 어미의 자애로 가득했다.

「내가 살아 있었을 땐 미처 만나지 못했던 나의 마지막 아이. 용맹한 아이. 호호호호, 이 어미의 품에서 실컷 어리광 부리도록 하려무나!」

"감사한 말씀입니다, 어머니."

이자나미에게 아들이라고 불린 남자는 다부진 체격을 가진 청년이었다.

낙낙한 흰색 통소매 옷에 헐렁한 하카마를 입고 있었다. 이른바 관두의*로, 움직이기 쉽도록 손목과 무릎 아래가 끈으로 묶여 있었다. 허리에는 띠를 감고, 목에는 곡옥 목걸이를 하고 있다.

머리 모양은 검은 머리를 양쪽 귀 근처에서 묶은 미즈라* 형태였다.

고분(古墳) 시대, 고대 일본의 귀인이 하고 다니는 전형적인 스타일이었다.

그가 손에 들고 있는 검은 《쿠사나기노츠루기(草薙劍)》, 다른 이름은 《아마노무라쿠모노츠루기(天叢雲劍)》.

"이 스사노오, 어머니를 위해서라면 기꺼이 목숨도 바치겠습니다. 저 짐승들로부터 반드시 어머니를 지켜 드리겠습니다!"

자랑스럽게 자신의 이름을 언급한 늠름한 청년신.

그 이름을 공중에서 들은 야타가라스 안의 리오나는 납득했다.

"역시 이자나기와 이자나미 부부의 아들, 야마타노오로치를

※관두의(貫頭衣) : 한 장의 천을 접어 그 중앙에 구멍을 뚫고 머리를 끼워 입는 의복.
※미즈라 : 고대 일본 남성들의 머리 모양으로, 머리를 양옆으로 모아 다발을 지어 둥글게 묶은 모양.

쓰러뜨린 신이군요…."

그의 이름은 타케하야스사노오노미코토.

그의 굵은 오른팔이 들고 있는 검은 검날의 길이가 1미터 가까이 되어 보이는 강검이었다.

완만한 활 모양으로 구부러진 그 검은 일본도와 흡사했다.

하지만 제조법이 확립된 것은 헤이안 시대* 말. 그보다 더 옛날에 태어난 타케하야스사노오노미코토… 스사노오가 그것을 갖고 있을 리가 없었다.

아마 일본도의 원형이 된 고대의 도검 와라비테토(蕨手刀)일 것이다.

※헤이안 시대 : 일본 역사의 시대 구분 가운데 하나로, 794~1185년.

제 6 장　chapter 6　**풍운의 오사카성**

1

　국토 창조의 어머니 이자나미는 불의의 사고로 황천 요모츠쿠니에 떨어졌다.

　죽은 아내를 살리기 위해 남편 이자나기는 저승을 찾아갔지만, 온몸이 썩은 아내의 모습을 보곤 쏜살같이 도망쳤다.

　그리고 간신히 지상으로 돌아온 직후, 그는 부정을 씻기 위해 강물에 들어간다.

　'참으로 더러운 나라에 있었으니, 몸을 씻어야 한다'라면서….

　부신 이자나기가 씻은 얼굴에서 세 명의 신이 태어났다.

우선 왼쪽 눈에서 태양의 여신이자 황조이기도 한 아마테라스오미카미가. 오른쪽 눈에서는 츠쿠요미노미코토가. 그리고 코에서 태어난 것이 바로 타케하야스사노오노미코토였다.

이 셋을 가리켜 삼귀자(三貴子)라고 한다.

하지만 막내 스사노오는 문제아였다.

체격이 좋고 강한 힘을 갖고 있지만, 아직도 마음이 어린 그는 모친을 그리워하며 엉엉 울곤 했다.

"난… 어머니가 계신 요모츠쿠니에 가고 싶어! 그러니까 울 거야!"

스사노오는 온 힘을 다해 울었다고 한다.

그래서 풀과 나무로 울창하던 산은 메마르고, 강과 바다도 바닥을 드러냈으며, 나쁜 신들이 소란을 피우는 소리는 파리의 날갯짓 소리처럼 세상에 흘러넘쳐 갖가지 재앙을 일으켰다.

그 후에도 스사노오의 난행은 수그러들지 않았고, 온갖 행패를 부리고 다녔다.

논을 허물고, 오물을 여기저기에 뿌리고, 말의 시체를 베 짜는 집에 던졌다.

스사노오의 누이 아마테라스오미카미, 즉 아마테라스는 슬픔에 한탄하며 그《아마노이와토》동굴에 숨고 말았다.

그리고 스사노오는 '신들의 나라'인 천계 타카마가하라에서 추방당해 지상을 떠도는 처지가 되었다.

솔직히 터무니없이 민폐만 끼치고 다니는 신이었다.

하지만 홀로 떠도는 나날이 그를 성장하게 만든 것이었을까?

무시무시한 야마타노오로치에게 고통받던 마을에 당도한 스사노오는 친절을 베풀어 괴물과 싸우고 멋지게 승리했다.

스사노오는 자신이 쓰러뜨린 이무기의 시체에서 검 한 자루를 발견한다.

이것이 바로 신검 아마노무라쿠모노츠루기. 스사노오는 신검을 누이 아마테라스에게 바쳐 과거에 저지른 과오를 뉘우친다. 그 이후로 그는 지상에 있는 나라 이즈모노쿠니(出雲國)를 다스리는 왕이 된다.

'이상, 스사노오에 관한 간단한 강의였습니다, 로쿠하라 씨!'

"엄청난 마마보이네, 그 형씨."

'그 의견에는 저도 동감하지만, 일본 신화에서는 제일 메이저한 대영웅이에요.'

"그래서 그 신이 지금 강림했다는 거군."

하늘을 나는 리오나보다 10분 정도 늦게 로쿠하라 렌이 마침내 등장했다.

일대가 불탄 들판으로 변해 버린 오사카성 공원에.

오사카성의 돌담과 안팎의 해자만은 간신히 원형을 유지하고 있었다. 다만 숲도, 역사 깊은 건축물도 모두 다 재가 되었다.

몇 만이나 되던 요모츠시코메들도 흔적조차 없이 불에 타 버렸다.

아직 여기저기에 불티가 날아다녔고, 타 버린 대지의 열기가 운동화 바닥 너머로 전해져 왔다.

그리고 렌 일행의 적, 야마타노오로치도 이미 없었다.

그 대신 불타 버린 들판에서 렌을 기다리고 있었던 것은 역사 교육만화 '고대 일본 편' 등에서 자주 보는 청년이었다.

"네놈이 신살자 짐승이구나."

스사노오라고 하는 청년신은 사납게 웃고 있었다.

얼굴 생김새 자체는 반듯했지만, 거칠고 사나운 성격이 또렷하게 드러나 있었다.

"우리 어머니 이자나미에게 부린 행패를 절대 용서하지 않겠다. 반드시 네놈을 갈기갈기 찢어 주마!"

《타케하야스사노오노미코토》의 사나움에 반응하듯이 바람도 거세졌다.

렌은 그가 갖고 있는 살벌한 대검을 보면서 투덜거렸다.

"난데없이 대전 상대가 바뀌다니, 이것 참 당황스럽네."

'주간 연재 배틀만화에선 드물지 않은 전개라고요, 주인님.'

리오나가 염을 보내왔다.

'게다가 생각해 보면 야마타노오로치는 일본 신화에서도 최상급 메이저 괴물이지만, 이자나미와는 혈연도 영연(靈緣)도 없어요. 당연히 호흡이 잘 맞을 리가 없죠. 그래서 아들인 스사노오를 《동맹신》으로 소환하기 위한… 산 제물로 삼았을 거예요.'

"그런 꿍꿍이였군."

'야마타노오로치와 달리, 스사노오와 여신 이자나미 모자 콤비라면… 1 더하기 1은 2가 아니라 5, 10으로 부풀어 오를지도 몰라요.'

"그렇다면 일대일을 두 팀으로 하는 편이 좋겠군. 저 형씨는 내가 맡을게."

렌은 곧바로 결단을 내렸다.

"리오나는 숨은 이자나미 씨를 찾아내서 그쪽을 담당해 줘."

'네, 알겠습니다. 하지만 제 담당까지 쓰러뜨려 주셔도 상관없어요. 로쿠하라 씨는 저의 주인님이자 신살자이시니까요!'

"확실히 일리 있네. 상황 봐서 그렇게 할게."

그렇게 말한 바로 그 찰나, 스사노오가 번개처럼 파고들었다!

"으라아앗!"

"어이쿠."

렌은 옆에서 치고 들어온 검을 백스텝으로 피했다.

여신 네메시스의 민첩한 발이 발동 중이었다. 하늘을 나는 제비조차 쳐서 떨어뜨릴 법한 스사노오의 공격. 하지만 렌에게는 슬로 모션일 뿐이다.

사나운 맹호처럼 돌진한 스사노오는 혀를 찼다.

"촐랑거리는 꼴이 꼭 토끼나 쥐새끼 같구나."

"응, 제대로 봤네. 스사노오 씨도 움직임이 제법 괜찮은데? …이런!"

말하고 있는 사이에 또다시 스사노오가 검을 내리쳤다.

그러나 스사노오의 공격을 가뿐히 피한 렌은 쓴웃음을 지었다.

"에이, 나랑 잠깐 수다 좀 떨어 줄 수 있잖아."

"시끄럽다, 이 애송이야!"

부웅, 부웅, 부웅!

스사노오는 렌을 향해 돌진하며 아마노무라쿠모노츠루기를 세 차례 휘둘렀다.

검을 휘두를 때마다 일어나는 바람만으로도 목이 날아갈 것 같았다. 그 속도는 그야말로 질풍 그 자체. 하지만 네메시스의 빠른 발에 공격이 닿을 리 없었다.

렌은 순식간에 스사노오의 등 뒤로 치고 들어갔다.

곧바로 《인과응보》를 발동시키고자 했다. 그의 모친에게 한 방 먹였듯이.

"복수의 여신은 악행에 신벌을 내리노라! 정의의 심판이…."

"흐아아아압!"

언령을 외우려 하던 찰나, 스사노오의 전신에서 투기(鬪氣)가 방출되었다!

투기는 공기의 흐름이 되어 거센 돌풍을 일으켰다. 그것은 로쿠하라 렌을 멀리 날려 버릴 만큼의 강풍이었다.

"으앗?!"

십여 미터나 날아간 렌은 등을 지면에 박으며 쓰러졌다.

그 충격과 지금 그 돌풍에 강타당한 탓인지 몸 앞뒤로 격통이 스쳤다.

게다가 스사노오는 자세가 무너진 로쿠하라 렌 쪽으로 어느새 사나운 얼굴을 돌린 채 아마노무라쿠모노츠루기를 옆으로 크게 휘둘렀다.

아마노무라쿠모노츠루기의 칼날과 로쿠하라 렌의 육체는 10 미터 이상이나 떨어져 있음에도 불구하고!

스사노오는 영창했다.

"성스러운 검이여, 힘을 드러내거라!"

옆으로 일직선을 그리는 신검 끝에서 백은색 섬광이 터져 나왔다.

실체가 없는 그 광휘는 지상의 모든 것을 찢어발기는 '빛의 칼날'이었다. 그리고 한참 앞에 있는 로쿠하라 렌에게도 충분히 닿을 만한 길이로….

"위험하잖아!"

렌은 순간적으로 바로 위로 뛰어 몸을 피했다.

0.2초 전까지만 해도 서 있었던 공간이 '빛의 칼날'에 쓸려 넘어갔다. 로쿠하라 렌의 몸은 이미 건물로 치면 3, 4층 정도 되는

높이까지 도약한 상태였다. 어떻게든 회피에 성공한 것이다.

하지만 스사노오는 씨익 웃었다.

"이름하여 쿠사나기노츠루기! 내가 나를 위해 사용할 수 있는 검은 아니지만… 지금은 어머니를 위해 빌렸다!"

검의 언령과 함께 머리 위로 높이 쳐든 아마노무라쿠모노츠루기를 내리쳤다.

또다시 '빛의 칼날'이 용솟음쳤다. 이번에는 하늘에서 땅으로 내리쳐지는 장대한 칼날이 되어 하늘로 도약한 로쿠하라 렌을 머리 위에서 덮쳤다!

"마치 건담 같은 데에 나오는 빔 라이플 같군…."

렌은 그렇게 중얼거리면서 공중에서 몸을 비틀었다.

단순한 대도약이 아니었다. 여신 네메시스의 민첩한 발에 의한 '일종의 비상'이었다. 거기에 타고난 운동신경에 의한 자세 제어를 더했다.

그 결과, 날개 달린 천사처럼 공중에서 옆으로 크게 슬라이딩했다!

그리하여 머리 위에서 떨어진 '빛의 칼날'을 멋지게 피해 버렸다.

"호오! 역시 집요하구나, 신살자여!"

"천만의 말씀. 형씨야말로 생각보다 공격이 추잡하네."

아마노무라쿠모노츠루기를 든 스사노오와 지상으로 착지한

렌의 대화.

날개 없는 자가 높이 도약하면 보통은 공중에서 궤도 수정이 불가능하다. 스사노오는 그 점을 파고들 생각이었을 것이다.

다만, 렌도 예상이 빗나갔다.

사나운 풍모만 보고 스사노오를 저돌적인 파이터일 거라 예상했던 것이다.

만약 그렇다면 나비처럼 나는 로쿠하라 렌에게는 쉬운 상대가 됐을 것이다. 가뿐하게 뛰어다니며 마음껏 농락할 수 있다. 그걸 기대했는데.

'로쿠하라 씨. 스사노오는 상대의 뒤통수를 치는 책략가예요.'

리오나의 염이 전해져 왔다.

'그 사람에 관한 일화는 죄다 절도가 없는 것뿐이에요. 야마타노오로치를 퇴치할 땐 술을 잔뜩 먹이고선 취해 자고 있는 걸 습격했을 정도예요. 보기만큼 단순한 적이 아니에요.'

"그래 보여. 예상보다 훨씬 만만치 않을 것 같아."

'그리고 야마타노오로치의 꼬리에서 태어난 신검 아마노무라쿠모노츠루기… 다른 이름은 《쿠사나기노츠루기》.'

"그것도 무슨 사연이 있는 아이템이야?"

'네. 군신 야마토타케루가 초원에 불이 붙어 타죽을 뻔했을 때, 이 신검으로 타고 있는 풀을 전부 베어* 도망칠 길을 만들었죠. 많은 영험을 지닌 검이지만, 무언가를 후려쳐 베어 버리는

게 주특기일 거예요.'

"그렇군."

렌은 충고를 듣는 와중에도 스사노오에게서 눈을 떼지 않았다.

그와의 사이에는 십여 미터나 되는 공간이 있었다. 그러나 이자나미의 아들에게는 검을 휘두를 수 있는 적당한 간격. 언제든지 검을 들고 달려들 수 있다.

스사노오는 사냥꾼의 얼굴로 여유로운 미소를 씨익 지어 보였다.

공격, 즉 치고 나갈 타이밍을 살피고 있는 얼굴이었다. 틀림없다.

"그러고 보니 리오나, 이자나미 쪽은 어때?"

'아직 숨어 있는 곳을 알아내지 못했어요. 샅샅이 찾고 있는 중이에요, 주인님. 스사노오 자식을 때려눕히면서 별 기대는 하지 말고 기다려 주세요!'

예상치 못한 2대 2 대결이 된 일본 신화의 싸움은 아직 초반에 불과했다.

2

※풀을 전부 베어 : 쿠사나기노츠루기(草薙劍)는 '풀을 베어 넘긴 칼'이라는 의미이다.

눈 아래는 불과 얼마 전까지 오사카성 공원이었던 불탄 들판이었다.

그 중심에서 주인님과 스사노오가 교전 중이었다.

한편, 리오나는 거대한 야타가라스의 모습으로 공중을 날고 있었다. 같은 장소를 빙글빙글 선회하면서 지상을 살피고 있는 것이다.

불꽃의 정령이 된 십이신장과 사천왕, 전귀와 후귀도 근처 하늘에서 대기 중.

리오나의 권속들은 공중에서 원을 이룬 채 정지한 상태로 깜깜한 아침 하늘에 더 선명한 만다라의 모양을 그리고 있었다.

"정말이지, 이자나미는 어디로 사라진 건지….."

야타가라스로 변신한 리오나는 그렇게 중얼거리면서 오감과 영감을 더더욱 곤두세웠다.

그 정도의 대여신이 근처에 숨어 있다면 금방 감지할 수 있을 법한데.

그럼에도 불구하고 기척조차 캐치하지 못했다. 리오나뿐만 아니라 열여덟이나 되는 권속들의 초감각까지 총동원했는데.

"설마 아들에게 전부 내던지고 본인은 멀리 달아난 건가?"

「오오! 아무리 적이긴 하나, 어쩜 그런 천박한 생각을! 나 같은 존귀한 여신이 여왕으로서 갖춰야 할 긍지도 버리고, 혼자 살겠다고 도망칠 거라는 생각 따위를 하다니!」

이자나미의 아름다운 목소리가 하늘에 울려 퍼졌다.

어디선가 몰래 듣고 있는 것 같았다. 그것도 반응이 빠른 것을 보아하니 역시 리오나 일행의 바로 근처에….

"여왕님이라고 으스댈 거면 당당하게 모습을 드러내세요!"

「호호호호. 연약한 여자를 향해 무리한 요구를 하는군요. 여왕은 늘 병사와 성새의 보호를 받는 존재랍니다.」

이자나미는 목소리만으로 리오나를 상대하면서 중얼거렸다.

「그건 그렇고… 당신들도 지옥의 향기가 감도는군요. 원래는 나를 섬기는 사자(死者)이면서 이승에 미련을 버리지 못하고 지상으로 나와 떠돌던 패거리의… 어디 보자. 원래 있던 곳으로 돌려보내 드리도록 하죠.」

야타가라스로 분한 리오나를 위해 하늘에서 대기하던 권속들.

그중 전귀와 후귀, 그리고 사천왕의 전신이 난데없이 '화르륵' 타올랐다!

"앗?!"

리오나는 소스라치게 놀랐다.

파르스름한 불꽃이 임시로 고용한 권속들을 태워 버리려 했다. 쇠도끼를 든 빨간 도깨비, 물독을 끌어안은 파란 도깨비, 갑옷의 무사 넷이 불꽃 속에서 몸부림치며 괴로워했다.

<u>오오오오오오오오오오오…! 오오오오오오오오오오오…!</u>

불꽃에 태워지는 자들의 미처 목소리로 나오지 못한 신음이었

다.

틀림없다. 여신 이자나미의 공격. 하지만 왜 그들에게만?

"설마!"

예상이 맞다면 **아래**에 남겨 두고 온 협력자들에게도 영향이 있을 것이다.

리오나는 하늘에서 지상으로 눈을 돌렸다.

오사카성 공원의 서쪽, 정문인 오테몬(大手門) 앞.

그곳은 오사카 부 청사와 오사카 부 경찰청 본부의 바로 앞이기도 했다.

둘 다 흰색을 기조로 한 거대한 건물이다. '로쿠하라 렌의 동료들'은 그 앞에 경트럭을 세워 놓곤 싸움의 동향을 지켜보고 있었다.

"신들이 상대인 싸움에선 도와드리지도 못하고, 너무 안타까워요!"

왕녀 카산드라가 손을 비비면서 하소연했다.

"렌 님과 리오나 님을 위해 뭐든 도움이 되어 드리고 싶긴 한데….”

"무슨 소리야. 이렇게 후방에서 대기하고 있으면 생각지도 못한 상황에서 우리 같은 인간의 힘이 필요해지는 경우도 있어."

달래는 것치고는 너무나도 담담한 말투로 줄리오가 말했다.

"초조해 하지 말고, 낙심하지 말고 상황의 변화에 항상 촉각을 곤두세울 것. 신살자였던 조상님이 있는 우리 브란델리 일족의 가훈이니까, 믿을 가치는 있을 거야."

"어머. 줄리오 님 일족 분들 중에도 렌 님과 같은 분이 계시는 군요?!"

일반 시민은 이미 대피했기 때문에 전혀 보이지 않았다.

그것은 다른 곳도 마찬가지지만, 오사카 부 경찰청 본부 앞이라는 장소의 성격상 제복 차림의 경관들이 이따금 지나갔다. 하지만 모두가 카산드라와 줄리오를 무시했다.

이 '외국인들'이 경찰이나 자위대 소속이 아니라는 사실은 한눈에 보고 알 것이다.

아마 신기원에서 뭔가 통지를 받았을 것이다. 지금은 그들을 상대할 여유가 없기 때문에 마침 다행이었다.

그때, 일본인인 나머지 멤버가 갑자기 허둥대기 시작했다!

"황자님, 그리고 교자 님까지 왜 그러세요?!"

토바 후미카가 아연실색했다.

그녀의 옆에 있었던 망령들 《우마야도 황자》와 《엔노 오즈누》. 아스카와 나라 시대의 황태자와 대수도자, 두 사람이 파르스름하게 타오르기 시작한 것이다.

그러나 역시 두 사람 다 '거물'이었다.

불꽃에 태워지면서도 나이 든 수도자는 입술을 한일자로 꾹 다문 채 고통을 견디고 있었다.

해가 뜨는 나라의 황자 또한 미간을 찌푸리곤 화가 치민다는 듯이 하늘을 노려보았다. 시선의 끝에는 자신과 마찬가지로 공중에서 화염에 휩싸인 사천왕이 있었다.

"쳇. 우리가 사자인 것을 이자나미가 알아챘구나!"

「호호호호. 인간 주제에 총명하군요.」

캄캄한 천공에 여신 이자나미의 목소리가 울려 퍼졌다.

「하지만 망자는 망자답게 내가 다스리는 판도… 요모츠쿠니로 돌아가세요. 저기 저 주제를 모르는 깜찍한 권속들을 데리고!」

"큰일이군. 아무리 우리라도 대여신 요모츠오카미의 명령은 거스를 수 없어!"

엔노 오즈누와 우마야도 황자, 두 망령이 화들짝 놀랐다.

그렇다. 여신 이자나미는 지옥의 여왕. 그들이 인간계에서는 아무리 특출한 영력자라 해도 사령(死靈)인 이상 대여신 요모츠오카미를 거스를 수 없는 것이다.

"나와 교자를 지키라고 전하거라! 그 야타가라스, 아니면 신살자에게!"

"안 돼요! 그럼 늦어요!"

그렇게 외친 우마야도 황자에게 반론한 것은 놀랍게도 후미카였다.

토바 리오나의 동생은 발육이 좋은 가슴 앞에서 깍지를 끼곤 언령을 영창하기 시작했다.

"질풍의 신이시여, 서둘러 주시옵소서. 오키츠카가미(息津鏡), 헤츠카가미(邊津鏡), 야츠카노츠루기(八握劍), 이쿠타마(生玉), 타루타마(足玉), 마카루카에시노타마(死反玉), 치카에시노타마(道反玉), 오로치노히레(蛇の比禮), 하치노히레(蜂の比禮), 쿠사구사노모노노히레(品品物の比禮)… 열 가지 보물을 합쳐 하나, 둘, 셋, 넷, 다섯, 여섯, 일곱, 여덟, 아홉, 열. 흔들어라, 찰랑찰랑 흔들어라…."

"…오오?!"

우마야도 황자는 탄성을 자아냈고, 엔노 오즈누의 늙은 얼굴도 경악에 차 있었다.

파르스름하게 타오르던 두 망령이 빨려 들어갔다. 후미카의, 열다섯 살 나이와는 어울리지 않을 정도로 풍만한 가슴 안으로!

그녀의 안에서 칭찬을 아끼지 않는 우마야도 황자의 목소리가 들려왔다.

「우리를 몸에 거두어들여 산 자의 몸과 마음으로 지켜 주었구나. 훌륭하다. 장하다고 칭찬해 주마, 타마요리히메여!」

"이, 이제 여러분도 괜찮으실 거예요! 아주 잠깐이지만…."

특수한 영매 능력자인 토바 후미카.

언니가 영조《야타가라스》, 동생은《타마요리히메노미코토》.

다시 말해, 신과 영혼의 매체가 되는 무녀. 이 호칭은 때로는

여신, 때로는 신의 피를 이은 왕족의 이름으로도 신화에 자주 등장했다.

그 계보를 이어받은 영력자로서 마침내 진가를 발휘하곤….

후미카는 언니가 있는 상공을 향해 외쳤다.

"어, 얼른 이자나미 님을 어떻게 좀 해 줘, 언니! 부탁이야!"

"리오나 님!"

갑자기 왕녀 카산드라도 소리를 내질렀다.

그리스 신화에서도 제일가는 미녀, 그 미모 속에서 두 눈이 금색으로 반짝이고 있었다. 태양신 아폴론으로부터 받은 영력으로 미래를 본 것이다.

카산드라는 하늘에 있는 야타가라스를 쳐다본 후, 지면을 스윽 가리켰다.

"아무것도 묻지 말고 이쪽으로… 대지로 돌진하세요! 온 힘을 다해 날갯짓하여 그 아름다운 몸이 산산조각 날 정도의 기세로!"

"아니, 이유도 묻지 말고 자살하라고 지시하시는 건가요?!"

하늘을 날던 야타가라스의 안에서 리오나는 불평을 늘어놓았다.

"하지만 어쩔 수 없네요. 그걸 물어보면 기껏 받으신 신탁도 도움이 되지 못하고 그대로 묻혀 버릴 테니까요!"

비극의 예언자 카산드라는 저주의 희생자였다.

그녀가 미래를 예언해도 아무도 믿어 주지 않는다. 태양신 아폴론의 구애를 거부했기에 걸린 저주였다.

하지만 그 예지는 여태껏 늘 옳았다.

그것을 숙지하고 있는 리오나는 온 힘을 다해 금색 날개를 펄럭였다.

대지를 향해 비상했다. 이대로 눈 아래에 펼쳐진 불탄 들판에 격돌하면 거구를 자랑하는 영조라 하더라도 산산조각이 날 정도의 속도와 기세로.

"예언이란 건 맞을 때도 있지만, 틀리는 법도 있는 법… 이 아닌 이상, 할 수밖에 없죠!"

「오오, 영조여, 참으로 용맹하군요!! 그래서야 몸이 부서지고 말 텐… 흐아아아아아아아아아아악!!」

승부사의 감으로 땅에 몸을 날린 찰나….

표적인 **대지 그 자체**가 비명을 질렀다.

몸이 부서질 기세로 급강하한 리오나, 즉 야타가라스. 그 머리, 부리와 격돌한 지면은 푸욱 소리를 내며 꺼졌다.

야타가라스의 거구는 땅속으로 푹푹 삼켜져 갔다.

마치 부드러운 진흙에 다이빙한 것처럼. 분명히 오사카성 천수각을 지탱하고 있는 단단한 대지로 돌격했는데.

"…그런 것이었군요!"

문득 이자나미의 계략을 눈치챈 리오나는 언령을 외웠다.

"신화청명! 이곳에 도사리고 있는 온갖 재앙이여, 불의 힘으로 정화되거라!!"

진흙처럼 부드러운 땅속에서 야타가라스의 온몸에 불꽃이 일어났다.

금색으로 빛나는 거구에서 홍련의 화염을 발하며 진흙인지 그냥 흙인지 분간이 가지 않는 주위의 모든 것을 태워 없앨 준비에 들어간 것이다. 게다가….

"십이신장, 전귀와 후귀, 사천왕! 모든 식신이여, 내 곁으로!"

공중에 대기시켜 놨던 총 열여덟이나 되는 권속들.

그들을 모조리 급강하시켜 대지로 뛰어들게 했다. 주인과 마찬가지로 땅속에 잠긴 《식신》들… 그 전신에서 역시 화염을 내뿜게 했다.

그 붉은 겁화는 도깨비들과 사천왕을 괴롭히던 파란 불꽃을 날려 버리곤….

태웠다. 오사카성이 있던 자리를 땅속에서부터 활활 태웠다. 리오나와 그 권속들은 열아홉 개의 불꽃이 되어 대지 안을 세차게 태웠다!

「흐아아아아아아아아아아아악!」

또다시 대지 그 자체가 이자나미의 목소리로 비명을 질렀다.

「이것이 감히 내 성새에 반격을 가해?! 불의 화생(化生)들이여, 이곳에서 썩 꺼지도록 하거라!」

부드러운 땅속에 흐름이 생기더니, 리오나와 권속들을 '위'로 옮겼다.

흡사 상승기류 같았다. 그것은 그대로 리오나와 권속들을 지상에 '퉤!' 뱉어 냈다. 불타 버린 들판이 된 오사카성의 대기 속으로.

그리고 야타가라스와 그 군단은 보았다.

초목이 싹트듯이 땅속에서 아름다운 여신이 자라나는 모습을.

"참 짜증 나게 구는군요, 야타가라스."

물론 지옥의 여왕 이자나미였다.

우아한 여신의 손에는 긴 '나무 장대'가 들려 있었다. 리오나는 말했다.

"그건 아마노사카호코인가요? 아니면 아마노누호코? 어차피 같은 물건이지만."

리오나는 금색 날개를 펼쳐 또다시 야타가라스로서 하늘을 날았다.

불꽃의 정령인 십이신장이 뒤따라서 하늘로 날아왔다.

한편, 지상에서는 도깨비들과 사천왕이 대여신을 빙 둘러싸서 포위하고 있었다. 지옥의 여왕인 이자나미는 '나무 장대'를 들고 필사적으로 몸을 지키려 했다.

하늘 한가운데에서 야타가라스로 분한 리오나는 말했다.

"그 창으로 또다시 대지를 흐물흐물하게 만들어 몸을 숨길 겁니까? 쓸데없는 저항이니 관두시는 편이 좋아요. 우리에겐 이미 통하지 않으니까요."

"으윽…."

이자나미가 미워 죽겠다는 듯한 눈으로 하늘에 있는 야타가라스를 쳐다보았다.

신화 시대, 일본의 대지는 흐물흐물한 진흙 혹은 기름처럼 바다를 떠돌고 있었다.

이자나기와 이자나미는 그 '끈적끈적한 것'에 부부가 사이좋게 창을 한 자루 꽂아 휘저어 일본의 모양을 갖춰 나갔다고 한다.

이 창이 바로 《아마노사카호코》. 《아마노누호코》라고도 한다.

그것은 나라를 낳은 신구였다. 그리고 그 반대도 마찬가지. 이 창만 있으면 잘 갖춰진 모양을 무너뜨리고, 본래의 '흐물흐물'한 모습으로도 되돌릴 수 있다….

"훌륭한 계획이었어요. 하지만 트릭을 들킨 이상, 이제 통하지 않아요. 인정사정없이 공격을 퍼부어 드리죠."

지금이 승리를 결정지을 승부처. 야타가라스 안에서 리오나는 소리쳤다.

"어두운 하늘에 홀연히 나타나 황궁에 내려앉은 성스러운 금빛 솔개여. 그 솔개가 찬란하고 번개 같은 빛을 뿌리리…!"

북유럽 신역을 달렸던 라그나로크의 마랑, 펜리르.

그 거대한 늑대에게서 보번 후작이 찬탈한 권능과 정면으로 맞서 힘겨루기를 한 야타가라스 최대의 비술이었다.

마침내 리오나는 《금치지대불》을 해방시켰다.

야타가라스와 그를 따르는 불꽃의 정령 열둘이 모두 파랗게 타오르기 시작했다. 그 전신에서 발사되는 도합 열세 줄기의 섬광.

불과 태양의 언령. 금오금치(金烏金鵄)의 정수를 한곳에 모아 포격으로 바꾸었다!

"흐아아아아아아아아아아아아아악!"

열세 줄기의 레이저 포격에 태워진 이자나미가 절규했다.

그리고 전귀와 후귀, 그리고 사천왕. 그들이 손에 들고 있는 무구에서도 《금치지대불》의 섬광이 쏟아지며 지옥의 여왕 요모츠오카미를 정화시키고자 휘황찬란하게 빛났다.

그러나 이렇게 맹공을 퍼부었음에도 불구하고.

"네 이것… 네 이것… 여기서 내가 사라질 줄 아느냐!"

여신 이자나미는 원한에 찬 목소리를 흘리면서도 섬광 속에서 안간힘을 다해 견뎠다.

모을 수 있는 주력을 최대한 모아 자신의 몸을 태우려 하는 빛의 고통을 열심히 참으려 했고, 그 발악은 어느 정도 성과가 있었다.

이자나미는 정화의 열과 빛이 사라질 때까지 견뎌 내고자 버티었다!

"지금이 승리를 결정지을 승부처예요, 주인님! 저에게 힘을 더 주세요. 지옥의 여왕을 없애 버릴 만큼의 힘을 당신의 종에게…!"

말로는 종, 사역마.

하지만 리오나는 실제로는 마치 여왕처럼 파트너에게 호소했다.

3

그리고 리오나로부터 염을 캐치한 렌은,

"그렇게까지 어필하면 나도 보답해 드리지 않을 수가 없군."

씨익 웃었다.

눈앞에는 아마노무라쿠모노츠루기를 휘두르는 스사노오가 있었다. 때로는 선풍처럼 참격으로, 때로는 레이저포 같은 '빛의 칼날'로 로쿠하라 렌을 쓰러뜨리려 했다. 그 공격이 매번 허공을 가르게 만들 수 있었던 것은 여신 네메시스의 민첩한 발 덕분이었다.

일본 신화에서도 최고의 영웅신은 호랑이 같은 투지로 포효했다.

"도망치기만 하다니, 신살자라는 놈은 겁쟁이였군!"

"안심해. 제대로 크게 한 방 먹여 줄 테니까."

찰과상 하나 입지 않은 렌이 호탕하게 말했다.

이미 스사노오의 기세와 신검에서 뿜어내는 빛의 칼날에도 완전히 익숙해졌다. 그렇게 쉽게 당할 리는 없었다.

휘웅, 휘웅, 휘웅, 휘웅!

스사노오는 검을 네 번이나 세게 내찔렀다. 그 모습은 말하자면 일기가성(一氣呵成).

게다가 마지막 참격은 '빛의 칼날'을 옆에서부터 번쩍 휘둘렀다. 하지만 그 모든 것을 렌은 훌훌 나는 나비처럼 피했다. 아직 괜찮았다. **지금은 아직**.

실은 약간의 우려를 품고 있었다.

이런 난폭한 자는 금방 궤도에 올라 기합이 들어갈수록 기세도 높아진다.

조만간 로쿠하라 렌과 네메시스의 '신속'도 더는 통하지 않을지도 모른다. 그 전에 혼신의 카운터를 먹여야 했다.

그러나… 렌은 단호하게 말했다.

"리오나. 내 힘, 마음대로 써. 난 신경 쓰지 않아도 돼!"

'렌! 이 상황에선 네 몸 먼저 챙겨!'

렌의 안에 숨어 있는 스텔라, 여신 아프로디테가 소리쳤다.

'오히려 힘을 빼앗기지 않도록 한동안 새 아가씨와의 연결을 끊어야 해! 먼저 쓰러뜨려야 하는 건 이 녀석, 스사노오인지 뭔지 하는 깡패 놈이야!'

일심동체인 그녀는 분명히 렌의 우려를 간파했을 것이다.

그러나 굳이 이 상황에서 큰 도박에 나서기로 결심한 렌은 씨익 웃고는 조언을 무시했다. 그 직후, '신살자' 로쿠하라 렌의 심신에 깃든 마력이… 조용히 빠져나갔다.

"역시 리오나는 사양이란 걸 모르네!"

'고맙습니다, 주인님!'

총량을 100으로 치자면 80 정도를 단번에 빼앗겨….

강인한 신살자 짐승은 다리가 꼬였다. 몸도 휘청거렸다. 그런 렌을 향해 스사노오가 살벌한 얼굴로 아마노무라쿠모노츠루기를 비스듬히 내리쳤다.

"잡았다, 짐승아!"

슈욱! 신검의 칼날이 렌이 있었던 공간을 갈랐다.

로쿠하라 렌의 갈색 머리카락 한 올이 공중을 떠다녔다.

하지만 머리카락의 주인은 필사적인 발놀림으로 고작 50센티미터 후퇴해 종이 한 장 차이로 아마노무라쿠모노츠루기를 피했다.

"오. 지금 그건 제법 괜찮았어. 방금 내가 피한 거 봤어? 참 멋졌단 말이지."

"네 이놈, 실없는 소리 하지 마라!"

"실없는 소리라니. 멋있게 싸울 수 있다는 게 얼마나 중요한데. 그만큼 '올바른 동작'으로 싸우고 있다는 뜻이니까."

혹, 혹, 혹!

3연격. 스사노오가 휘두르는 아마노무라쿠모노츠루기가 바람을 세차게 갈랐다.

렌은 그 3연격도 최소한, 센티미터 단위의 몸놀림으로 피했다.

종이 한 장 차이로 피하기를 세 번. 머리카락 세 가닥이 공중에서 춤췄다. 아직 다리와 몸이 휘청거려서 크게 움직이고 싶지 않았기에 딱 좋았다.

"쳇. 정말이지, 끝까지 촐랑거리는군!"

렌은 몸 깊숙한 곳… 배꼽 바로 아래로 의식을 집중해 마력을 재생산하기 시작했다. 이 부위는 마술이나 기공의 세계에선 '차크라', '제하단전'이라고 부르는 것 같았다.

리오나에게 준 만큼의 마력을 보전하기 위해서였다.

"우리 여왕님은 지금쯤 어떻게 됐을까!"

그러나 한편에서는.

"신살자여. 네놈들, 설마?!"

짐승 같은 감으로 뭔가를 헤아린 듯 스사노오가 화들짝 놀라 말했다.

그리하여 '주인님'으로부터 주력을 듬뿍 넘겨받은 리오나는….

《금치지대불》의 위력을 역대 최강 수준으로 높였다.

"어두운 하늘에 홀연히 나타나 황궁에 내려앉은 성스러운 금빛 솔개여. 그 솔개가 찬란하고 번개 같은 빛을 뿌리리…!"

다시 한번 언령도 영창했다.

야타가라스의 전신이 백금색 섬광을 쏘았다.

불꽃 정령인 십이신장, 전귀와 후기, 사천왕도 같은 빛을 쏘았
다. 그들이 쏜 섬광은 모두 지상의 이자나미에게 퍼부어지고 있
었다.

"오… 오오오… 오오…."

명계의 대여신을 괴롭히는 태양과 흡사한 빛, 그리고 엄청난
고열.

그 스포트라이트를 받은 모신 이자나미는 쓰러져 엎드렸지만,
그래도 안간힘을 다해 빛 속에서 기어 나오려고 했다.

하지만 리오나와 그 권속들은 힘을 늦추지 않았다.

"큰마음 먹고 도박에 나서기로 결심해 준 로쿠하라 씨를 위해
서도, 여기서 반드시 해치울게요……!"

여기서 이자나미가 끝까지 버티면 지금 받은 주력을 몽땅 낭
비하는 꼴이 된다.

그러나 반대로. 이자나미를 이 공격으로 없앤다면… 자신들은
신살자 로쿠하라 렌의 종이자, 이른바 '검'이다.

그런 자신들이 이자나미를 쓰러뜨리면 모든 공적은 주인님에
게 돌아간다. 다시 말해.

리오나에게는 확신이 있었다.

"신을 죽이고, 그 권능을 찬탈하는 것이 바로 신살자⋯ 주인님의 권능이 하나 더 늘어날 테니까요!"

저지른 리스크 이상으로 돌아오는 메리트가 반드시 더 클 것이다⋯!

그리고 리오나는 도박에 이기고 있었다.

"우리의 승리예요! 각오하세요, 지옥의 여왕, 요모츠오카미!"

「그렇게 두진 않겠다!」

하늘에 스사노오의 노호가 울려 퍼졌다.

「겹겹이 구름 이는 이즈모 땅에 겹겹이 울타리를 치리. 아내를 숨길 울타리를 치리. 겹겹이 둘러칠 울타리를*. 어머니는 반드시 제가 지켜 드리겠습니다!」

"오오, 용감한 나의 아들이여. 이 어미를 구해 주러 왔구나!"

땅에 엎드린 채 있었던 이자나미가 두 팔을 열심히 뻗어 하늘을 우러러보았다.

빛에 태워지는 몸으로. 이제 몇 초만 있으면 대여신을 흔적도 없이 태워 버릴 수 있다. 리오나와 권속들은 그 정도까지 몰아넣은 참이었다. 그러나.

"이럴 수가⋯?!"

야타가라스 안에서 리오나는 너무 놀란 나머지 말을 잃었다.

※스사노오가 지었다는 시로 일본 최초의 와카(和歌)로 알려져 있다.

순식간에 이자나미의 아름다운 모습이 자취를 감춘 것이다.

…이 찰나. 지옥의 여왕은 검은 그림자가 되어 소리도 없이 하늘로 날아갔다. 오사카성 공원 끝에서 중심까지.

이자나미의 그림자는 날아가면서 모습을 바꾸어 한 개의 '빗'이 되었다.

나무를 깎아 손수 만든 반원형의 빗…. 날아오는 이 빗을 불탄 들판 중심에서 여신의 아들 스사노오가 움켜잡았다.

로쿠하라 렌을 쓰러뜨리려 하는 와중에도 모친을 위해 신력을 발휘한 것이다.

모친 그 자체인 빗을 스사노오는 자신의 머리에 꽂았다.

"어머니. 이렇게 하면 언제든 어머니를 지켜 드릴 수 있습니다."

놀라 말을 잃은 로쿠하라 렌의 앞에서 스사노오는 속삭였다.

그리고….

백 리 앞을 내다보는 영조의 시력으로 리오나는 그것을 지켜보았다.

"맞다, 그랬지…. 소중한 누군가를 빗으로 바꿔 몸에 지님으로써 수호한다. 그것도 스사노오의 권능! 야마타노오로치와의 싸움에서도 쿠시나다히메를 빗으로 변신시켰듯이…!"

여덟 개의 머리와 여덟 개의 꼬리를 가진 괴물은 아름다운 여신을 산 제물로 요구했다.

그 여신의 이름이 바로 《쿠시나다히메》. 스사노오는 후에 아내가 되는 그녀를 빗으로 바꿔 머리에 꽂고 이무기를 퇴치했다.

"자, 신살자 짐승들. 나의 신검을 너희들의 피로 물들여 주겠다. 각오해라!"

스사노오는 눈앞에 있는 적, 로쿠하라를 노려보며 큰소리쳤다.

모친에게 해를 끼친 신살자를 향해 아마노무라쿠모노츠루기의 끝을 쑥 들이밀면서. 게다가 겨우 해후한 모친을 향한 사모의 정과 반드시 모친을 지키겠다는 결의 때문인지.

신검에 새로운 변화가 생겨났다.

도신 1미터는 될 법한 아마노무라쿠모노츠루기의 칼날이 칠흑으로 물들었다.

보기만 해도 불길한 징조가 느껴질 정도로 몹시 꺼림칙한 색이었다.

거기에 검은 칼날은 홍련의 불꽃까지 걸치고 있었다. 그 불꽃은 흔들흔들, 뱀이 그 대가리를 쳐들듯이 움직였다. 아마노무라쿠모노츠루기가 두른 불꽃의 뱀은 여덟 개나 되었다.

그것은 흡사 여덟 가닥으로 갈라진 하천, 여덟 개의 머리를 가진 이무기와도 비슷했다.

"이무기 위엔 항상 구름이 있고, 비가 있거니. 그 흐름이 모여 강이 되고, 민초는 체에 걸러 철을 얻을지로다…!"

스사노오가 까만 아마노무라쿠모노츠루기를 손에 들고 철의 언령을 읊었다.

　…칠흑의 바람이 불기 시작했다. 모래와 비슷한 그것은 공중에서 두 날개를 펼친 야타가라스의 전신에 **빽빽**하게 들러붙었다.

　"이것은 야마타노오로치가 사용했던… 사철(砂鐵)의 바람!"

　날개와 비행이 막혀 버린 야타가라스는 휘청거리며 추락했다.

　어제, 여덟 개의 머리와 여덟 개의 꼬리가 달린 괴물 뱀에게 당했을 때와 똑같았다. 검은 사철이 영조 야타가라스의 빛나는 거구에 들러붙더니 몸을 무겁게 만들어 자유를 빼앗은 것이다!

　콰앙!

　야타가라스의 거구는 소리를 내며 지상에 불시착했다.

　촤아아악! 불타 버린 들판에 세차게 미끄러진 야타가라스가 겨우 동작을 멈추었다. 비행기로 치면 동체 착륙과도 같았다. 더구나 '변신'까지 풀렸다.

　"크윽…!"

　황금색 영조에서 여고생의 모습으로 돌아온 리오나는 그 자리에 쓰러져 있었다.

　몸 여기저기가 아픈 것만이 아니다. 블레이저와 전신에 사철이 **빽빽**하게 달라붙어 있었다. 그 무게에 짓눌려 몸을 움직이기가 쉽지 않았다. 게다가.

　"이 사철, 내 주술을 봉인하고 있는 건가…?"

몸이 가벼운 제비의 모습으로 변신하려고 했다. 하지만 변신할 수 없었다.

아마도 주법(呪法)을 봉인하는 영험. 이것이 야타가라스가 된 리오나의 변신을 풀어 버린 것이다.

"식신들은…?"

불꽃의 정령이 된 십이신장이 어느샌가 사라져 있었다.

망령들에게서 빌린 전귀와 후귀, 사천왕들까지도. 뭐, 역시나 신살자의 권능까지는 미처 억누르지 못했는지 《날개의 계약》은 건재했지만….

"로쿠하라 씨?!"

그 계약이 알려 주었다.

여기서 1킬로미터나 떨어진 곳에 있는 '주인님'의 위기를.

웬만한 수라장은 쿨하게 넘겨 온 약혼자. 그는 지금 틀림없이 몹시 절박한 표정을 짓고 있을 것이다.

4

스사노오가 들고 있는 아마노무라쿠모노츠루기가 야마타노오로치와 비슷한 화염에 휩싸여 있었다.

그리고 이 화염이 부른 듯한 검은 사철의 바람. 이 바람을 맞은 건 야타가라스, 다시 말해 토바 리오나뿐만이 아니다.

렌은 낮은 목소리로 중얼거렸다.

"이거 좀 난처한 상황이 된 것, 같은데?"

스사노오와 대치 중인 렌도 검은 바람을 맞고 타격을 입었다.

빠른 발이 재산이자 생명선인 로쿠하라 렌의 온몸에 검은 모래가 들러붙어선, 그의 자랑인 발과 움직임이 묶여 버린 것이다.

몸을 움직이려고 해도… 삐걱, 삐걱.

관절 언저리가 삐걱거릴 뿐. 거의 움직이지 않았다. 거푸집에 박힌 기분이었다.

게다가.

불탄 들판에 세차게 이는 검은 주박, 사철이 섞인 바람은 전혀 멈출 기미조차 없었다. 서쪽 방향에서 또다시 바람이 쌩쌩 불어 왔다!

"어떻게든 탈출해야 해…."

사철의 주박을 풀기 위해 렌은 마력을 최대한 높였다.

하지만 무용지물이었다. 방금 막 주종관계에 있는 야타가라스에게 힘의 대부분을 넘긴 상태. 렌의 자유를 막는 검은 사철에는 아무런 변화도 생기지 않았다.

"큭큭큭큭. 쓸데없는 짓이다, 신살자…."

스사노오가 심술궂게 웃었다.

"약삭빠른 들쥐가 겨우 움직임을 멈추었구나."

"이런 비장의 무기를 감추고 있었다니, 깜짝 놀랐잖아. 하지만."

단순하고 난폭한 자로 보이지만, 책략가이기도 하다….

스사노오를 그렇게 평가했던 리오나의 말을 떠올리면서 렌은 물었다. 조금이라도 시간을 벌어 그동안 마력을 늘릴 속셈이었다.

"이건 야마타노오로치가 썼던 힘이지? 왜 스사노오 씨가 쓸 줄 아는 거야?"

"흥."

여신 이자나미의 아들은 코웃음을 칠 뿐이었지만.

'아마노무라쿠모노츠루기의 영험이에요, 로쿠하라 씨!'

리오나의 염이 정답을 전해 왔다.

'스사노오는 야마타노오로치를 쓰러뜨리고 신검을 손에 넣은 후, 이즈모노쿠니의 왕이 돼요. 이즈모는 사철의 산지이자, 제철이 번성한 땅이었어요. 당연히 철로 된 무기를 빵빵하게 갖춘 군사력을 가진 강국이었죠.'

"철? 혹시 이 사철의 바람은…."

'네. 철의 상징인 이무기를 쓰러뜨리고 검을 얻었죠. 요컨대, 스사노오가 철과 군사력을 우격다짐으로 빼앗은 것의 은유라고도 해석이 가능해요. 그래서 아마노무라쿠모노츠루기를 통해 야마타노오로치의 힘을 재현할 수 있는 거죠!'

"우와. 저 검에 그런 사연이 있었구나."

'저도 되도록 빨리 주박을 풀고 얼른 도와드리러 갈게요! 그러

니까 로쿠하라 씨, 그때까지 무슨 일이 있어도 꼭 살아남아 주세요….'

"응. 약혼자의 얼굴도 못 보고 죽을 수는 없으니까…."

렌은 지금 자신의 얼굴이 진지하다는 자각이 있었다.

적어도 말만이라도 가볍게 하면서 오른손 인지와 중지를 나란히 모았다.

이 두 손가락을 얼굴 앞에서 위를 향해 세웠다. 인과응보를 해방시키는 '트리거'다. 이제 지금 남아 있는 마력을 총동원해….

"미래에 일어나는 일은 과거에 원인이 있는 법. 운명이여, 인과의 관계를 구현하여라…."

렌의 등 뒤에 순백의 날개를 가진 여신이 나타났다.

붉은 옷을 입은 그녀의 이름은 네메시스. 아이스블루의 머리카락을 나부끼며 절세의 미모를 검은 가면으로 가리고 있었다.

예전에 렌이 죽인 여신의… 환영이었다.

그 섬섬옥수가 들고 있는 검은 아마노무라쿠모노츠루기. 스사노오의 패검이었다.

"네놈, 우리 아마츠카미의 신검을 흉내 내었느냐!"

"열심히 발버둥 좀 쳐 보려고."

렌은 미간을 찌푸리는 스사노오의 앞에서 강한 척해 보였다.

…예전에 여신 아테나가 말했다. '넌 발을 구사하는 준족의 전사. 방패에 숨어 발걸음을 멈춘 로쿠하라 렌 따윈 아무런 값어치

도 없지'라고. 사실이었다.

지금 그의 자랑인 발을 쓸 수 없는 이상, '공격은 최대의 방어'로 갈 수밖에 없다.

인과응보의 비축분을 최대한 끊임없이 방출하면서 스사노오가 휘두르는 검을 피하고, 튕겨 내면서 버티는 것이다.

불행 중 다행인 것은 스사노오의 맹공을 잔뜩 받은 덕분에 비축분도 보충 완료.

그러나, 그때였다.

「들어라, 아들아.」

스사노오의 머리에 꽂힌 빗이 말했다. 이자나미의 목소리였다.

「저 신살자에게는 자신에게 향한 검과 뇌화를 다스려 한꺼번에 해방하는 힘이 있는 것 같구나. 어제 이 어미도 낭패를 보았단다. 지금도 아마 그것을 이용할 속셈일 것이다….」

"오오, 어머니. 알려 주셔서 감사합니다!"

기억 속의 모친에게 조언을 받은 사나운 효자 아들은 얼굴을 빛냈다.

"좋아. 그걸 알고 있으니 얼마든지 손을 쓸 수 있다."

씨익 웃은 스사노오는 타오르는 아마노무라쿠모노츠루기를 대지에 꽂았다.

그리고 그 대신, 참으로 흉흉한 언령을 읊기 시작했다.

"나, 스사노오노미코토, 일찍이 천하를 평정하고자 전쟁을 일으켜 날파리와 같은 천 명의 악신을 이끌었다. 야마토노쿠니에 천 자루의 검을 세워 방패로 삼겠노라…."

"뭐…?!"

렌은 한순간 자신의 눈을 의심했다.

검에서 손을 뗀 타케하야스사노오노미코토. 그러나 지금, 그와 로쿠하라 렌의 머리 위에 한 자루, 또 한 자루, 새로운 검이 나타났다.

구름으로 뒤덮인 캄캄한 하늘을 어마어마한 숫자의 도검이 가득 메워 갔다.

대부분이 똑바로 뻗은 칼날을 가진 직도였다. 하지만 아마노무라쿠모노츠루기와 마찬가지로 도신이 완만하게 굽은 만도(彎刀)도 섞여 있었다. 장대검도 있는가 하면 단도도 있었다.

전부 공중에 뜬 상태로 칼끝을 지상에 있는 로쿠하라 렌에게 향하고 있었다.

그 도검의 총수는 족히 천 자루 이상은 되어 보였다. 아무튼 검, 검, 검, 검, 검의 집합체였다.

"비축분을 모으면 네메시스 씨의 인과응보도 지독한 양이지만."

렌은 침을 꿀꺽 삼켰다.

"이 녀석은 더 굉장할 것 같군…."

"큭큭큭큭. 들어라, 신살자여. 난 일찍이 나의 누이 아마테라스오미카미에게 반기를 들고 모반을 일으켰다. 천 자루의 검을 대지에 꽂아… 성새 대신 말이지."

"성 대신?!"

"그래."

"그래서 이렇게 검을 숨겨 놨었구나…."

이래서야 비축분을 전부 해방한들 도저히 당해 낼 수 없다.

게다가 로쿠하라 렌은 현재 마력이 부족하다. 그걸로 어디까지 《인과응보》가 가능할 것인지. 승패는 이미 정해져 있었다.

놀라고 있으려니 리오나의 분한 듯한 염도 전해져 왔다.

'고사기나 일본서기*에는 기록되지 않은 일본 신화 에피소드예요. 스사노오노미코토의 반역에 분개한 아마테라스오미카미가 아마노이와토라는 동굴에 들어갔다고 하는… 이문(異聞)이죠. 하필이면 그런 마이너한 이야기를 비장의 카드로 꺼내다니!'

"그래서 리오나. 넌 도와주러 올 수 있을 것 같아?"

'안타깝게도 아직 힘들 것 같아요….'

"역시나."

웃을 수밖에 없다는 심경에 사로잡혀 렌은 쓴웃음을 짓고 말았다.

한편, 스사노오는 두 주먹을 가슴 앞에 맞붙이곤 힘과 기합을

※일본서기 : 일본 최초의 역사서로, 일본의 건국 신화 등을 담고 있다.

끌어올렸다. 전신의 근육이 울퉁불퉁 솟았다. 그리고 투지와 야성을 한껏 드러내며 소리쳤다.

"들어라, 천 자루의 검이여! 날파리와 같은 악신들이여! 지금 내 호령에 맞춰 힘껏 몸통을 기울이도록 하거라!"

머리 위에 떠 있는 '천 자루의 검'에게 알렸다.

스사노오의 우락부락한 전신에 마력이 용솟음쳤다. 칼끝이 로쿠하라 렌에게 향해 있는 천 자루의 검들이 덜덜 떨리기 시작했다.

하지만… 아직 움직이지 않았다. 날아오지 않았다.

천 자루나 되는 도검을 한꺼번에 다루는 것은 역시 큰일일 것이다.

그 어려운 일을 이루어 내기 위해 스사노오는 마력을 있는 대로 쥐어짜고 있었다. 그리고 지금의 렌에게 그것을 방해할 만한 수단은… 없다!

"렌, 그러니까 말했잖아!"

렌의 왼쪽 어깨에 난데없이 스텔라의 작은 모습이 나타났다.

"새 아가씨와의 연결을 끊으라니까!"

"이제 와서 또 그런 얘기를 하는 거야? 그땐 그게 최선의 선택이었어. 운 나쁘게 스사노오 씨 모자가 형세를 뒤집었을 뿐이야."

검은 사철의 바람이 여전히 세차게 불어왔다.

몸의 자유는 아직 되찾지 못했다. 스텔라의 하얀 의상도 사철로 조금씩 더럽혀졌다. 절체절명의 궁지에 몰린 렌은 진지하게 말했다.

"이 실패는 깨끗이 잊고, 다음에는 잘 해 볼게. 줄리오도 말했잖아. 목구멍만 넘어가면 뜨거움을 잊는 게 내 장점이라는 듯이."

"그건 절대 그런 의미가 아니었어!"

"그것에 대해선 기회가 생기면 나중에 찬찬히 얘기를 나눠 보자. 그보다 스텔라, 너 혼자만이라도 여기서 얼른 도망쳐."

"바보야! 너와 난 일심동체, 일련탁생(一蓮托生)이라고!"

인형과 거의 똑같은 사이즈지만, 일찍이 미와 사랑을 관장했던 소녀신.

스텔라는 지금 진지하고 정열에 넘치는 눈동자로 렌의 옆얼굴을 빤히 쳐다보고 있었다.

"혼자 도망쳐 봤자 무슨 의미가 있겠어. 그런 짓을 할 바에는… 있잖아, 용맹한 **당신**에게 부탁이 하나 있어!"

스텔라는 렌의 왼쪽 어깨에 앉은 채, 놀랍게도 스사노오에게 말을 걸었다.

그녀의 허리에 감긴 《띠》가 장밋빛으로 빛나고 있었다. 친한 친구, 혹은 정인에게 무언가를 요구하는 권능, 《친구의 고리》였다.

"그 손에 들고 있는 검을 부디 나에게 빌려주지 않겠어?"

"하핫!"

스사노오의 대답은 물론 실소였다.

"어리석구나, 계집. 적인 나에게 그런 부탁을 하다니. 거기 신살자와 함께 자신의 어리석음을 후회하거라! 천 자루의 검으로 벌집이 되면서 말이다!"

"으으으. 역시 안 통하네…."

주눅이 든 스텔라가 어깨를 축 늘어뜨리며 시선을 떨군 순간이었다.

드디어 공중에 가득 찬 검들이 움직이기 시작했다. 지상의 로쿠하라 렌과 소녀신을 향해 번개처럼 쏟아졌다.

휘익, 휘익, 휘익, 휘익!

휘익, 휘익, 휘익, 휘익, 휘익, 휘익!

바람을 가르는 소리와 함께 검이 잇따라 날아왔다. 검, 날붙이, 금인, 도검, 도자, 장도, 대도, 직도, 만도, 단도….

"네메시스 씨, 부탁할게!"

렌은 최대한 높인 마력을 해방했다.

등 뒤에 나타난 여신 네메시스… 의 환영이 세 명으로 늘어났다.

그 모두가 아마노무라쿠모노츠루기와 스사노오의 참격을 카피해 쏟아지는 검들을 눈에 보이지 않는 속도로 쳐 내고, 베어 버리고, 튕겨 내어 렌과 스텔라를 지켜 주었다!

하지만 하늘은 천 자루나 되는 도검으로 가득 차 있다.

검의 수가 줄어드는 것처럼 보이지는 않았다.

휘웅, 휘웅, 휘웅, 휘웅, 휘웅…!

도검 천 자루의 비가 그야말로 소나기가 되어 잇따라 떨어졌다.

이것을 막아 줄 홍의유익(紅衣有翼)의 여신은 단지 셋. 아무리 신속을 발동해 봤자 모든 도검을 막을 수는 없었다.

"렌…! 이렇게 됐으니 마지막으로 너에게 꼭 해야 할 말이 있어…."

"잠깐, 스텔라."

일심동체인 파트너가 촉촉해진 눈으로 속삭이자, 렌은 화들짝 놀라고는 곧바로 씨익 미소를 지었다.

스텔라의 띠는 아직 장밋빛으로 빛나고 있었다. 그것이 어떠한 아이디어를 떠올리게 해 주었다…!

"이 승부, 우리의 승리야. 역시 아까 모험을 하길 잘 했어."

"응?"

"스사노오의 검이 아니야. 얼른 다른 걸 빌려. 리오나, 부탁해…!"

렌과 그녀들은 일심동체. 그것으로 충분했다.

왼쪽 어깨 위에서 스텔라가 늠름하게 고개를 끄덕였다. 떨어진 곳에서 꼼짝도 하지 못하고 고통스러워하던 토바 리오나도 염을 보내왔다.

'네, 알겠어요. 언제든지 가능해요!'

"새 아가씨, 너의 종을 나와 렌에게 빌려줘!"

"식신 하나는 나의 곁으로…!"

하늘 높은 곳에서 금색 솔개가 날아왔다.

식신 《십이신장》을 조종하는 주력을 일시적으로 렌은 자신의 것으로 만들었다. 그리고 십이신장 중 하나를 금색 솔개로 바꿔 스사노오의 머리를 아슬아슬하게 통과하게 했다….

"뭐냐?!"

스사노오는 천 자루의 검을 움직이는 데에 온 정력을 기울이고 있었다.

그래서 지키지 못했다. 미즈라 모양으로 정리한 검은 머리에 꽂은 '빗'… 나무 빗으로 변신시킨 모친 이자나미를. 금색 솔개의 부리에 잽싸게 빼앗기고 말았다.

「오오, 스사노오여. 나를… 이 어미를 되찾아 주렴!」

"어머니?!"

이자나미의 빗을 문 금색 솔개는 렌의 곁으로 날아왔다.

천 자루의 검은 아직 로쿠하라 렌을 죽이기 위해 호우처럼 쏟아지고 있었다. 당연히 그 검 중 하나가 솔개의 몸을, 다른 검이 이자나미의 빗을 관통했다.

"오오오오오오오?!"

산산조각이 난 빗, 모친을 보며 스사노오가 포효했다.

그 탄식과 절망 때문인지, 공중에서 대기 중이던 천 자루의 검이 그대로 멈추더니 꼼짝도 하지 않았다. 이미 렌을 향해 움직이기 시작했던 검들도 우뚝 정지했다.

비처럼 쏟아지던 검의 호우가 마침내 그쳤다.

그 기회를 노려 렌은 보복의 언령을 읊었다.

"우리 목숨의 대가를 원하는 자. 정의의 심판이 있기를!"

여신 네메시스의 환영 셋이 아마노무라쿠모노츠루기를 동시에 휘둘렀다.

일본의 신검이 쏜 것은 '빛의 칼날'. 날쌘 렌을 궁지에 몰아넣기 위해 스사노오가 휘둘렀던 것이었다.

5

여신 네메시스의 권능에 의한 인과응보의 참격.

그 세 줄기의 섬광이 포개진 빛의 격류가 되어 거칠게 날뛰는 스사노오를 삼켜 갔다. 고대 일본의 영웅신은 휘익 날아가 대지에 등을 '콰앙!' 부딪치며 쓰러졌다.

검은 사철의 바람도 겨우 멈추었다.

하늘에 가득했던 천 자루의 검도 홀연히 자취를 감추었다.

"스텔라."

"응. 마지막 마무리, 똑바로 잘 해."

이름을 부르자, 왼쪽 어깨에 있던 소녀신은 격려를 남기고 사라졌다.

이렇게 형세는 대역전. 로쿠하라 렌은 멋지게 우위를 손에 넣었지만.

"역시 신…. 이걸로 져 줄 상대가 아니군."

렌의 시선 끝에서 스사노오가 몸을 일으키려 하고 있었다.

빛의 격류로 온몸이 불타 재기불능 상태가 되었다. 일어서려 하는 움직임도 느릿느릿하고 힘이 없었다.

다만, 그럼에도 스사노오의 두 눈에는 힘이 깃들어 있었다.

"네놈, 신살자… 잘도 어머니를…!"

"변명은 하지 않을게. 내가 직접 처리한 건 아니지만, 그렇게 되도록 유도한 건 틀림없으니까. 어머니의 원수를 갚을 거면 얼른 일어나."

"말할 것도 없다!"

우락부락한 얼굴에 성난 기색이 가득한 스사노오가 마침내 일어났다.

그러더니 대지에 꽂혀 있던 아마노무라쿠모노츠루기를 또다시 잡고는, 난폭하게 뽑아냈다. 그리고 신검의 날끝을 렌에게 들이밀었다.

그에 반해 렌은 몸을 가볍게 흔들었다. 후드득후드득, 사철이 떨어졌다.

야마타노오로치의 신력이 붙게 한 사철의 바람, 그 주박은 깨끗이 사라져 있었다. 렌은 평소의 빠른 발과 신속을 마침내 되찾았다.

고갈된 마력도 서서히 재충전되고 있었다.

이제 적의 힘과 기세를 이용할 뿐. 지금 로쿠하라 렌의 도발에 넘어온 스사노오는 분노를 이기지 못해 덤벼들기 직전이었다.

그가 맹호처럼 달려든 순간, 인과의 카운터를 먹인다…!

쓰러지는 도중에 결정타를 가하지 않은 이유는 동정 때문이 아니었다. 여신 네메시스의 권능은 상대가 먼저 덤벼들게 함으로써 진가를 발휘하기 때문이다.

렌은 탁탁, 가볍게 스텝을 밟으면서 영격 태세를 갖추었다.

"내 어머니의 무념(無念)을 뼈저리게 느끼게 해 주마, 신살자 아아아!"

"안타깝지만, 그건 무리야."

스사노오가 태풍의 기세로 달려들었다.

하지만 렌의 눈에는 슬로 모션일 뿐이었다.

이 카운터는 반드시 들어간다. 그렇게 확신했을 때는 이미 몸이 멋대로 움직이고 있었다. 오른쪽으로 뛰어 스사노오의 돌진과 검을 피하면서 중지와 인지를 붙인 후, 옛 영웅신에게 걸맞은 인과의 역공을 힘껏 때려박…기 직전.

슈웅! 빛의 화살이 날아왔다.

스사노오의 목을 뒤에서 멋지게 꿰뚫었다.

무릎을 털썩 꿇은 여신 이자나미의 아들은 그대로 앞으로 고꾸라졌다. 땅에 엎어졌을 때는 이미 온몸이 모래로 변해 바슬바슬 바람에 날리며 무너졌다.

용맹한 스사노오노미코토는 죽었다. 등 뒤에서 활을 맞고….

그리고 두 번째 활이 날아왔다.

표적은 렌이었다. 물론 네메시스의 빠른 발을 발동시켜 피하는 것과 동시에 뛰기 시작했다. 약 4킬로미터의 거리를 1초도 걸리지 않아 완주했다.

그가 향한 곳은 오사카, 우메다 일대였다.

새로 지은 건물과 옛날부터 있는 건물이 한데 뒤섞여 무질서하게 북적이는 대번화가. 평소에는 무수히 많은 사람들로 넘쳐나지만, 오늘은 사람이 한 명도 없었다. 폐허나 마찬가지다.

그 거리에 빛의 화살이 쏟아졌다.

한 발이 아니었다. 천공 높은 곳에서 수십 발의 화살이 내려와 로쿠하라 렌을 노렸다.

화살 아래를 재빨리 빠져나간 후, 렌은 또다시 가속했다. 번쩍이는 번개와 똑같은 신속으로 달리기만 하는 것이 아니라, 수직으로 솟아 있는 어떤 건물의 벽을 단숨에 뛰어올랐다.

렌은 쉽게 옥상까지 올라왔다.

그곳은 이른바 복합상업시설인데….

그 옥상에는 놀랍게도 거대한 '관람차'가 설치되어 있었다.

관람차의 직경은 약 7, 80미터. 화려한 붉은색 페인트가 칠해져 있기 때문에 아무튼 눈에 띄었다. 그런 랜드마크 아래에 빛나는 미청년이 있었다.

렌은 말을 걸었다.

"역시 아폴론 씨였구나."

"오오. 이거이거, 간파당하고 말았군."

"그 빛나는 화살은 벌써 몇 번이나 봤으니까."

고대 그리스의 옷을 입고, 백은의 활을 하프처럼 품에 안은 남자.

곱슬곱슬한 금발 위에 월계관을 쓴 그는 시원한 남자의 매력을 뽐내고 있었다. 씨익 웃음을 띤 입가가 어딘가 짓궂어 보였다.

"후후후후. 장난으로 쏴 봤다. 용서하거라. 어차피 맞지도 않을 거라 생각했지만… 너에게 **참견**을 해 보고 싶었을 뿐이다. 호기심이 발동해서 말이지."

"스사노오 씨를 죽인 것도 장난이야?"

"아니. 그쪽은 어엿한 이유가 있지. 신살자 로쿠하라 렌이 제4의 권능을 찬탈하도록 두는 것은 상책이 아니니까. 그렇게 판단했다."

"왜?"

"어리석은 질문이군. 카산드라 왕녀에게 예지의 자질을 내린

308

자가 바로 나인 것을 모르냐? 최근에 같은 힘이 막연하게 나에게 경종을 울리더군. 내가 대망의 성취를 앞에 뒀을 때, 방해꾼이 나타날 우려가 있다. 그자의 이름은 '로쿠하라 렌'이라고⋯."

"그거, 정말이야?"

렌은 쓴웃음을 짓더니 되물었다.

"아폴론 씨의 착각이 아니라?"

"글쎄. 난 미래의 일부를 읽을 수 있지만, 전부는 읽지 못한다. 끝나고 보면 넌 아주 작은 존재⋯ 였을지도 모르지만, 그 반대의 경우도 있을 수 있거든. 뭐, 정확하지 않다 하더라도 경시할 수만은 없지."

아폴론이 백은의 활시위에 빛의 화살을 걸었다.

빛나는 화살촉은 렌을 향해 있었다. 활시위가 당겨졌다. 그리스 신화의 이름 높은 은궁의 사수, 그 남자답게 아름다운 얼굴에 예리함이 더해졌다.

"장난으로 쏜 화살은 가볍게 받아넘긴다는 건 잘 알았다. 그렇다면 진심으로 화살을 쏘았을 땐 어느 정도의 힘으로 받아칠지⋯. 여기서 확인해 보는 것도 나쁘지 않겠군."

"나로서는 나쁘기만 한 얘기인데."

"용서하거라. 전부 이 아폴론의 사정이다. 너에게 선택할 권리는 없다."

오만한 미소와 함께 아름다운 태양신은 빛의 화살을 쏘았다.

그 화살과 아폴론의 심신에 넘쳐 나는 마력은 무서울 정도로
절대적이었다. 그래서 렌은 크게 뛰어 물러서면서 재빠르게 영
창했다.

　"복수의 여신 네메시스는 목숨을 해하는 악행에 신벌을 내리
노라."

　인과응보의 언령. 여신 네메시스의 성구.

　렌이 멋지게 피한 아폴론의 화살은….

　그대로 포물선을 그리며 날아 수백 미터 앞에서 작렬했다.

　빛과 열과 충격의 폭풍을 흩뿌리면서 거대한 광구(光球)를 하
늘에 발생시켰다. 그 안에서 '공중정원'이 불에 타더니 재와 먼
지로 돌아갔다.

　그 '공중정원'은 두 고층빌딩의 옥상 사이에 회랑을 만들어 정
원으로 쓰는 곳이었다.

　지상 40층 높이에 있는 공중정원이자 전망대.

　그리고 그것을 지탱하는 두 고층빌딩 **위쪽 절반**이 아폴론의
화살로 인한 대폭발로 싹 날아갔다.

　하지만 렌도 똑같이 위협을 가했다.

　"정의의 심판이 있기를!"

　네메시스의 환영을 등 뒤에 둔 상태로 옥상에서 하늘 높이 대
도약.

　우메다의 고층빌딩을 내려다보면서 쑥 내민 오른손. 검지와

중지. 그 끝이 가리키는 곳으로 한 줄기 섬광이 떨어졌다.

권능 《인과응보》로 카피한 빛의 화살이….

빛과 열과 충격이 일어났다. 그것은 거대한 광구가 되어 빨간 대관람차와 복합상업시설 건물을 위에서 반쯤 삼켰다.

오카사와 우메다를 위협하는 두 개의 대폭발.

렌은 그 경연을 그야말로 강 건너 불 보듯 구경하면서 고도 100미터 이상의 공중에서 지상으로 똑바로 떨어졌다.

초고속의 추락. 고층빌딩의 옥상에서 투신한 것이나 마찬가지다.

그러나 렌은 고양잇과 동물이 지녔을 법한 유연함으로 공중제비를 해서 국도 176번 위로 사뿐히 내려섰다. 여신 네메시스의 발에 의한 가벼운 착지였다.

"아폴론 씨는 어떻게 됐어?"

'당연히 저 정도로 어떻게 될 신이 아니지.'

스텔라의 염이 대답해 주었다.

그 말을 뒷받침하듯 하늘에서 청년신의 미성이 들려왔다.

「훌륭하구나, 로쿠하라 렌. 이대로 너와 인간들의 도시를 가루처럼 부숴 나가는 것도 즐거운 여흥이 될 것 같지만… 역시 장난이 지나쳤구나. 오늘은 이쯤에서 이만 실례하마.」

"트로이로 돌아가려고?"

「아니. 잠깐 **고향에 돌아갈** 생각이다.」

렌은 고개를 갸웃거렸다. 태양신 아폴론의 고향은 그리스 신화 세계가 아닌가?

아니, 그러고 보니 예전에도 무슨 말을 들은 것 같은데….

「후후후후. 나는 아프로디테 공주와 마찬가지로 이방에서 그리스 신역으로 온 신. 그리운 나의 고향을 찾아보려고 한다.」

"찾는다고…?"

렌은 아폴론의 표현이 기묘하다는 것을 깨달았다.

하지만 그것에 대해 생각할 시간도 없이 엄청난 말이 이어졌다.

「오, 그래. 아름다운 카산드라… 트로이의 공주는 잠시 내가 맡도록 하마. 언젠가 책임을 지고 왕궁으로 돌려보낼 테니 걱정하지 말거라.」

"뭐?!"

「물론 신변의 안전도 보장하마.」

놀라는 렌의 앞에 새의 깃털이 팔랑팔랑 떨어졌다.

녹색 깃털. 어제도 봤다. 왕녀 카산드라를 미트가르트로 인도한 신구 《헤르메스의 깃털》이 틀림없었다!

그리고 그 깃털을 렌이 두 손으로 받아 든 순간.

여행자의 수호신 헤르메스의 신구는 푹석 문드러지더니 소멸해 갔다….

「다음에 너와 만나는 곳은 내 고향 휘페르보레아일까? 아니면 전혀 다른 신역일까? 잘 있거라, 신살자 짐승이여! 키프로스의 여신도 건강하기를!」

　태양신이 남긴 작별 인사였다.

신역의 캄피오네스

종 장 epilogue

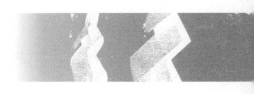

1

여신 이자나미노미코토를 둘러싼 소동이 일단 어찌어찌 수습
된 다음 날.

신기원 본부의 어슴푸레한 한 방에서 이사진 노인들이 밀담을
나누고 있었다.

"신살자 로쿠하라 렌…."

"그런 자가 설마 일본인 중에 탄생했을 줄이야…."

"이런 엄청난 실수를 저지르다니. 그만한 인물이 나타났음에
도 불구하고 눈을 멀뚱멀뚱 뜬 채로 외국, 그것도 유럽의 결사에

빼앗기고 말다니."

"아니, 허나 토바 가의 딸이 로쿠하라 님의 아내가 된다면⋯."

"나쁘진 않겠군요."

"그러게 말입니다. 그 계집을 통해 우리 일본 신기원의 의견이나 요망을 재빨리 제시하는 것도 가능할 테니까요."

"호호호호."

온화한 노인 여성의 웃음소리가 울려 퍼졌다.

건설적이라고는 할 수 없는 밀담에 열중하고 있던 노인들이 황급히 입을 다물었다.

그 자리에 출석한 모든 이사들이 당황하고, 깜짝 놀라 어찌할 바를 몰랐다. 하지만 '신기관 리더'의 지위를 가진 타카츠카사 히나코는 다른 이들과는 달리 홀로 여유로웠다.

"여러분. 말을 조금 조심할 필요가 있지 않을까요?"

히메미코인 히나코 님이 부드럽게 말했다.

"리오나 양은 토바 가의 젊은 수장인 데다, 로쿠하라 렌 님의 약혼자⋯ 이니까요. 그런 그녀를 '계집'이라고 가볍게 말씀하시는 건 조금 조심성이 없어 보이네요."

"⋯⋯⋯⋯."

"⋯하하, 그렇죠."

"말씀하신 대로입니다."

남자 이사들은 홍일점인 히나코 님의 말에 공손하게 대답했

316

다.

여태까지도 그랬지만, 지금은 그 이상으로 '명목상의 총책임자'에 대한 태도가 공손했다. 물론 무례하게 행동해 왔던 건 아니지만… 예전에는 어딘가 그녀를 깔보는 분위기가 저변에 깔려있었다.

하지만 지금은 그런 교만이 싹 사라졌다.

그 사실을 모르는 척하며 히나코 님은 우아하게 말을 건네었다.

"주의하세요, 여러분."

"명심하겠습니다. …그런데 히나코 님."

"전혀 관계없는 질문이긴 하옵니다만, 로쿠하라 렌 님이 실은 히나코 님 일가(一家)시라는 얘기를 들었는데, 그게 사실입니까?"

"후후후후."

히나코 님은 의도적으로 의미심장한 미소를 지었다.

"저와 **렌 씨**의 관계에 대해서는 나중에 찬찬히 말씀드리죠. 오늘은 이만 소동의 사후처리에 대해 진지하게 얘기를 나누도록 할까요, 여러분?"

"예, 그러도록 하죠."

"히나코 님의 말씀이 맞습니다."

"아니, 그건 그렇다 쳐도 그 로쿠하라 님은 처음 얼굴을 뵈었을 때부터 범상치 않은 인물이시라는 걸 남몰래 느끼고 있었습니다. 그분께서 신살자라는 것을 알고, 역시 그랬구나! 하며 절로 무릎을 탁 쳤지 뭡니까."

어떤 이사는 추종의 말까지 술술 내뱉었다.

게다가 '난 처음부터 그를 믿고 있었다!'라는 듯이 태연하게. 오히려 씩씩하다고 칭찬해 주고 싶을 만큼 다들 하루아침에 태도가 180도 변했다. 히나코 님은 그런 이사들을 둘러보곤 고개를 끄덕였다.

어느새 명목상의 총책임자가 아니었다.

이제는 그녀가 바로 일본 신기원의 명실상부한 우두머리이자, '먼 혈연' 로쿠하라 렌을 위해 편의를 도모하는 지원자였다.

그리고 전투를 앞두고 토바 리오나가 예언한 대로….

"관계 관청과 오사카 부 지사, 오사카 시장으로부터 클레임이 들어왔습니다."

"아, 오사카성을 태워 버린 건 말이군."

"바보 같은 놈들. 로쿠하라 님의 영단이 있었기에 오사카성 주위에서 우글거리던 요모츠시코메를 한 번에 해치울 수 있었는데 말이야. 우물쭈물했다간 수만 명의 망자가 분명히 성 밖으로 빠져나가 간사이뿐만 아니라 일본 각지로 흩어졌을 텐데."

"흐음. 말하자면 오사카성은 그런 사태를 저지하기 위한 고귀한 희생."

"좋아. 당장 오사카 부청에 사람을 보내 그 도리와 로쿠하라 님께서 우리를 보살펴 주신 은의에 대해 설명해 줘야겠군."

노인들은 앞다퉈 '로쿠하라 렌'에게 잘 보이기 위해 꼬리를 흔들기 시작했다.

"…그런 식으로, 신기원 이사들은 거의 억지나 다름없이 정부와 오사카 부를 구슬려 넘겼나 봐요."

나라 현 이코마 시, 토바 가의 정원에서.

툇마루에 걸터앉은 리오나가 질문했다.

"오사카성을 폭파하라고 지시했을 때, 거기까지 생각하셨어요? 참고로 저는 그렇게 되는 것도 내다보고 명령하셨다고 생각해서 따랐는데 말이죠."

"아니. 그건 순수하게 그냥 머릿속에 떠올라서 했던 명령이야."

샌들을 신고 정원에 나온 렌은 태연하게 대답했다.

"좀비가 바글바글한 오사카성을 떠올린 순간, 그렇게 하는 편이 좋을 것 같다고 판단했어. 그래서 거의 반사적으로 리오나에게 전했지."

"다시 말해, 척수반사로 최적의 해답에 도달했단 말씀이군요."

이성파인 약혼자는 찬찬히 고개를 끄덕였다.

"계산을 다 하고 지시했다는 말보다 오히려 무서운 대답이네요. 생각하기보다 느끼는 게 절대적으로 '빠르니까' 말이죠. 그 직감, 전투라는 혼돈스럽기 짝이 없는 상황 아래에선 무엇보다 중요한 자질이 될지도 모르겠어요."

"그렇게 대단한 건 아니야."

거의 없는 일이지만, 렌은 언짢은 듯이 말했다.

"그 후에 카산드라가 납치당했고…."

"그건 아폴론의 양동작전이 훌륭했기 때문이에요. 스사노오를 쏴 죽인 화살과 똑같은 화살로 로쿠하라 씨를 견제하고, 저희도 속았어요."

그렇게 위로한 후, 리오나는 무거운 한숨을 쉬었다.

"저도, 줄리오도 로쿠하라 씨를 지원하려고만 했지, 카산드라 왕녀님은 완전히 의식 밖에 있었어요. 눈치챘을 땐 이미 왕녀님은 사라져 있었고…."

"반드시 카산드라를 찾아 구해 내겠어."

짧은 선언이지만, 그것은 렌의 맹세이기도 했다.

다른 누구도 아닌 자기 자신의 마음에 새기기 위한 서약. 옆에서 그 말을 듣고 있던 약혼자는 고개를 끄덕거린 후, 기도하듯이 중얼거렸다.

"태양신 아폴론은 예지를 관장하기만 하는 신이 아니에요. 그는 이성(理性)의 신. 어떤 상황에서도 이성적으로 사고하는 신이죠. 이유가 있어서 카산드라 왕녀님을 납치했다면 아마 선언한 대로 왕녀님을 해하진 않을 거예요."

"응. 그럼 다행이고."

렌은 가만히 하늘을 올려다보았다.

날씨는 흐림. 잔뜩 흐린 구름으로 낮의 하늘이 **빽빽**하게 메워져 있었다.

이자나미 & 스사노오와의 싸움은 불과 어제 벌어진 일. 그들이 소멸한 후 겨우 아침 해가 떴고, 일본은 새벽의 서광을 다시 음미할 수 있게 됐지만.

결국 어제부터 푸른 하늘을 가끔씩 보일 뿐이었다.

대부분의 시간은 흐렸다. 개운치 않은 날씨가 이어지고 있었다.

그리고 렌과 리오나가 어두운 분위기에 잠겨 있었던 그때. 이 정원과 마주 본 위치에 있는 토바 가의 다다미방에서 라틴 귀공자가 두 사람을 향해 다가왔다.

"나쁜 소식이야, 렌."

스마트폰을 손에 든 줄리오가 무뚝뚝한 얼굴로 말했다.

"우리 본거지 발렌시아. 그곳에 소장 중인《파멸 예지의 시계》의 시계바늘이 움직여서… 앞으로 13분 후엔 0시가 될 건가 봐."

"파멸 예지의… 시계?"

리오나가 고개를 갸웃거리자, 줄리오는 담담하게 말했다.

"그러고 보니 리오나에게는 아직 알려 주지 않았었지. 뭐, 세계 붕괴까지 유예가 얼마나 남았는지 보여 주는 **사전 선전**의 법구야. 실제로 어느 정도 신뢰할 수 있는지는 불분명하지, 만…."

설명하던 도중이었다.

렌이 서 있는 토바 가의 정원이… 아니, 대지 그 자체가 세차게 진동했다. 폭풍우로 거칠어진 바다에 출항한 보트처럼 흔들, 흔들, 흔들.

"지진인가…?"

"이거, 꽤 심하게 흔들리네요…."

정원에서 미간을 찌푸리는 렌. 얼굴이 굳어진 리오나.

하지만 지진대국에서 태어난 일본인답게 어느 정도의 규모가 될지 가만히 숨을 죽이고 확인하려 했다.

리오나의 스마트폰에서 지진 경보 알람이 울렸다.

…흔들림은 결국 3분 정도 계속됐다.

그동안 줄리오는 차분하게 다다미방에 앉아 묵묵히 자신의 스마트폰을 만지작거렸다. 그리고 지진이 멈춘 것과 동시에 리모컨을 손에 들었다.

다다미방 안쪽에 있는 액정 TV의 리모컨이었다.

전원을 켰다. 마침 공영방송의 정오 뉴스가 나오는 참이었다.

[긴급 지진 속보입니다. 일본 태평양 쪽을 중심으로 광범위에 걸쳐 진도 4에서 5의 흔들림이 확인되었습니다.]

[진앙지는 현재 조사 중이며….]

[연안부에는 쓰나미 경보도….]

방금 들어온 정보를 토대로 아나운서가 분주하게 원고를 읽어

나갔다.

각종 정보와 지도도 화면에 떠 있었다. 태평양 쪽에서 일본 열도 중앙 부근까지⋯ 일본의 반 이상이 일제히 지진의 영향권에 있었던 듯했다.

"지금 그 지진, 일본만이 아니라⋯ 태평양과 대서양에 인접한 육지 거의 전역에서 일어난 것 같아. 북미, 남미, 오세아니아, 태평양에 있는 섬들, 캄차카, 필리핀, 인도네시아, 아프리카 서부, 유럽 서부⋯ 이거 뭐, 거의 전 세계 규모로군."

스마트폰으로 해외, TV로 일본의 정보를 확인하면서 줄리오는 중얼거렸다.

"그 시계의 파멸 예보, 그럭저럭 믿을 만한 것 같아."

2

그곳은 끝없는 어둠이 펼쳐진 공간이었다.

하지만 눈에 힘을 주고 자세히 보니 저 멀리서 작은 빛 몇 개가 깜빡이고 있었다. 그것은 어둠만이 펼쳐진 까만 밤하늘에 소리 없이 묻힌 별빛과도 비슷했다.

이곳은 《틈새》의 영역.

지상의 인간 세계도, 신화 세계도 아닌 곳.

멀쩡한 인간이라면 결코 발을 디딜 수 없는 공간에 은발의 소녀가 홀로 서 있었다. 지혜와 전투의 여신 아테나였다.

문득 뒤를 돌아본 아테나는 구면의 미남자를 발견했다.

"무슨 일이냐, 빛나는 신 아폴론이여. 그 아가씨는 또 뭐냐?"

아름다울 뿐 아니라 남성미도 넘치는 금발의 태양신.

그는 그 다부진 오른쪽 어깨에 미소녀를 둘러메고 있었다. 낯이 익은 얼굴이었다. 은발의 미녀. 트로이 왕가의 카산드라다.

신의 핏줄을 이어받은 예언자는 두 눈을 감고 의식을 잃은 채 잠들어 있었다….

"아니, 나와 너에게 도움이 되지 않을까 싶어서 말이야."

"카산드라 왕녀가, 말이냐?"

"음. 그런데 제우스의 딸이여. 휘페르보레아의 신역을 알고 있나? 그곳을 찾아내기만 하면… 이 아가씨와 마찬가지로 반드시 너의 도움이 될 것이다."

아폴론은 히죽히죽 웃으며 물었다.

그것은 여신 아테나를 동지로 맞이해 계획을 성취시키기 위한 첫걸음이었다.

3권 끝

◆작가 후기◆

여러분, 오랜만에 뵙겠습니다.

신역의 캄피오네스, 드디어 3권까지 왔습니다.

그리고 겨우 말씀드리게 됐습니다. 이번 권부터는 종이책과 전자책이 드디어 동시 발행됩니다(일본 기준).

솔직히 저도 독자의 한 사람으로서,

"요새 같은 세상에 전자책이 종이책보다 늦게 나오다니, 진짜 불친절하네!"

그런 입장이기에 굉장히 기쁩니다.

…하지만 화와 복은 마치 꼬아 놓은 새끼줄처럼 온다고 하죠.

실은 종이책을 먼저 발행했을 때는 조금 문제 있는 기술을 쓸 수 있었어요.

그렇습니다. '원고를 발행일에 맞출 수 있느냐 없느냐' 하는 상황까지 몰려 본 적이 있는 작가는 그 경험을 악용해,

[●●● 인쇄에 사정을 얘기해서 최우선 순위로 **빨리** 인쇄해 달라고 해 주세요.]

[이미 얘기해 놨어요. ●일 안에 찍을 수 있대요.]

[휴우! 역시 ●●● 인쇄! 아무리 생각해도 터무니없는 스케줄

325

인데, 그 안에 ●만 부를 제작해 주시다니!]

이런 식으로.

전자책은 어림도 없죠.

이리하여 ××일 후에 발행 예정인 책을 지금 한창 쓰는 중이라고 신고하고, 같은 업계 사람을 깜짝 놀라게 만드는 기회도 없어졌답니다.

아니, 그런 기술은 물론 웬만해선 거의 쓰지 않았지만 말이죠.

뭐, 책을 낼 수 있느냐 마느냐 하는 고비에 닥쳤을 때 한 번, 두 번, 셋, 넷… 하하하하.

아무튼.

이번 3권의 무대는 지금까지와는 조금 종류가 다릅니다.

지금까지가 RPG였다면, 이번에는 격투 게임과 해외 드라마 풍.

게다가 무대는 현대 일본의 간사이 지방. 언젠가 작품으로 써 보고 싶었던 나라(奈良) 중심의 스토리입니다.

실은 구상 단계에선 더 마니악한 소재를 생각했었습니다.

'야마토 왕조와 양립하는 고대 카츠라기 왕조*의 비밀!'

'토지신 쿠니츠카미(國津神)와 고대 츠치구모(土蜘蛛) 일족 등

※카츠라기 왕조 : 일본 최초의 통일 국가 야마토 왕조 이전에 존재했었다고 하는 일본 최초의 왕조.

장!'

'거기에 카모 일족도 참전! 요괴 대전쟁 발발!'

이건 이것대로 개인적으로 꽤 재미있게 쓸 수 있는 내용이었
지만.

뭐, 하지만 역시 너무 마니아 취향인 것 같다고 판단해 이번에
보신 소재가 되었습니다. 언젠가 기회가 있다면 그쪽 방면도 파
고들어 보고 싶습니다.

그리하여 '요모츠히라사카' 편이 된 제3권.

여느 때처럼 이번에도 타케즈키 조의 트위터로 인생에 도움이
되지 않는 깨알 지식을 정리한 용어집을 보실 수 있습니다.

'부정'

'츠가루소토산군시'

'마귀를 쫓는 아이템'

'아베노 세이메이'

'어머니의 나라'

등등, 20~30개 항목을 준비해 두었습니다.

(이 후기를 쓰고 나서 정리할 예정이라 변경 사항이 있을지도
모르지만)

관심 있으신 분은 꼭 한번 봐 주세요.

그럼 3권 띠지에 공지된 건에 대해 슬슬 말씀드리도록 할게요.

다음 권엔 놀랍게도 오디오 드라마 한정판도 발행될 예정입니다. 제가 쓴 시나리오도 덤으로 붙어 나갑니다.

내용에 대해 조금 이야기하자면, 주제는 '대결'입니다.

실은 저, 타케즈키 조에게는 한 가지 지론이 있는데요.

소리만으로 구성된 미디어에선 배틀을 표현하기 힘들 테니 배틀이 메인인 작품은 만들어선 안 된다는 지론이죠.

하지만 이번에는 그 지론에 한번 도전해 보자고 생각했습니다.

그리고 시리즈 『신역의 참피오네스』는 물론, '!'가 붙는 시리즈 독자 여러분께서도 꼭 들어 주셨으면 좋겠습니다.

왜냐하면.

캐스팅에 관련해선 현재 각 방면의 분들과 검토 중이지만,

그분의 **재**등판을 제일 먼저 제안해 본 결과, 아마 문제없을 것이라는 대답이 돌아왔기 때문이죠.

(애니메이션을 본 뒤 소설을 읽어 주신 여러분께는 특히나 친숙한 그분입니다)

현재, 그 방향으로 오디오 드라마 기획은 진행 중입니다.

주인공 로쿠하라 렌과 또 한 명의 신살자가 펼치는 '대결' 이야기.

예약분 외에도 어느 정도 부수가 일반 유통되는 것 같지만, 역시 예약을 하시면 확실하게 구입이 가능하실 거라 생각됩니다.

그럼 4권과 오디오 드라마에서 또 뵙겠습니다.

가을, 늦가을쯤에 발행될 예정입니다.

잘 부탁드립니다.

타케즈키 조

※후기의 오디오 드라마 관련 내용은 일본 현지의 소식입니다.

신역의 캄피오네스 [3]
요모츠히라사카

—————

2023년 5월 10일 초판 발행

저자 타케즈키 조 | **일러스트** BUNBUN | **옮긴이** 심이슬
발행인 정동훈 | **편집인** 여영아
편집 팀장 황정아 | **편집** 노혜림
발행처 (주)학산문화사 | 서울특별시 동작구 상도로 282 학산빌딩
편집부 02.828.8838(전화), 02.816.6471(팩스) | **영업부** 02.828.8986(전화), 02.828.8890(팩스)
홈페이지 www.haksanpub.co.kr | **등록** 1995년 7월 1일 | **등록번호** 제3-632호

—————

—————

ISBN 979-11-6947-803-8 04830
ISBN 979-11-6947-083-4 (세트)

값 7,000원

나를 좋아하는 건 너뿐이냐 15

라쿠다 지음 | 브리키 일러스트

TV애니메이션 방영작!

"죠로는 팬지의 연인이 되었어. 그러니까 나는 이렇게 여기에 왔어." 크리스마스이브 당일. 약속 장소에 나타난 사람은 팬지가 아니라, 중학교 때 같은 반이었던 코사이지 스미레, 통칭 '비올라'. 뭐가 뭔지 상황을 전혀 받아들일 수 없는 나를 무시하고 데이트를 만끽하는 비올라. 게다가 말일까지 같이 있어 달라고? …아니, 녀석이랑 똑같이 너도 12월 31일이 생일이냐! …그래. 그 녀석. 내 연인인 산쇼쿠인 스미레코는 어디 있지? 연락도 안 되고, 다른 애들이랑 썬은 얼버무리기만 할 뿐. 그래도 너를 찾아내겠어. 하기로 결심했으면 한다. 그게 내 모토다. 뭐? 이 녀석이 힌트라는 게 진짜야…?!

(주)학산문화사 발행

라스트 엠브리오 8

타츠노코 타로 지음 | 모모코 일러스트

〈문제아 시리즈〉 완결 이후 언급되지 않았던 3년, 그 추상과 시동을 말하는 제8권!!

제2차 태양주권전쟁 제1회전이 열린 아틀란티스 대륙에서 격투를 뛰어넘은 '문제아들'. 세 명이 모인 평온한 시간은 실로 3년만…. 그동안 각자 보낸 파란의 나날. '호법십이천'에 들어온 의뢰에서 시작된 이자요이 일행과 화교와의 싸움. '노 네임'의 두령이 된 요우가 한 달 이상 행방불명된 사건. '노 네임'에서 독립한 아스카가 '계층지배자'로 임명되는데…?! 서로 마음을 열고 잠시 휴식을 취한 후, 모형정원 바깥세계를 무대로 한 제2회전이 막을 연다!

(주)학산문화사 발행

물리적으로 고립된 나의 고교생활 4

모리타 키세츠 지음 | Mika Pikazo 일러스트

유감스러운 이능력자들도
자신을 바꿀 수 있는(?)
청춘 미만 러브 코미디 제4탄!

나, 하구레 나리히라에게는 친구가… 있다! 문화제를 거쳐 마침내 동성 친구가 생겼다는 쾌거도 이루었다. 하지만 이능력 '드레인'은 건재하기에 여전히 학급에서 고립되어 있다. 괴롭다. 수학여행이 다가오며 점점 애가 타는 가운데, 인관연의 문을 두드린 사람은 리얼충 요소를 잔뜩 가진 잘생긴 후배 여학생 아사쿠마 시즈쿠. 긴장하면 모습이 사라져 버리는 성가신 이능력을 극복하고 싶다는 그녀가, 설마 했던 시오노미야에게 제자로 삼아 달라며 지원…이라니, 내가 할 말은 아니지만 괜찮은 거야?!

(주)학산문화사 발행

밀리언 크라운 5

타츠노코 타로 지음 | 코게차 일러스트

타츠노코 타로가 선사하는
인류 재연(再演)의 이야기, 격진의 제5막!

큐슈에서의 사투를 마치고 왕관종 중 하나인 오오야마츠미노카미를 토벌하는
데 성공한 극동도시국가연합 일행들. 전후 처리를 마친 시노노메 카즈마는 '나
츠키와의 데이트 약속'으로 고민하며 휴가를 쓰지만, 쉬기는커녕 연달아 예정
이 생기는데?! 귀국한 적복 필두 와다 타츠지로, '최강의 유체조작형'이라 불리
기도 하는 왕년의 인류최강전력(밀리언 크라운)과의 대련이 시작되고, 중화대
륙연방, EU연합의 갑작스러운 방문과 시대를 뒤흔들 '신형병기' 공개, 그리고
그 끝에서 기다리는 긴장되는 데이트에서…! 여러 가지 이야기가 교차되는 가
운데 파란만장한 휴가의 막이 오른다!

(주)학산문화사 발행